鲁迅 著

鲁迅作品精选集

人间清醒

台海出版社

图书在版编目（CIP）数据

人间清醒 ：鲁迅作品精选集 / 鲁迅著. -- 北京 ：台海出版社，2021.11
ISBN 978-7-5168-3174-8

Ⅰ. ①人… Ⅱ. ①鲁… Ⅲ. ①鲁迅著作－选集 Ⅳ. ①I210.2

中国版本图书馆 CIP 数据核字（2021）第 244677 号

人间清醒：鲁迅作品精选集

著　　者：鲁　迅

出 版 人：蔡　旭　　封面设计：zhujinglin.com
责任编辑：曹任云

出版发行：台海出版社
地　　址：北京市东城区景山东街 20 号　　邮政编码：100009
电　　话：010-64041652（发行，邮购）
传　　真：010-84045799（总编室）
网　　址：www.taimeng.org.cn/thcbs/default.htm
E - mail：thcbs@126.com

经　　销：全国各地新华书店
印　　刷：北京中科印刷有限公司
本书如有破损、缺页、装订错误，请与本社联系调换

开　　本：880 毫米 ×1230 毫米　　1/32
字　　数：250 千字　　印　　张：9.75
版　　次：2021 年 11 月第 1 版　　印　　次：2021 年 12 月第 1 次
书　　号：ISBN 978-7-5168-3174-8

定　　价：42.00 元

目录

我之节烈观

世风人心这件事，不但鼓吹坏事，可以“日下”；即使未曾鼓吹，只是旁观，只是赏玩，只是叹息，也可以叫他“日下”。

“世道浇漓，人心日下，国将不国”这一类话，本是中国历来的叹声。不过时代不同，则所谓“日下”的事情，也有迁变：从前指的是甲事，现在叹的或是乙事。除了“进呈御览”的东西不敢妄说外，其余的文章议论里，一向就带这口吻。因为如此叹息，不但针砭世人，还可以从“日下”之中，除去自己。所以君子固然相对慨叹，连杀人放火嫖妓骗钱以及一切鬼混的人，也都乘作恶余暇，摇着头说道，“他们人心日下了。”

世风人心这件事，不但鼓吹坏事，可以“日下”；即使未曾鼓吹，只是旁观，只是赏玩，只是叹息，也可以叫他“日下”。所以近一年来，居然也有几个不肯徒托空言的人，叹息一番之后，还要想法子来挽救。第一个是康有为，指手画脚的说“虚君共和”才好，陈独秀便斥他不兴；其次是一班灵学派的人，不知何以起了极古奥的思想，要请“孟圣矣乎”的鬼来画策；陈百年钱玄同刘半农又道他胡说。

这几篇驳论，都是《新青年》里最可寒心的文章。时候已是二十世纪了；人类眼前，早已闪出曙光。假如《新青年》里，有一篇和别人辩地球方圆的文字，读者见了，怕一定要发怔。然而现今所辩，正和说地体不方相差无几。将时代和事实，对照起来，怎能不教人寒心而且害怕？

近来虚君共和是不提了，灵学似乎还在那里捣鬼，此时却又有一群人，不能满足；仍然摇头说道，“人心日下”了。于是又想出一种挽救的方法；他们叫作“表彰节烈”！

这类妙法，自从君政复古时代以来，上上下下，已经提倡多年；此刻不过是竖起旗帜的时候。文章议论里，也照例时常出现，都嚷道“表彰节烈”！要不说这件事，也不能将自己提拔，出于“人心日下”之中。

节烈这两个字，从前也算是男子的美德，所以有过“节士”，“烈士”的名称。然而现在的“表彰节烈”，却是专指女子，并无男子在内。据时下道德家的意见，来定界说，大约节是丈夫死了，决不再嫁，也不私奔，丈夫死得愈早，家里愈穷，他便节得愈好。烈可是有两种：一种是无论已嫁未嫁，只要丈夫死了，他也跟着自尽；一种是有强暴来污辱他的时候，设法自戕，或者抗拒被杀，都无不可。这也是死得愈惨愈苦，他便烈得愈好，倘若不及抵御，竟受了污辱，然后自戕，便免不了议论。万一幸而遇着宽厚的道德家，有时也可以略迹原情，许他一个烈字。可是文人学士，已经不甚愿意替他作传；就令勉强动笔，临了也不免加上几个“惜夫惜夫”了。

总而言之：女子死了丈夫，便守着，或者死掉；遇了强暴，便死掉；将这类人物，称赞一通，世道人心便好，中国便得救了。大意只是如此。

康有为借重皇帝的虚名，灵学家全靠着鬼话。这表彰节烈，却是全权都在人民，大有渐进自力之意了。然而我仍有几个疑问，须得提出。还要据我的意见，给他解答。我又认定这节烈救世说，是多数国民的意思；主张的人，只是喉舌。虽然是他发声，却和四支五官神经内脏，都有关系。所以我这疑问和解答，便是提出于这群多数国民之前。

首先的疑问是：不节烈（中国称不守节作“失节”，不烈却并无成语，所以只能合称他“不节烈”）的女子如何害了国家？照现在的情形，“国将不国”，自不消说：丧尽良心的事故，层出不穷；刀兵盗贼水旱饥荒，又接连而起。但此等现象，只是不讲新道德新学问的缘故，行为思想，全钞旧帐；所以种种黑暗，竟和古代的乱世仿佛，况且政界军界学界商界等等里面，全是男人，并无不节烈的女子夹杂在内。也未必是有权力的男子，因为受了他们蛊惑，这才丧了良心，放手作恶。至于水旱饥荒，便是专拜龙神，迎大王，滥伐森林，不修水利的祸祟，没有新知识的结果；更与女子无关。只有刀兵盗贼，往往造出许多不节烈的妇女。但也是兵盗在先，不节烈在后，并非因为他们不节烈了，才将刀兵盗贼招来。

其次的疑问是：何以救世的责任，全在女子？照着旧派说起来，女子是“阴类”，是主内的，是男子的附属品。然则治世救国，正须责成阳类，全仗外子，偏劳主体。决不能将一个绝大题目，都阁在阴类肩上。倘依新说，则男女平等，义务略同。纵令该担责任，也只得分担。其余的一半男子，都该各尽义务。不特须除去强暴，还应发挥他自己的美德。不能专靠惩劝女子，便算尽了天职。

其次的疑问是：表彰之后，有何效果？据节烈为本，将所有活着的女子，分类起来，大约不外三种：一种是已经守节，应该表彰的人（烈者非死不可，所以除出）；一种是不节烈的人；一种是尚未出嫁，或丈夫还在，又未遇见强暴，节烈与否未可知的人。第一种已经很好，正蒙表彰，不必说了。第二种已经不好，中国从来不许忏悔，女子做事一错，补过无及，只好任其羞杀，也不值得说了。最要紧的，只在第三种，现在一经感化，他们便都打定主意道：“倘若将来丈夫死了，决不再嫁；遇着强暴，赶紧自裁！”试问如此立意，与中国男子做主的世道人心，有何关系？这个缘故，已在上文说明。更有附带的疑问是：节烈的人，既经表彰，自是品格最高。但圣贤虽人人可学，此事却有所不能。假如第三种的人，虽然立志极高，万一丈夫长寿，天下太平，他便只好饮恨吞声，做一世次等的人物。

以上是单依旧日的常识，略加研究，便已发见了许多矛盾。若略带二十世纪气息，便又有两层：

一问节烈是否道德？道德这事，必须普遍，人人应做，人人能行，又于自他两利，才有存在的价值。现在所谓节烈，不特除开男子，绝不相干；就是女子，也不能全体都遇着这名誉的机会。所以决不能认为道德，当作法式。上回《新青年》登出的《贞操论》里，已经说过理由。不过贞是丈夫还在，节是男子已死的区别，道理却可类推。只有烈的一件事，尤为奇怪，还须略加研究。

照上文的节烈分类法看来，烈的第一种，其实也只是守节，不过生死不同。因为道德家分类，根据全在死活，所以归入烈类。性质全异的，便是第二种。这类人不过一个弱者（现在的情形，女子还是弱者），突然遇着男性的暴徒，父兄丈夫力不能救，左邻右舍也不帮忙，于是他就死了；或者竟受了辱，仍然死了；或者终于没有死。久而久之，父兄丈夫邻舍，夹着文人学士以及道德家，便渐渐聚集，既不羞自己怯弱无能，也不提暴徒如何惩办，只是七口八嘴，议论他死了没有？受污没有？死了如何好，活着如何不好。于是造出了许多光荣的烈女，和许多被人口诛笔伐的不烈女。只要平心一想，便觉不像人间应有的事情，何况说是道德。

二问多妻主义的男子，有无表彰节烈的资格？替以前的道德家说话，一定是理应表彰。因为凡是男子，便有点与众不同，社会上只配有他的意思。一面又靠着阴阳内外的古典，在女子面前逞能。然而一到现在，人类的眼里，不免见到光明，晓得阴阳内外之说，荒谬绝伦；就令如此，也证不出阳比阴尊贵，外比内崇高的道理。况且社会国家，又非单是男子造成。所以只好相信真理，说是一律平等。既然平等，男女便都有一律应守的契约。男子决不能将自己不守的事，向女子特别要求。若是买卖欺骗贡献的婚姻，则要求生时的贞操，尚且毫无理由。何况多妻主义的男子，来表彰女子的节烈。

以上，疑问和解答都完了。理由如此支离，何以直到现今，居然还能存在？要对付这问题，须先看节烈这事，何以发生，何以通行，何以不生改革的缘故。

古代的社会，女子多当作男人的物品。或杀或吃，都无不可；男人死后，和他喜欢的宝贝，日用的兵器，一同殉葬，更无不可。后来殉葬的风气，渐渐改了，守节便也渐渐发生。但大抵因为寡妇是鬼妻，亡魂跟着，所以无人敢娶，并非要他不事二夫。这样风俗，现在的蛮人社会里还有。中国太古的情形，现在已无从详考。但看周末虽有殉葬，并非专用女人，嫁否也任便，并无什么裁制，便可知道脱离了这宗习俗，为日已久。由汉至唐也并没有鼓吹节烈。直到宋朝，那一班“业儒”的才说出“饿死事小失节事大”的话，看见历史上“重适”两个字，便大惊小怪起来。出于真心，还是故意，现在却无从推测。其时也正是“人心日下，国将不国”的时候，全国士民，多不像样。或者“业儒”的人，想借女人守节的话，来鞭策男子，也不一定。但旁敲侧击，方法本嫌鬼祟，其意也太难分明，后来因此多了几个节妇，虽未可知，然而吏民将卒，却仍然无所感动。于是“开化最早，道德第一”的中国终于归了“长生天气力里大福荫护助里”的什么“薛禅皇帝，完泽笃皇帝，曲律皇帝”了。此后皇帝换过了几家，守节思想倒反发达。皇帝要臣子尽忠，男人便愈要女人守节。到了清朝，儒者真是愈加利害。看见唐人文章里有公主改嫁的话，也不免勃然大怒道，“这是什么事！你竟不为尊者讳，这还了得！”假使这唐人还活着，一定要斥革功名，“以正人心而端风俗”了。

国民将到被征服的地位，守节盛了；烈女也从此着重。因为女子既是男子所有，自己死了，不该嫁人，自己活着，自然更不许被夺。然而自己是被征服的国民，没有力量保护，没有勇气反抗了，只好别出心裁，鼓吹女人自杀。或者妻女极多的阔人，婢妾成行的富翁，乱离时候，照顾不到，一遇“逆兵”（或是“天兵”），就无法可想。只得救了自己，请别人都做烈女；变成烈女，“逆兵”便不要了。他便待事定以后，慢慢回来，称赞几句。好在男子再娶，又是天经地义，别讨女人，便都完事。因此世上遂有了“双烈合传”，“七姬墓志”，甚而至于钱谦益的集中，也布满了“赵节妇”“钱烈女”的传记和歌颂。

只有自己不顾别人的民情，又是女应守节男子却可多妻的社会，造出如此畸形道德，而且日见精密苛酷，本也毫不足怪。但主张的是男子，上当的是女子。女子本身，何以毫无异言呢？原来“妇者服也”，理应服事于人。教育固可不必，连开口也都犯法。他的精神，也同他体质一样，成了畸形。所以对于这畸形道德，实在无甚意见。就令有了异议，也没有发表的机会。做几首“闺中望月”“园里看花”的诗，尚且怕男子骂他怀春，何况竟敢破坏这“天地间的正气”？只有说部书上，记载过几个女人，因为境遇上不愿守节，据做书的人说：可是他再嫁以后，便被前夫的鬼捉去，落了地狱；或者世人个个唾骂，做了乞丐，也竟求乞无门，终于惨苦不堪而死了！

如此情形，女子便非“服也”不可。然而男子一面，何以也不主张真理，只是一味敷衍呢？汉朝以后，言论的机关，都被“业儒”的垄断了。宋元以来，尤其利害。我们几乎看不见一部非业儒的书，听不到一句非士人的话。除了和尚道士，奉旨可以说话的以外，其余“异端”的声音，决不能出他卧房一步。况且世人大抵受了“儒者柔也”的影响；不述而作，最为犯忌。即使有人见到，也不肯用性命来换真理。即如失节一事，岂不知道必须男女两性，才能实现。他却专责女性；至于破人节操的男子，以及造成不烈的暴徒，便都含糊过去。男子究竟较女性难惹，惩罚也比表彰为难。其间虽有过几个男人，实觉于心不安，说些室女不应守志殉死的平和话，可是社会不听；再说下去，便要不容，与失节的女人一样看待。他便也只好变了“柔也”，不再开口了。所以节烈这事，到现在不生变革。

（此时，我应声明：现在鼓吹节烈派的里面，我颇有知道的人。敢说确有好人在内，居心也好。可是救世的方法是不对，要向西走了北了。但也不能因为他是好人，便竟能从正西直走到北。所以我又愿他回转身来。）

其次还有疑问：

节烈难么？答道，很难。男子都知道极难，所以要表彰他。社会的公意，向来以为贞淫与否，全在女性。男子虽然诱惑了女人，却不负责任。譬如甲男引诱乙女，乙女不允，便是贞节，死了，便是烈；甲男并无恶名，社会可算淳古。倘若乙女允了，便是失节；甲男也无恶名，可是世风被乙女败坏了！别的事情，也是如此。所以历史上亡国败家的原因，每每归咎女子。糊糊涂涂的代担全体的罪恶，已经三千多年了。男子既然不负责任，又不能自己反省，自然放心诱惑；文人著作，反将他传为美谈。所以女子身旁，几乎布满了危险。除却他自己的父兄丈夫以外，便都带点诱惑的鬼气。所以我说很难。

节烈苦么？答道，很苦。男子都知道很苦，所以要表彰他。凡人都想活；烈是必死，不必说了。节妇还要活着。精神上的惨苦，也姑且弗论。单是生活一层，已是大宗的痛楚。假使女子生计已能独立，社会也知道互助，一人还可勉强生存。不幸中国情形，却正相反。所以有钱尚可，贫人便只能饿死。直到饿死以后，间或得了旌表，还要写入志书。所以各府各县志书传记类的末尾，也总有几卷“烈女”。一行一人，或是一行两人，赵钱孙李，可是从来无人翻读。就是一生崇拜节烈的道德大家，若问他贵县志书里烈女门的前十名是谁？也怕不能说出。其实他是生前死后，竟与社会漠不相关的。所以我说很苦。

照这样说，不节烈便不苦么？答道，也很苦。社会公意，不节烈的女人，既然是下品；他在这社会里，是容不住的。社会上多数古人模模糊糊传下来的道理，实在无理可讲；能用历史和数目的力量，挤死不合意的人。这一类无主名无意识的杀人团里，古来不晓得死了多少人物；节烈的女子，也就死在这里。不过他死后间有一回表彰，写入志书。不节烈的人，便生前也要受随便什么人的唾骂，无主名的虐待。所以我说也很苦。

女子自己愿意节烈么？答道，不愿。人类总有一种理想，一种希望。虽然高下不同，必须有个意义。自他两利固好，至少也得有益本身。节烈很难很苦，既不利人，又不利己。说是本人愿意，实在不合人情。所以假如遇着少年女人，诚心祝赞他将来节烈，一定发怒；或者还要受他父兄丈夫的尊拳。然而仍旧牢不可破，便是被这历史和数目的力量挤着。可是无论何人，都怕这节烈。怕他竟钉到自己和亲骨肉的身上。所以我说不愿。

我依据以上的事实和理由，要断定节烈这事是：极难，极苦，不愿身受，然而不利自他，无益社会国家，于人生将来又毫无意义的行为，现在已经失了存在的生命和价值。

临了还有一层疑问：

节烈这事，现代既然失了存在的生命和价值；节烈的女人，岂非白苦一番么？可以答他说：还有哀悼的价值。他们是可怜人；不幸上了历史和数目的无意识的圈套，做了无主名的牺牲。可以开一个追悼大会。

我们追悼了过去的人，还要发愿：要自己和别人，都纯洁聪明勇猛向上。要除去虚伪的脸谱。要除去世上害己害人的昏迷和强暴。

我们追悼了过去的人，还要发愿：要除去于人生毫无意义的苦痛。要除去制造并赏玩别人苦痛的昏迷和强暴。

我们还要发愿：要人类都受正当的幸福。

一九一八年七月。

我们现在怎样做父亲

自己背着因袭的重担，肩住了黑暗的闸门，放他们到宽阔光明的地方去；此后幸福的度日，合理的做人。

我作这一篇文的本意，其实是想研究怎样改革家庭；又因为中国亲权重，父权更重，所以尤想对于从来认为神圣不可侵犯的父子问题，发表一点意见。总而言之：只是革命要革到老子身上罢了。但何以大模大样，用了这九个字的题目呢？这有两个理由：

第一，中国的“圣人之徒”，最恨人动摇他的两样东西。一样不必说，也与我辈绝不相干；一样便是他的伦常，我辈却不免偶然发几句议论，所以株连牵扯，很得了许多“铲伦常”“禽兽行”之类的恶名。他们以为父对于子，有绝对的权力和威严；若是老子说话，当然无所不可，儿子有话，却在未说之前早已错了。但祖父子孙，本来各各都只是生命的桥梁的一级，决不是固定不易的。现在的子，便是将来的父，也便是将来的祖。我知道我辈和读者，若不是现任之父，也一定是候补之父，而且也都有做祖宗的希望，所差只在一个时间。为想省却许多麻烦起见，我们便该无须客气，尽可先行占住了上风，摆出父亲的尊严，谈谈我们和我们子女的事；不但将来着手实行，可以减少困难，在中国也顺理成章，免得“圣人之徒”听了害怕，总算是一举两得之至的事了。所以说，“我们怎样做父亲。”

第二，对于家庭问题，我在《新青年》的《随感录》（二五，四十，四九）中，曾经略略说及，总括大意，便只是从我们起，解放了后来的人。论到解放子女，本是极平常的事，当然不必有什么讨论。但中国的老年，中了旧习惯旧思想的毒太深了，决定悟不过来。譬如早晨听到乌鸦叫，少年毫不介意，迷信的老人，却总须颓唐半天。虽然很可怜，然而也无法可救。没有法，便只能先从觉醒的人开手，各自解放了自己的孩子。自己背着因袭的重担，肩住了黑暗的闸门，放他们到宽阔光明的地方去；此后幸福的度日，合理的做人。

还有，我曾经说，自己并非创作者，便在上海报纸的《新教训》里，挨了一顿骂。但我辈评论事情，总须先评论了自己，不要冒充，才能像一篇说话，对得起自己和别人。我自己知道，不特并非创作者，并且也不是真理的发见者。凡有所说所写，只是就平日见闻的事理里面，取了一点心以为然的道理；至于终极究竟的事，却不能知。便是对于数年以后的学说的进步和变迁，也说不出会到如何地步，单相信比现在总该还有进步还有变迁罢了。所以说，“我们现在怎样做父亲。”

我现在心以为然的道理，极其简单。便是依据生物界的现象，一，要保存生命；二，要延续这生命；三，要发展这生命（就是进化）。生物都这样做，父亲也就是这样做。

生命的价值和生命价值的高下，现在可以不论。单照常识判断，便知道既是生物，第一要紧的自然是生命。因为生物之所以为生物，全在有这生命，否则失了生物的意义。生物为保存生命起见，具有种种本能，最显著的是食欲。因有食欲才摄取食品，因有食品才发生温热，保存了生命。但生物的个体，总免不了老衰和死亡，为继续生命起见，又有一种本能，便是性欲。因性欲才有性交，因有性交才发生苗裔，继续了生命。所以食欲是保存自己，保存现在生命的事；性欲是保存后裔，保存永久生命的事。饮食并非罪恶，并非不净；性交也就并非罪恶，并非不净。饮食的结果，养活了自己，对于自己没有恩；性交的结果，生出子女，对于子女当然也算不了恩。——前前后后，都向生命的长途走去，仅有先后的不同，分不出谁受谁的恩典。

可惜的是中国的旧见解，竟与这道理完全相反。夫妇是“人伦之中”，却说是“人伦之始”；性交是常事，却以为不净；生育也是常事，却以为天大的大功。人人对于婚姻，大抵先夹带着不净的思想。亲戚朋友有许多戏谑，自己也有许多羞涩，直到生了孩子，还是躲躲闪闪，怕敢声明；独有对于孩子，却威严十足。这种行径，简直可以说是和偷了钱发迹的财主，不相上下了。我并不是说，——如他们攻击者所意想的，——人类的性交也应如别种动物，随便举行；或如无耻流氓，专做些下流举动，自鸣得意。是说，此后觉醒的人，应该先洗净了东方固有的不净思想，再纯洁明白一些，了解夫妇是伴侣，是共同劳动者，又是新生命创造者的意义。所生的子女，固然是受领新生命的人，但他也不永久占领，将来还要交付子女，像他们的父母一般。只是前前后后，都做一个过付的经手人罢了。

生命何以必需继续呢？就是因为要发展，要进化。个体既然免不了死亡，进化又毫无止境，所以只能延续着，在这进化的路上走。走这路须有一种内的努力，有如单细胞动物有内的努力，积久才会繁复，无脊椎动物有内的努力，积久才会发生脊椎。所以后起的生命，总比以前的更有意义，更近完全，因此也更有价值，更可宝贵；前者的生命，应该牺牲于他。

但可惜的是中国的旧见解，又恰恰与这道理完全相反。本位应在幼者，却反在长者；置重应在将来，却反在过去。前者做了更前者的牺牲，自己无力生存，却苛责后者又来专做他的牺牲，毁灭了一切发展本身的能力。我也不是说，——如他们攻击者所意想的，——孙子理应终日痛打他的祖父，女儿必须时时咒骂他的亲娘。是说，此后觉醒的人，应该先洗净了东方古传的谬误思想，对于子女，义务思想须加多，而权利思想却大可切实核减，以准备改作幼者本位的道德。况且幼者受了权利，也并非永久占有，将来还要对于他们的幼者，仍尽义务。只是前前后后，都做一切过付的经手人罢了。

“父子间没有什么恩”这一个断语，实是招致“圣人之徒”面红耳赤的一大原因。他们的误点，便在长者本位与利己思想，权利思想很重，义务思想和责任心却很轻。以为父子关系，只须“父兮生我”一件事，幼者的全部，便应为长者所有。尤其堕落的，是因此责望报偿，以为幼者的全部，理该做长者的牺牲。殊不知自然界的安排，却件件与这要求反对，我们从古以来，逆天行事，于是人的能力，十分萎缩，社会的进步，也就跟着停顿。我们虽不能说停顿便要灭亡，但较之进步，总是停顿与灭亡的路相近。

自然界的安排，虽不免也有缺点，但结合长幼的方法，却并无错误。他并不用“恩”，却给与生物以一种天性，我们称他为“爱”。动物界中除了生子数目太多——爱不周到的如鱼类之外，总是挚爱他的幼子，不但绝无利益心情，甚或至于牺牲了自己，让他的将来的生命，去上那发展的长途。

人类也不外此，欧美家庭，大抵以幼者弱者为本位，便是最合于这生物学的真理的办法。便在中国，只要心思纯白，未曾经过“圣人之徒”作践的人，也都自然而然的能发现这一种天性。例如一个村妇哺乳婴儿的时候，决不想到自己正在施恩；一个农夫娶妻的时候，也决不以为将要放债。只是有了子女，即天然相爱，愿他生存；更进一步的，便还要愿他比自己更好，就是进化。这离绝了交换关系利害关系的爱，便是人伦的索子，便是所谓“纲”。倘如旧说，抹煞了“爱”，一味说“恩”，又因此责望报偿，那便不但败坏了父子间的道德，而且也大反于做父母的实际的真情，播下乖剌的种子。有人做了乐府，说是“劝孝”，大意是什么“儿子上学堂，母亲在家磨杏仁，预备回来给他喝，你还不孝么”之类，自以为“拚命卫道”。殊不知富翁的杏酪和穷人的豆浆，在爱情上价值同等，而其价值却正在父母当时并无求报的心思；否则变成买卖行为，虽然喝了杏酪，也不异“人乳喂猪”，无非要猪肉肥美，在人伦道德上，丝毫没有价值了。

所以我现在心以为然的，便只是“爱”。

无论何国何人，大都承认“爱己”是一件应当的事。这便是保存生命的要义，也就是继续生命的根基。因为将来的运命，早在现在决定，故父母的缺点，便是子孙灭亡的伏线，生命的危机。易卜生做的《群鬼》（有潘家洵君译本，载在《新潮》一卷五号）虽然重在男女问题，但我们也可以看出遗传的可怕。欧士华本是要生活，能创作的人，因为父亲的不检，先天得了病毒，中途不能做人了。他又很爱母亲，不忍劳他服侍，便藏着吗啡，想待发作时候，由使女瑞琴帮他吃下，毒杀了自己；可是瑞琴走了。他于是只好托他母亲了。

欧：“母亲，现在应该你帮我的忙了。”

阿夫人：“我吗？”

欧：“谁能及得上你。”

阿夫人：“我！你的母亲！”

欧：“正为那个。”

阿夫人：“我，生你的人！”

欧：“我不曾教你生我。并且给我的是一种什么日子？我不要他！你拿回去罢！”

这一段描写，实在是我们做父亲的人应该震惊戒惧佩服的；决不能昧了良心，说儿子理应受罪。这种事情，中国也很多，只要在医院做事，便能时时看见先天梅毒性病儿的惨状；而且傲然的送来的，又大抵是他的父母。但可怕的遗传，并不只是梅毒；另外许多精神上体质上的缺点，也可以传之子孙，而且久而久之，连社会都蒙着影响。我们且不高谈人群，单为子女说，便可以说凡是不爱己的人，实在欠缺做父亲的资格。就令硬做了父亲，也不过如古代的草寇称王一般，万万算不了正统。将来学问发达，社会改造时，他们侥幸留下的苗裔，恐怕总不免要受善种学（Eugenics）者的处置。

倘若现在父母并没有将什么精神上体质上的缺点交给子女，又不遇意外的事，子女便当然健康，总算已经达到了继续生命的目的。但父母的责任还没有完，因为生命虽然继续了，却是停顿不得，所以还须教这新生命去发展。凡动物较高等的，对于幼雏，除了养育保护以外，往往还教他们生存上必需的本领。例如飞禽便教飞翔，鸷兽便教搏击。人类更高几等，便也有愿意子孙更进一层的天性。这也是爱，上文所说的是对于现在，这是对于将来。只要思想未遭锢蔽的人，谁也喜欢子女比自己更强，更健康，更聪明高尚，——更幸福；就是超越了自己，超越了过去。超越便须改变，所以子孙对于祖先的事，应该改变，“三年无改于父之道可谓孝矣”，当然是曲说，是退婴的病根。假使古代的单细胞动物，也遵着这教训，那便永远不敢分裂繁复，世界上再也不会有人类了。

幸而这一类教训，虽然害过许多人，却还未能完全扫尽了一切人的天性。没有读过“圣贤书”的人，还能将这天性在名教的斧钺底下，时时流露，时时萌蘖；这便是中国人虽然凋落萎缩，却未灭绝的原因。

所以觉醒的人，此后应将这天性的爱，更加扩张，更加醇化；用无我的爱，自己牺牲于后起新人。开宗第一，便是理解。往昔的欧人对于孩子的误解，是以为成人的预备；中国人的误解，是以为缩小的成人。直到近来，经过许多学者的研究，才知道孩子的世界，与成人截然不同；倘不先行理解，一味蛮做，便大碍于孩子的发达。所以一切设施，都应该以孩子为本位，日本近来，觉悟的也很不少；对于儿童的设施，研究儿童的事业，都非常兴盛了。第二，便是指导。时势既有改变，生活也必须进化；所以后起的人物，一定尤异于前，决不能用同一模型，无理嵌定。长者须是指导者协商者，却不该是命令者。不但不该责幼者供奉自己；而且还须用全副精神，专为他们自己，养成他们有耐劳作的体力，纯洁高尚的道德，广博自由能容纳新潮流的精神，也就是能在世界新潮流中游泳，不被淹没的力量。第三，便是解放。子女是即我非我的人，但既已分立，也便是人类中的人。因为即我，所以更应该尽教育的义务，交给他们自立的能力；因为非我，所以也应同时解放，全部为他们自己所有，成一个独立的人。

这样，便是父母对于子女，应该健全的产生，尽力的教育，完全的解放。

但有人会怕，仿佛父母从此以后，一无所有，无聊之极了。这种空虚的恐怖和无聊的感想，也即从谬误的旧思想发生；倘明白了生物学的真理，自然便会消灭。但要做解放子女的父母，也应预备一种能力。便是自己虽然已经带着过去的色采，却不失独立的本领和精神，有广博的趣味，高尚的娱乐。要幸福么？连你的将来的生命都幸福了。要“返老还童”，要“老复丁”么？子女便是“复丁”，都已独立而且更好了。这才是完了长者的任务，得了人生的慰安。倘若思想本领，样样照旧，专以“勃谿”为业，行辈自豪，那便自然免不了空虚无聊的苦痛。

或者又怕，解放之后，父子间要疏隔了。欧美的家庭，专制不及中国，早已大家知道；往者虽有人比之禽兽，现在却连“卫道”的圣徒，也曾替他们辩护，说并无“逆子叛弟”了。因此可知：惟其解放，所以相亲；惟其没有“拘挛”子弟的父兄，所以也没有反抗“拘挛”的“逆子叛弟”。若威逼利诱，便无论如何，决不能有“万年有道之长”。例便如我中国，汉有举孝，唐有孝悌力田科，清末也还有孝廉方正，都能换到官做。父恩谕之于先，皇恩施之于后，然而割股的人物，究属寥寥。足可证明中国的旧学说旧手段，实在从古以来，并无良效，无非使坏人增长些虚伪，好人无端的多受些人我都无利益的苦痛罢了。

独有“爱”是真的。路粹引孔融说，“父之于子，当有何亲？论其本意，实为情欲发耳。子之于母，亦复奚为，譬如寄物瓶中，出则离矣。”（汉末的孔府上，很出过几个有特色的奇人，不像现在这般冷落，这话也许确是北海先生所说；只是攻击他的偏是路粹和曹操，教人发笑罢了。）虽然也是一种对于旧说的打击，但实于事理不合。因为父母生了子女，同时又有天性的爱，这爱又很深广很长久，不会即离。现在世界没有大同，相爱还有差等，子女对于父母，也便最爱，最关切，不会即离。所以疏隔一层，不劳多虑。至于一种例外的人，或者非爱所能钩连。但若爱力尚且不能钩连，那便任凭什么“恩威，名分，天经，地义”之类，更是钩连不住。

或者又怕，解放之后，长者要吃苦了。这事可分两层：第一，中国的社会，虽说“道德好”，实际却太缺乏相爱相助的心思。便是“孝”“烈”这类道德，也都是旁人毫不负责，一味收拾幼者弱者的方法。在这样社会中，不独老者难于生活，即解放的幼者，也难于生活。第二，中国的男女，大抵未老先衰，甚至不到二十岁，早已老态可掬，待到真实衰老，便更须别人扶持。所以我说，解放子女的父母，应该先有一番预备；而对于如此社会，尤应该改造，使他能适于合理的生活。许多人预备着，改造着，久而久之，自然可望实现了。单就别国的往时而言，斯宾塞未曾结婚，不闻他侘傺无聊；瓦特早没有了子女，也居然“寿终正寝”，何况在将来，更何况有儿女的人呢？

或者又怕，解放之后，子女要吃苦了。这事也有两层，全如上文所说，不过一是因为老而无能，一是因为少不更事罢了。因此觉醒的人，愈觉有改造社会的任务。中国相传的成法，谬误很多：一种是锢闭，以为可以与社会隔离，不受影响。一种是教给他恶本领，以为如此才能在社会中生活。用这类方法的长者，虽然也含有继续生命的好意，但比照事理，却决定谬误。此外还有一种，是传授些周旋方法，教他们顺应社会。这与数年前讲“实用主义”的人，因为市上有假洋钱，便要在学校里遍教学生看洋钱的法子之类，同一错误。社会虽然不能不偶然顺应，但决不是正当办法。因为社会不良，恶现象便很多，势不能一一顺应；倘都顺应了，又违反了合理的生活，倒走了进化的路。所以根本方法，只有改良社会。

就实际上说，中国旧理想的家族关系父子关系之类，其实早已崩溃。这也非“于今为烈”，正是“在昔已然”。历来都竭力表彰“五世同堂”，便足见实际上同居的为难；拚命的劝孝，也足见事实上孝子的缺少。而其原因，便全在一意提倡虚伪道德，蔑视了真的人情。我们试一翻大族的家谱，便知道始迁祖宗，大抵是单身迁居，成家立业；一到聚族而居，家谱出版，却已在零落的中途了。况在将来，迷信破了，便没有哭竹，卧冰；医学发达了，也不必尝秽，割股。又因为经济关系，结婚不得不迟，生育因此也迟，或者子女才能自存，父母已经衰老，不及依赖他们供养，事实上也就是父母反尽了义务。世界潮流逼拶着，这样做的可以生存，不然的便都衰落；无非觉醒者多，加些人力，便危机可望较少就是了。

但既如上言，中国家庭，实际久已崩溃，并不如“圣人之徒”纸上的空谈，则何以至今依然如故，一无进步呢？这事很容易解答。第一，崩溃者自崩溃，纠缠者自纠缠，设立者又自设立；毫无戒心，也不想到改革，所以如故。第二，以前的家庭中间，本来常有勃豀，到了新名词流行之后，便都改称“革命”，然而其实也仍是讨嫖钱至于相骂，要赌本至于相打之类，与觉醒者的改革，截然两途。这一类自称“革命”的勃豀子弟，纯属旧式，待到自己有了子女，也决不解放；或者毫不管理，或者反要寻出《孝经》，勒令诵读，想他们“学于古训”，都做牺牲。这只能全归旧道德旧习惯旧方法负责，生物学的真理决不能妄任其咎。

既如上言，生物为要进化，应该继续生命，那便“不孝有三无后为大”，三妻四妾，也极合理了。这事也很容易解答。人类因为无后，绝了将来的生命，虽然不幸，但若用不正当的方法手段，苟延生命而害及人群，便该比一人无后，尤其“不孝”。因为现在的社会，一夫一妻制最为合理，而多妻主义，实能使人群堕落。堕落近于退化，与继续生命的目的，恰恰完全相反。无后只是灭绝了自己，退化状态的有后，便会毁到他人。人类总有些为他人牺牲自己的精神，而况生物自发生以来，交互关联，一人的血统，大抵总与他人有多少关系，不会完全灭绝。所以生物学的真理，决非多妻主义的护符。

总而言之，觉醒的父母，完全应该是义务的，利他的，牺牲的，很不易做；而在中国尤不易做。中国觉醒的人，为想随顺长者解放幼者，便须一面清结旧账，一面开辟新路。就是开首所说的“自己背着因袭的重担，肩住了黑暗的闸门，放他们到宽阔光明的地方去；此后幸福的度日，合理的做人。”这是一件极伟大的要紧的事，也是一件极困苦艰难的事。

但世间又有一类长者，不但不肯解放子女，并且不准子女解放他们自己的子女；就是并要孙子曾孙都做无谓的牺牲。这也是一个问题；而我是愿意平和的人，所以对于这问题，现在不能解答。

一九一九年十月。

未有天才之前

——一九二四年一月十七日在北京师范大学附属中学校友会讲

在要求天才的产生之前，应该先要求可以使天才生长的民众。——譬如想有乔木，想看好花，一定要有好土；没有土，便没有花木了；所以土实在较花木还重要。

我自己觉得我的讲话不能使诸君有益或者有趣，因为我实在不知道什么事，但推托拖延得太长久了，所以终于不能不到这里来说几句。

我看现在许多人对于文艺界的要求的呼声之中，要求天才的产生也可以算是很盛大的了，这显然可以反证两件事：一是中国现在没有一个天才，二是大家对于现在的艺术的厌薄。天才究竟有没有？也许有着罢，然而我们和别人都没有见。倘使据了见闻，就可以说没有；不但天才，还有使天才得以生长的民众。

天才并不是自生自长在深林荒野里的怪物，是由可以使天才生长的民众产生，长育出来的，所以没有这种民众，就没有天才。有一回拿破仑过 Alps 山，说，“我比 Alps 山还要高！”这何等英伟，然而不要忘记他后面跟着许多兵；倘没有兵，那只有被山那面的敌人捉住或者赶回，他的举动，言语，都离了英雄的界线，要归入疯子一类了。所以我想，在要求天才的产生之前，应该先要求可以使天才生长的民众。——譬如想有乔木，想看好花，一定要有好土；没有土，便没有花木了；所以土实在较花木还重要。花木非有土不可，正同拿破仑非有好兵不可一样。

然而现在社会上的论调和趋势，一面固然要求天才，一面却要他灭亡，连预备的土也想扫尽。举出几样来说：

其一就是“整理国故”。自从新思潮来到中国以后，其实何尝有力，而一群老头子，还有少年，却已丧魂失魄的来讲国故了，他们说，“中国自有许多好东西，都不整理保存，倒去求新，正如放弃祖宗遗产一样不肖。”抬出祖宗来说法，那自然是极威严的，然而我总不信在旧马褂未曾洗净叠好之前，便不能做一件新马褂。就现状而言，做事本来还随各人的自便，老先生要整理国故，当然不妨去埋在南窗下读死书，至于青年，却自有他们的活学问和新艺术，各干各事，也还没有大妨害的，但若拿了这面旗子来号召，那就是要中国永远与世界隔绝了。倘以为大家非此不可，那更是荒谬绝伦！我们和古董商人谈天，他自然总称赞他的古董如何好，然而他决不痛骂画家，农夫，工匠等类，说是忘记了祖宗：他实在比许多国学家聪明得远。

其一是“崇拜创作”。从表面上看来，似乎这和要求天才的步调很相合，其实不然。那精神中，很含有排斥外来思想，异域情调的分子，所以也就是可以使中国和世界潮流隔绝的。许多人对于托尔斯泰，都介涅夫，陀思妥夫斯奇的名字，已经厌听了，然而他们的著作，有什么译到中国来？眼光囚在一国里，听谈彼得和约翰就生厌，定须张三李四才行，于是创作家出来了，从实说，好的也离不了刺取点外国作品的技术和神情，文笔或者漂亮，思想往往赶不上翻译品，甚者还要加上些传统思想，使他适合于中国人的老脾气，而读者却已为他所牢笼了，于是眼界便渐渐的狭小，几乎要缩进旧圈套里去。作者和读者互相为因果，排斥异流，抬上国粹，那里会有天才产生？即使产生了，也是活不下去的。

这样的风气的民众是灰尘，不是泥土，在他这里长不出好花和乔木来！

还有一样是恶意的批评。大家的要求批评家的出现，也由来已久了，到目下就出了许多批评家。可惜他们之中很有不少是不平家，不像批评家，作品才到面前，便恨恨地磨墨，立刻写出很高明的结论道，

“唉，幼稚得很。中国要天才！”到后来，连并非批评家也这样叫喊了，他是听来的。其实即使天才，在生下来的时候的第一声啼哭，也和平常的儿童的一样，决不会就是一首好诗。因为幼稚，当头加以戕贼，也可以萎死的。我亲见几个作者，都被他们骂得寒噤了。那些作者大约自然不是天才，然而我的希望是便是常人也留着。

恶意的批评家在嫩苗的地上驰马，那当然是十分快意的事；然而遭殃的是嫩苗——平常的苗和天才的苗。幼稚对于老成，有如孩子对于老人，决没有什么耻辱；作品也一样，起初幼稚，不算耻辱的。因为倘不遭了戕贼，他就会生长，成熟，老成；独有老衰和腐败，倒是无药可救的事！我以为幼稚的人，或者老大的人，如有幼稚的心，就说幼稚的话，只为自己要说而说，说出之后，至多到印出之后，自己的事就完了，对于无论打着什么旗子的批评，都可以置之不理的！

就是在座的诸君，料来也十之九愿有天才的产生罢，然而情形是这样，不但产生天才难，单是有培养天才的泥土也难。我想，天才大半是天赋的；独有这培养天才的泥土，似乎大家都可以做。做土的功效，比要求天才还切近；否则，纵有成千成百的天才，也因为没有泥土，不能发达，要像一碟子绿豆芽。

做土要扩大了精神，就是收纳新潮，脱离旧套，能够容纳，了解那将来产生的天才；又要不怕做小事业，就是能创作的自然是创作，否则翻译，介绍，欣赏，读，看，消闲都可以。以文艺来消闲，说来似乎有些可笑，但究竟较胜于戕贼他。

泥土和天才比，当然是不足齿数的，然而不是坚苦卓绝者，也怕不容易做；不过事在人为，比空等天赋的天才有把握。这一点，是泥土的伟大的地方，也是反有大希望的地方。而且也有报酬，譬如好花从泥土里出来，看的人固然欣然的赏鉴，泥土也可以欣然的赏鉴，正不必花卉自身，这才心旷神怡的——假如当作泥土也有灵魂的说。

再论雷峰塔的倒掉

悲剧将人生的有价值的东西毁灭给人看，喜剧将那无价值的撕破给人看。

从崇轩先生的通信（二月份《京报副刊》）里，知道他在轮船上听到两个旅客谈话，说是杭州雷峰塔之所以倒掉，是因为乡下人迷信那塔砖放在自己的家中，凡事都必平安，如意，逢凶化吉，于是这个也挖，那个也挖，挖之久久，便倒了。一个旅客并且再三叹息道：西湖十景这可缺了呵！

这消息，可又使我有点畅快了，虽然明知道幸灾乐祸，不像一个绅士，但本来不是绅士的，也没有法子来装潢。

我们中国的许多人，——我在此特别郑重声明：并不包括四万万同胞全部！——大抵患有一种“十景病”，至少是“八景病”，沉重起来的时候大概在清朝。凡看一部县志，这一县往往有十景或八景，如“远村明月”“萧寺清钟”“古池好水”之类。而且，“十”字形的病菌，似乎已经侵入血管，流布全身，其势力早不在“！”形惊叹亡国病菌之下了。点心有十样锦，菜有十碗，音乐有十番，阎罗有十殿，药有十全大补，猜拳有全福手福手全，连人的劣迹或罪状，宣布起来也大抵是十条，仿佛犯了九条的时候总不肯歇手。现在西湖十景可缺了呵！“凡为天下国家有九经”，九经固古已有之，而九景却颇不习见，所以正是对于十景病的一个针砭，至少也可以使患者感到一种不平常，知道自己的可爱的老病，忽而跑掉了十分之一了。

但仍有悲哀在里面。

其实，这一种势所必至的破坏，也还是徒然的。畅快不过是无聊的自欺。雅人和信士和传统大家，定要苦心孤诣巧语花言地再来补足了十景而后已。

无破坏即无新建设，大致是的；但有破坏却未必即有新建设。卢梭，斯谛纳尔，尼采，托尔斯泰，伊孛生等辈，若用勃兰兑斯的话来说，乃是“轨道破坏者”。其实他们不单是破坏，而且是扫除，是大呼猛进，将碍脚的旧轨道不论整条或碎片，一扫而空，并非想挖一块废铁古砖挟回家去，预备卖给旧货店。中国很少这一类人，即使有之，也会被大众的唾沫淹死。孔丘先生确是伟大，生在巫鬼势力如此旺盛的时代，偏不肯随俗谈鬼神；但可惜太聪明了，“祭如在祭神如神在”，只用他修《春秋》的照例手段以两个“如”字略寓“俏皮刻薄”之意，使人一时莫明其妙，看不出他肚皮里的反对来。他肯对子路赌咒，却不肯对鬼神宣战，因为一宣战就不和平，易犯骂人——虽然不过骂鬼——之罪，即不免有《衡论》（见一月份《晨报副镌》）作家 TY 先生似的好人，会替鬼神来奚落他道：为名乎？骂人不能得名。为利乎？骂人不能得利。想引诱女人乎？又不能将蚩尤的脸子印在文章上。何乐而为之也欤？

孔丘先生是深通世故的老先生，大约除脸子付印问题以外，还有深心，犯不上来做明目张胆的破坏者，所以只是不谈，而决不骂，于是乎俨然成为中国的圣人，道大，无所不包故也。否则，现在供在圣庙里的，也许不姓孔。

不过在戏台上罢了，悲剧将人生的有价值的东西毁灭给人看，喜剧将那无价值的撕破给人看。讥讽又不过是喜剧的变简的一支流。但悲壮滑稽，却都是十景病的仇敌，因为都有破坏性，虽然所破坏的方面各不同。中国如十景病尚存，则不但卢梭他们似的疯子决不产生，并且也决不产生一个悲剧作家或喜剧作家或讽刺诗人。所有的，只是喜剧底人物或非喜剧非悲剧底人物，在互相模造的十景中生存，一面各各带了十景病。

然而十全停滞的生活，世界上是很不多见的事，于是破坏者到了，但并非自己的先觉的破坏者，却是狂暴的强盗，或外来的蛮夷。猃狁早到过中原，五胡来过了，蒙古也来过了；同胞张献忠杀人如草，而满洲兵的一箭，就钻进树丛中死掉了。有人论中国说，倘使没有带着新鲜的血液的野蛮的侵入，真不知自身会腐败到如何！这当然是极刻毒的恶谑，但我们一翻历史，怕不免要有汗流浃背的时候罢。外寇来了，暂一震动，终于请他作主子，在他的刀斧下修补老例；内寇来了，也暂一震动，终于请他做主子，或者别拜一个主子，在自己的瓦砾中修补老例。再来翻县志，就看见每一次兵燹之后，所添上的是许多烈妇烈女的氏名。看近来的兵祸，怕又要大举表扬节烈了罢。许多男人们都那里去了？

凡这一种寇盗式的破坏，结果只能留下一片瓦砾，与建设无关。

但当太平时候，就是正在修补老例，并无寇盗时候，即国中暂时没有破坏么？也不然的，其时有奴才式的破坏作用常川活动着。

雷峰塔砖的挖去，不过是极近的一条小小的例。龙门的石佛，大半肢体不全，图书馆中的书籍，插图须谨防撕去，凡公物或无主的东西，倘难于移动，能够完全的即很不多。但其毁坏的原因，则非如革除者的志在扫除，也非如寇盗的志在掠夺或单是破坏，仅因目前极小的自利，也肯对于完整的大物暗暗的加一个创伤。人数既多，创伤自然极大，而倒败之后，却难于知道加害的究竟是谁。正如雷峰塔倒掉以后，我们单知道由于乡下人的迷信。共有的塔失去了，乡下人的所得，却不过一块砖，这砖，将来又将为别一自利者所藏，终究至于灭尽。倘在民康物阜时候，因为十景病的发作，新的雷峰塔也会再造的罢。但将来的运命，不也就可以推想而知么？如果乡下人还是这样的乡下人，老例还是这样的老例。

这一种奴才式的破坏，结果也只能留下一片瓦砾，与建设无关。

岂但乡下人之于雷峰塔，日日偷挖中华民国的柱石的奴才们，现在正不知有多少！

瓦砾场上还不足悲，在瓦砾场上修补老例是可悲的。我们要革新的破坏者，因为他内心有理想的光。我们应该知道他和寇盗奴才的分别；应该留心自己堕入后两种。这区别并不烦难，只要观人，省己，凡言动中，思想中，含有借此据为己有的朕兆者是寇盗，含有借此占些目前的小便宜的朕兆者是奴才，无论在前面打着的是怎样鲜明好看的旗子。

一九二五年二月六日。

春末闲谈

猛兽是单独的，牛羊则结队；野牛的大队，就会排角成城以御强敌了，但拉开一匹，定只能牟牟地叫。

北京正是春末，也许我过于性急之故罢，觉着夏意了，于是突然记起故乡的细腰蜂。那时候大约是盛夏，青蝇密集在凉棚索子上，铁黑色的细腰蜂就在桑树间或墙角的蛛网左近往来飞行，有时衔一支小青虫去了，有时拉一个蜘蛛。青虫或蜘蛛先是抵抗着不肯去，但终于乏力，被衔着腾空而去了，坐了飞机似的。

老前辈们开导我，那细腰蜂就是书上所说的果蠃，纯雌无雄，必须捉螟蛉去做继子的。她将小青虫封在窠里，自己在外面日日夜夜敲打着，祝道“像我像我”，经过若干日，——我记不清了，大约七七四十九日罢，——那青虫也就成了细腰蜂了，所以《诗经》里说：“螟蛉有子，果蠃负之。”螟蛉就是桑上小青虫。蜘蛛呢？他们没有提。我记得有几个考据家曾经立过异说，以为她其实自能生卵；其捉青虫，乃是填在窠里，给孵化出来的幼蜂做食料的。但我所遇见的前辈们都不采用此说，还道是拉去做女儿。我们为存留天地间的美谈起见，倒不如这样好。当长夏无事，遣暑林阴，瞥见二虫一拉一拒的时候，便如睹慈母教女，满怀好意，而青虫的宛转抗拒，则活像一个不识好歹的毛鸦头。

但究竟是夷人可恶，偏要讲什么科学。科学虽然给我们许多惊奇，但也搅坏了我们许多好梦。自从法国的昆虫学大家发勒耳（Fabre）仔细观察之后，给幼蜂做食料的事可就证实了。而且，这细腰蜂不但是普通的凶手，还是一种很残忍的凶手，又是一个学识技术都极高明的解剖学家。她知道青虫的神经构造和作用，用了神奇的毒针，向那运动神经球上只一螫，它便麻痹为不死不活状态，这才在它身上生下蜂卵，封入窠中。青虫因为不死不活，所以不动，但也因为不活不死，所以不烂，直到她的子女孵化出来的时候，这食料还和被捕当日一样的新鲜。

三年前，我遇见神经过敏的俄国的E君，有一天他忽然发愁道，不知道将来的科学家，是否不至于发明一种奇妙的药品，将这注射在谁的身上，则这人即甘心永远去做服役和战争的机器了？那时我也就皱眉叹息，装作一齐发愁的模样，以示“所见略同”之至意，殊不知我国的圣君，贤臣，圣贤，圣贤之徒，却早已有过这一种黄金世界的理想了。不是“唯辟作福，唯辟作威，唯辟玉食”么？不是“君子劳心，小人劳力”么？不是“治于人者食（去声）人，治人者食于人”么？可惜理论虽已卓然，而终于没有发明十全的好方法。要服从作威就须不活，要贡献玉食就须不死；要被治就须不活，要供养治人者又须不死。人类升为万物之灵，自然是可贺的，但没有了细腰蜂的毒针，却很使圣君，贤臣，圣贤，圣贤之徒，以至现在的阔人，学者，教育家觉得棘手。将来未可知，若已往，则治人者虽然尽力施行过各种麻痹术，也还不能十分奏效，与果赢并驱争先。即以皇帝一伦而言，便难免时常改姓易代，终没有“万年有道之长”；“二十四史”而多至二十四，就是可悲的铁证。现在又似乎有些别开生面了，世上挺生了一种所谓“特殊智识阶级”的留学生，在研究室中研究之结果，说医学不发达是有益于人种改良的，中国妇女的境遇是极其平等的，一切道理都已不错，一切状态都已够好。E君的发愁，或者也不为无因罢，然而俄国是不要紧的，因为他们不像我们中国，有所谓“特别国情”，还有所谓“特殊智识阶级”。

但这种工作，也怕终于像古人那样，不能十分奏效的罢，因为这实在比细腰蜂所做的要难得多。她于青虫，只须不动，所以仅在运动神经球上一螫，即告成功。而我们的工作，却求其能运动，无知觉，该在知觉神经中枢，加以完全的麻醉的。但知觉一失，运动也就随之失却主宰，不能贡献玉食，恭请上自“极峰”下至“特殊智识阶级”的赏收享用了。就现在而言，窃以为除了遗老的圣经贤传法，学者的进研究室主义，文学家和茶摊老板的莫谈国事律，教育家的勿视勿听勿言勿动论之外，委实还没有更好，更完全，更无流弊的方法。便是留学生的特别发见，其实也并未轶出了前贤的范围。

那么，又要“礼失而求诸野”了。夷人，现在因为想去取法，姑且称之为外国，他那里，可有较好的法子么？可惜，也没有。所有者，仍不外乎不准集会，不许开口之类，和我们中华并没有什么很不同。然亦可见至道嘉猷，人同此心，心同此理，固无华夷之限也。猛兽是单独的，牛羊则结队；野牛的大队，就会排角成城以御强敌了，但拉开一匹，定只能牟牟地叫。人民与牛马同流，——此就中国而言，夷人别有分类法云，——治之之道，自然应该禁止集合：这方法是对的。其次要防说话。人能说话，已经是祸胎了，而况有时还要做文章。所以苍颉造字，夜有鬼哭。鬼且反对，而况于官？猴子不会说话，猴界即向无风潮，——可是猴界中也没有官，但这又作别论，——确应该虚心取法，反朴归真，则口且不开，文章自灭：这方法也是对的。然而上文也不过就理论而言，至于实效，却依然是难说。最显著的例，是连那么专制的俄国，而尼古拉二世“龙御上宾”之后，罗马诺夫氏竟已“覆宗绝祀”了。要而言之，那大缺点就在虽有二大良法，而还缺其一，便是：无法禁止人们的思想。

于是我们的造物主——假如天空真有这样的一位“主子”——就可恨了：一恨其没有永远分清“治者”与“被治者”；二恨其不给治者生一枝细腰蜂那样的毒针；三恨其不将被治者造得即使砍去了藏着的思想中枢的脑袋而还能动作——服役。三者得一，阔人的地位即永久稳固，统御也永久省了气力，而天下于是乎太平。今也不然，所以即使单想高高在上，暂时维持阔气，也还得日施手段，夜费心机，实在不胜其委屈劳神之至……

假使没有了头颅，却还能做服役和战争的机械，世上的情形就何等地醒目呵！这时再不必用什么制帽勋章来表明阔人和窄人了，只要一看头之有无，便知道主奴，官民，上下，贵贱的区别。并且也不至于再闹什么革命，共和，会议等等的乱子了，单是电报，就要省下许多许多来。古人毕竟聪明，仿佛早想到过这样的东西，《山海经》上就记载着一种名叫“刑天”的怪物。他没有了能想的头，却还活着，“以乳为目，以脐为口”，——这一点想得很周到，否则他怎么看，怎么吃呢，——实在是很值得奉为师法的。假使我们的国民都能这样，阔人又何等安全快乐？但他又“执干戚而舞”，则似乎还是死也不肯安分，和我那专为阔人图便利而设的理想底好国民又不同。陶潜先生又有诗道：“刑天舞干戚，猛志固常在。”连这位貌似旷达的老隐士也这么说，可见无头也会仍有猛志，阔人的天下一时总怕难得太平的了。但有了太多的“特殊知识阶级”的国民，也许有特在例外的希望；况且精神文明太高了之后，精神的头就会提前飞去，区区物质的头的有无也算不得什么难问题。

一九二五年四月二十二日。

灯下漫笔

扫荡这些食人者，掀掉这筵席，毁坏这厨房，则是现在的青年的使命！

一

有一时，就是民国二三年时候，北京的几个国家银行的钞票，信用日见其好了，真所谓蒸蒸日上。听说连一向执迷于现银的乡下人，也知道这既便当，又可靠，很乐意收受，行使了。至于稍明事理的人，则不必是“特殊知识阶级”，也早不将沉重累坠的银元装在怀中，来自讨无谓的苦吃。想来，除了多少对于银子有特别嗜好和爱情的人物之外，所有的怕大都是钞票了罢，而且多是本国的。但可惜后来忽然受了一个不小的打击。

就是袁世凯想做皇帝的那一年，蔡松坡先生溜出北京，到云南去起义。这边所受的影响之一，是中国和交通银行的停止兑现。虽然停止兑现，政府勒令商民照旧行用的威力却还有的；商民也自有商民的老本领，不说不要，却道找不出零钱。假如拿几十几百的钞票去买东西，我不知道怎样，但倘使只要买一枝笔，一盒烟卷呢，难道就付给一元钞票么？不但不甘心，也没有这许多票。那么，换铜元，少换几个罢，又都说没有铜元。那么，到亲戚朋友那里借现钱去罢，怎么会有？于是降格以求，不讲爱国了，要外国银行的钞票。但外国银行的钞票这时就等于现银，他如果借给你这钞票，也就借给你真的银元了。

我还记得那时我怀中还有三四十元的中交票，可是忽而变了一个穷人，几乎要绝食，很有些恐慌。俄国革命以后的藏着纸卢布的富翁的心情，恐怕也就这样的罢；至多，不过更深更大罢了。我只得探听，钞票可能折价换到现银呢？说是没有行市。幸而终于，暗暗地有了行市了：六折几。我非常高兴，赶紧去卖了一半。后来又涨到七折了，我更非常高兴，全去换了现银，沉垫垫地坠在怀中，似乎这就是我的性命的斤两。倘在平时，钱铺子如果少给我一个铜元，我是决不答应的。

但我当一包现银塞在怀中，沉垫垫地觉得安心，喜欢的时候，却突然起了另一思想，就是：我们极容易变成奴隶，而且变了之后，还万分喜欢。

假如有一种暴力，“将人不当人”，不但不当人，还不及牛马，不算什么东西；待到人们羡慕牛马，发生“乱离人，不及太平犬”的叹息的时候，然后给与他略等于牛马的价格，有如元朝定律，打死别人的奴隶，赔一头牛，则人们便要心悦诚服，恭颂太平的盛世。为什么呢？因为他虽不算人，究竟已等于牛马了。

我们不必恭读《钦定二十四史》，或者入研究室，审察精神文明的高超。只要一翻孩子所读的《鉴略》，——还嫌烦重，则看《历代纪元编》，就知道“三千余年古国古”的中华，历来所闹的就不过是这一个小玩艺。但在新近编纂的所谓“历史教科书”一流东西里，却不大看得明白了，只仿佛说：咱们向来就很好的。

但实际上，中国人向来就没有争到过“人”的价格，至多不过是奴隶，到现在还如此，然而下于奴隶的时候，却是数见不鲜的。中国的百姓是中立的，战时连自己也不知道属于那一面，但又属于无论那一面。强盗来了，就属于官，当然该被杀掠；官兵既到，该是自家人了罢，但仍然要被杀掠，仿佛又属于强盗似的。这时候，百姓就希望有一个一定的主子，拿他们去做百姓，——不敢，是拿他们去做牛马，情愿自己寻草吃，只求他决定他们怎样跑。

假使真有谁能够替他们决定，定下什么奴隶规则来，自然就“皇恩浩荡”了。可惜的是往往暂时没有谁能定。举其大者，则如五胡十六国的时候，黄巢的时候，五代时候，宋末元末时候，除了老例的服役纳粮以外，都还要受意外的灾殃。张献忠的脾气更古怪了，不服役纳粮的要杀，服役纳粮的也要杀，敌他的要杀，降他的也要杀：将奴隶规则毁得粉碎。这时候，百姓就希望来一个另外的主子，较为顾及他们的奴隶规则的，无论仍旧，或者新颁，总之是有一种规则，使他们可上奴隶的轨道。

“时日曷丧，予及汝偕亡！”愤言而已，决心实行的不多见。实际上大概是群盗如麻，纷乱至极之后，就有一个较强，或较聪明，或较狡滑，或是外族的人物出来，较有秩序地收拾了天下。厘定规则：怎样服役，怎样纳粮，怎样磕头，怎样颂圣。而且这规则是不像现在那样朝三暮四的。于是便“万姓胪欢”了；用成语来说，就叫作“天下太平”。

任凭你爱排场的学者们怎样铺张，修史时候设些什么“汉族发祥时代”“汉族发达时代”“汉族中兴时代”的好题目，好意诚然是可感的，但措辞太绕湾子了。有更其直捷了当的说法在这里——

一，想做奴隶而不得的时代；

二，暂时做稳了奴隶的时代。

这一种循环，也就是“先儒”之所谓“一治一乱”；那些作乱人物，从后日的“臣民”看来，是给“主子”清道辟路的，所以说：“为圣天子驱除云尔。”

现在入了那一时代，我也不了然。但看国学家的崇奉国粹，文学家的赞叹固有文明，道学家的热心复古，可见于现状都已不满了。然而我们究竟正向着那一条路走呢？百姓是一遇到莫名其妙的战争，稍富的迁进租界，妇孺则避入教堂里去了，因为那些地方都比较的“稳”，暂不至于想做奴隶而不得。总而言之，复古的，避难的，无智愚贤不肖，似乎都已神往于三百年前的太平盛世，就是“暂时做稳了奴隶的时代”了。

但我们也就都像古人一样，永久满足于“古已有之”的时代么？都像复古家一样，不满于现在，就神往于三百年前的太平盛世么？

自然，也不满于现在的，但是，无须反顾，因为前面还有道路在。而创造这中国历史上未曾有过的第三样时代，则是现在的青年的使命！

二

但是赞颂中国固有文明的人们多起来了，加之以外国人。我常常想，凡有来到中国的，倘能疾首蹙额而憎恶中国，我敢诚意地捧献我的感谢，因为他一定是不愿意吃中国人的肉的！

鹤见祐辅氏在《北京的魅力》中，记一个白人将到中国，预定的暂住时候是一年，但五年之后，还在北京，而且不想回去了。有一天，他们两人一同吃晚饭——

“在圆的桃花心木的食桌前坐定，川流不息地献着山海的珍味，谈话就从古董，画，政治这些开头。电灯上罩着支那式的灯罩，淡淡的光洋溢于古物罗列的屋子中。什么无产阶级呀，Proletariat 呀那些事，就像不过在什么地方刮风。

“我一面陶醉在支那生活的空气中，一面深思着对于外人有着‘魅力’的这东西。元人也曾征服支那，而被征服于汉人种的生活美了；满人也征伐支那，而被征服于汉人种的生活美了。现在西洋人也一样，嘴里虽然说着 Democracy 呀，什么什么呀，而却被魅于支那人费六千年而建筑起来的生活的美。一经住过北京，就忘不掉那生活的味道。大风时候的万丈的沙尘，每三月一回的督军们的开战游戏，都不能抹去这支那生活的魅力。”

这些话我现在还无力否认他。我们的古圣先贤既给与我们保古守旧的格言，但同时也排好了用子女玉帛所做的奉献于征服者的大宴。中国人的耐劳，中国人的多子，都就是办酒的材料，到现在还为我们的爱国者所自诩的。西洋人初入中国时，被称为蛮夷，自不免个个蹙额，但是，现在则时机已至，到了我们将曾经献于北魏，献于金，献于元，献于清的盛宴，来献给他们的时候了。出则汽车，行则保护：虽遇清道，然而通行自由的；虽或被劫，然而必得赔偿的；孙美瑶掳去他们站在军前，还使官兵不敢开火。何况在华屋中享用盛宴呢？待到享受盛宴的时候，自然也就是赞颂中国固有文明的时候；但是我们的有些乐观的爱国者，也许反而欣然色喜，以为他们将要开始被中国同化了罢。古人曾以女人作苟安的城堡，美其名以自欺曰“和亲”，今人还用子女玉帛为作奴的贽敬，又美其名曰“同化”。所以倘有外国的谁，到了已有赴宴的资格的现在，而还替我们诅咒中国的现状者，这才是真有良心的真可佩服的人！

但我们自己是早已布置妥帖了，有贵贱，有大小，有上下。自己被人凌虐，但也可以凌虐别人；自己被人吃，但也可以吃别人。一级一级的制驭着，不能动弹，也不想动弹了。因为倘一动弹，虽或有利，然而也有弊。我们且看古人的良法美意罢——

“天有十日，人有十等。下所以事上，上所以共神也。故王臣公，公臣大夫，大夫臣士，士臣皁，皁臣舆，舆臣隶，隶臣僚，僚臣仆，仆臣台。”（《左传》昭公七年）

但是“台”没有臣，不是太苦了么？无须担心的，有比他更卑的妻，更弱的子在。而且其子也很有希望，他日长大，升而为“台”，便又有更卑更弱的妻子，供他驱使了。如此连环，各得其所，有敢非议者，其罪名曰不安分！

虽然那是古事，昭公七年离现在也太辽远了，但“复古家”尽可不必悲观的。太平的景象还在：常有兵燹，常有水旱，可有谁听到大叫唤么？打的打，革的革，可有处士来横议么？对国民如何专横，向外人如何柔媚，不犹是差等的遗风么？中国固有的精神文明，其实并未为共和二字所埋没，只有满人已经退席，和先前稍不同。

因此我们在目前，还可以亲见各式各样的筵宴，有烧烤，有翅席，有便饭，有西餐。但茅檐下也有淡饭，路傍也有残羹，野上也有饿莩；有吃烧烤的身价不资的阔人，也有饿得垂死的每斤八文的孩子（见《现代评论》二十一期）。所谓中国的文明者，其实不过是安排给阔人享用的人肉的筵宴。所谓中国者，其实不过是安排这人肉的筵宴的厨房。不知道而赞颂者是可恕的，否则，此辈当得永远的诅咒！

外国人中，不知道而赞颂者，是可恕的；占了高位，养尊处优，因此受了蛊惑，昧却灵性而赞叹者，也还可恕的。可是还有两种，其一是以中国人为劣种，只配悉照原来模样，因而故意称赞中国的旧物。其一是愿世间人各不相同以增自己旅行的兴趣，到中国看辫子，到日本看木屐，到高丽看笠子，倘若服饰一样，便索然无味了，因而来反对亚洲的欧化。这些都可憎恶。至于罗素在西湖见轿夫含笑，便赞美中国人，则也许别有意思罢。但是，轿夫如果能对坐轿的人不含笑，中国也早不是现在似的中国了。

这文明，不但使外国人陶醉，也早使中国一切人们无不陶醉而且至于含笑。因为古代传来而至今还在的许多差别，使人们各各分离，遂不能再感到别人的痛苦；并且因为自己各有奴使别人，吃掉别人的希望，便也就忘却自己同有被奴使被吃掉的将来。于是大小无数的人肉的筵宴，即从有文明以来一直排到现在，人们就在这会场中吃人，被吃，以凶人的愚妄的欢呼，将悲惨的弱者的呼号遮掩，更不消说女人和小儿。

这人肉的筵宴现在还排着，有许多人还想一直排下去。扫荡这些食人者，掀掉这筵席，毁坏这厨房，则是现在的青年的使命！

一九二五年四月二十九日。

杂忆

卑怯的人，即使有万丈的愤火，除弱草以外，又能烧掉甚么呢？

1

有人说 G.Byron 的诗多为青年所爱读，我觉得这话很有几分真。就自己而论，也还记得怎样读了他的诗而心神俱旺；尤其是看见他那花布裹头，去助希腊独立时候的肖像。这像，去年才从《小说月报》传入中国了。可惜我不懂英文，所看的都是译本。听近今的议论，译诗是已经不值一文钱，即使译得并不错。但那时大家的眼界还没有这样高，所以我看了译本，倒也觉得好，或者就因为不懂原文之故，于是便将臭草当作芳兰。《新罗马传奇》中的译文也曾传诵一时，虽然用的是词调，又译 Sappho 为“萨芷波”，证明着是根据日文译本的重译。

苏曼殊先生也译过几首，那时他还没有做诗“寄弹筝人”，因此与 Byron 也还有缘。但译文古奥得很，也许曾经章太炎先生的润色的罢，所以真像古诗，可是流传倒并不广。后来收入他自印的绿面金签的《文学因缘》中，现在连这《文学因缘》也少见了。

其实，那时 Byron 之所以比较的为中国人所知，还有别一原因，就是他的助希腊独立。时当清的末年，在一部分中国青年的心中，革命思潮正盛，凡有叫喊复仇和反抗的，便容易惹起感应。那时我所记得的人，还有波兰的复仇诗人 Adam Mickiewicz；匈牙利的爱国诗人 Petöfi Sándor；飞猎滨的文人而为西班牙政府所杀的厘沙路，——他的祖父还是中国人，中国也曾译过他的绝命诗。Hauptmann，Sudermann，Ibsen这些人虽然正负盛名，我们却不大注意。别有一部分人，则专意搜集明末遗民的著作，满人残暴的记录，钻在东京或其他的图书馆里，抄写出来，印了，输入中国，希望使忘却的旧恨复活，助革命成功。于是《扬州十日记》，《嘉定屠城记略》，《朱舜水集》，《张苍水集》都翻印了，还有《黄萧养回头》及其他单篇的汇集，我现在已经举不出那些名目来。别有一部分人，则改名“扑满”“打清”之类，算是英雄。这些大号，自然和实际的革命不甚相关，但也可见那时对于光复的渴望之心，是怎样的旺盛。

不独英雄式的名号而已，便是悲壮淋漓的诗文，也不过是纸片上的东西，于后来的武昌起义怕没有什么大关系。倘说影响，则别的千言万语，大概都抵不过浅近直截的“革命军马前卒邹容”所做的《革命军》。

2

待到革命起来，就大体而言，复仇思想可是减退了。我想，这大半是因为大家已经抱着成功的希望，又服了“文明”的药，想给汉人挣一点面子，所以不再有残酷的报复。但那时的所谓文明，却确是洋文明，并不是国粹；所谓共和，也是美国法国式的共和，不是周召共和的共和。革命党人也大概竭力想给本族增光，所以兵队倒不大抢掠。南京的土匪兵小有劫掠，黄兴先生便勃然大怒，枪毙了许多，后来因为知道土匪是不怕枪毙而怕枭首的，就从死尸上割下头来，草绳络住了挂在树上。从此也不再有什么变故了，虽然我所住的一个机关的卫兵，当我外出时举枪立正之后，就从窗门洞爬进去取了我的衣服，但究竟手段已经平和得多，也客气得多了。

南京是革命政府所在地，当然格外文明。但我去一看先前的满人的驻在处，却是一片瓦砾；只有方孝孺血迹石的亭子总算还在。这里本是明的故宫，我做学生时骑马经过，曾很被顽童骂詈和投石，——犹言你们不配这样，听说向来是如此的。现在却面目全非了，居民寥寥；即使偶有几间破屋，也无门窗；若有门，则是烂洋铁做的。总之，是毫无一点木料。

那么，城破之时，汉人大大的发挥了复仇手段了么？并不然。知道情形的人告诉我：战争时候自然有些损坏；革命军一进城，旗人中间便有些人定要按古法殉难，在明的冷宫的遗址的屋子里使火药炸裂，以炸杀自己，恰巧一同炸死了几个适从近旁经过的骑兵。革命军以为埋藏地雷反抗了，便烧了一回，可是燹余的房子还不少。此后是他们自己动手，拆屋材出卖，先拆自己的，次拆较多的别人的，待到屋无尺材寸椽，这才大家流散，还给我们一片瓦砾场。——但这是我耳闻的，保不定可是真话。

看到这样的情形，即使你将《扬州十日记》挂在眼前，也不至于怎样愤怒了罢。据我感得，民国成立以后，汉满的恶感仿佛很是消除了，各省的界限也比先前更其轻淡了。然而“罪孽深重不自殒灭”的中国人，不到一年，情形便又逆转：有宗社党的活动和遗老的谬举而两族的旧史又令人忆起，有袁世凯的手段而南北的交恶加甚，有阴谋家的狡计而省界又被利用，并且此后还要增长起来！

3

不知道我的性质特别坏，还是脱不出往昔的环境的影响之故，我总觉得复仇是不足为奇的，虽然也并不想诬无抵抗主义者为无人格。但有时也想：报复，谁来裁判，怎能公平呢？便又立刻自答：自己裁判，自己执行；既没有上帝来主持，人便不妨以目偿头，也不妨以头偿目。有时也觉得宽恕是美德，但立刻也疑心这话是怯汉所发明，因为他没有报复的勇气；或者倒是卑怯的坏人所创造，因为他贻害于人而怕人来报复，便骗以宽恕的美名。

因此我常常欣慕现在的青年，虽然生于清末，而大抵长于民国，吐纳共和的空气，该不至于再有什么异族轭下的不平之气，和被压迫民族的合辙之悲罢。果然，连大学教授，也已经不解何以小说要描写下等社会的缘故了，我和现代人要相距一世纪的话，似乎有些确凿。但我也不想湔洗，——虽然很觉得惭惶。

当爱罗先珂君在日本未被驱逐之前，我并不知道他的姓名。直到已被放逐，这才看起他的作品来；所以知道那迫辱放逐的情形的，是由于登在《读卖新闻》上的一篇江口涣氏的文字。于是将这译出，还译他的童话，还译他的剧本《桃色的云》。其实，我当时的意思，不过要传播被虐待者的苦痛的呼声和激发国人对于强权者的憎恶和愤怒而已，并不是从什么"艺术之宫"里伸出手来，拔了海外的奇花瑶草，来移植在华国的艺苑。

日文的《桃色的云》出版时，江口氏的文章也在，可是已被检查机关（警察厅？）删节得很多。我的译文是完全的，但当这剧本印成本子时，却没有印上去。因为其时我又见了别一种情形，起了别一种意见，不想在中国人的愤火上，再添薪炭了。

4

孔老先生说过："毋友不如己者。"其实这样的势利眼睛，现在的世界上还多得很。我们自己看看本国的模样，就可知道不会有什么友人的了，岂但没有友人，简直大半都曾经做过仇敌。不过仇甲的时候，向乙等候公论，后来仇乙的时候，又向甲期待同情，所以片段的看起来，倒也似乎并不是全世界都是怨敌。但怨敌总常有一个，因此每一两年，爱国者总要鼓舞一番对于敌人的怨恨与愤怒。

这也是现在极普通的事情，此国将与彼国为敌的时候，总得先用了手段，煽起国民的敌忾心来，使他们一同去扞御或攻击。但有一个必要的条件，就是：国民是勇敢的。因为勇敢，这才能勇往直前，肉搏强敌，以报仇雪恨。假使是怯弱的人民，则即使如何鼓舞，也不会有面临强敌的决心；然而引起的愤火却在，仍不能不寻一个发泄的地方，这地方，就是眼见得比他们更弱的人民，无论是同胞或是异族。

我觉得中国人所蕴蓄的怨愤已经够多了，自然是受强者的蹂躏所致的。但他们却不很向强者反抗，而反在弱者身上发泄，兵和匪不相争，无枪的百姓却并受兵匪之苦，就是最近便的证据。再露骨地说，怕还可以证明这些人的卑怯。卑怯的人，即使有万丈的愤火，除弱草以外，又能烧掉甚么呢？

或者要说，我们现在所要使人愤恨的是外敌，和国人不相干，无从受害。可是这转移是极容易的，虽曰国人，要借以泄愤的时候，只要给与一种特异的名称，即可放心剚刃。先前则有异端，妖人，奸党，逆徒等类名目，现在就可用国贼，汉奸，二毛子，洋狗或洋奴。庚子年的义和团捉住路人，可以任意指为教徒，据云这铁证是他的神通眼已在那人的额上看出一个“十”字。

然而我们在“毋友不如己者”的世上，除了激发自己的国民，使他们发些火花，聊以应景之外，又有什么良法呢。可是我根据上述的理由，更进一步而希望于点火的青年的，是对于群众，在引起他们的公愤之余，还须设法注入深沉的勇气，当鼓舞他们的感情的时候，还须竭力启发明白的理性；而且还得偏重于勇气和理性，从此继续地训练许多年。这声音，自然断乎不及大叫宣战杀贼的大而阔，但我以为却是更紧要而更艰难伟大的工作。

否则，历史指示过我们，遭殃的不是什么敌手而是自己的同胞和子孙。那结果，是反为敌人先驱，而敌人就做了这一国的所谓强者的胜利者，同时也就做了弱者的恩人。因为自己先已互相残杀过了，所蕴蓄的怨愤都已消除，天下也就成为太平的盛世。

总之，我以为国民倘没有智，没有勇，而单靠一种所谓“气”，实在是非常危险的。现在，应该更进而着手于较为坚实的工作了。

一九二五年六月十六日。

论“他妈的!”

“下等人”还未暴发之先，自然大抵有许多“他妈的”在嘴上，但一遇机会，偶窃一位，略识几字，便即文雅起来：雅号也有了；身分也高了；家谱也修了，还要寻一个始祖，不是名儒便是名臣。从此化为“上等人”，也如上等前辈一样，言行都很温文尔雅。

无论是谁，只要在中国过活，便总得常听到“他妈的”或其相类的口头禅。我想：这话的分布，大概就跟着中国人足迹之所至罢；使用的遍数，怕也未必比客气的“您好呀”会更少。假使依或人所说，牡丹是中国的“国花”，那么，这就可以算是中国的“国骂”了。

我生长于浙江之东，就是西滢先生之所谓“某籍”。那地方通行的“国骂”却颇简单：专一以“妈”为限，决不牵涉余人。后来稍游各地，才始惊异于国骂之博大而精微：上溯祖宗，旁连姊妹，下递子孙，普及同性，真是“犹河汉而无极也”。而且，不特用于人，也以施之兽。前年，曾见一辆煤车的只轮陷入很深的辙迹里，车夫便愤然跳下，出死力打那拉车的骡子道：“你姊姊的！你姊姊的！”

别的国度里怎样，我不知道。单知道诺威人 Hamsun 有一本小说叫《饥饿》，粗野的口吻是很多的，但我并不见这一类话。Gorky 所写的小说中多无赖汉，就我所看过的而言，也没有这骂法。惟独 Artzybashev 在《工人绥惠略夫》里，却使无抵抗主义者亚拉借夫骂了一句“你妈的”。但其时他已经决计为爱而牺牲了，使我们也失却笑他自相矛盾的勇气。这骂的翻译，在中国原极容易的，别国却似乎为难，德文译本作“我使用过你的妈”，日文译本作“你的妈是我的母狗”。这实在太费解，——由我的眼光看起来。

那么，俄国也有这类骂法的了，但因为究竟没有中国似的精博，所以光荣还得归到这边来。好在这究竟又并非什么大光荣，所以他们大约未必抗议；也不如“赤化”之可怕，中国的阔人，名人，高人，也不至于骇死的。但是，虽在中国，说的也独有所谓“下等人”，例如“车夫”之类，至于有身分的上等人，例如“士大夫”之类，则决不出之于口，更何况笔之于书。“予生也晚”，赶不上周朝，未为大夫，也没有做士，本可以放笔直干的，然而终于改头换面，从“国骂”上削去一个动词和一个名词，又改对称为第三人称者，恐怕还因为到底未曾拉车，因而也就不免“有点贵族气味”之故。那用途，既然只限于一部分，似乎又有些不能算作“国骂”了；但也不然，阔人所赏识的牡丹，下等人又何尝以为“花之富贵者也”？

这“他妈的”的由来以及始于何代，我也不明白。经史上所见骂人的话，无非是“役夫”，“奴”，“死公”；较厉害的，有“老狗”，“貉子”；更厉害，涉及先代的，也不外乎“而母婢也”，“赘阉遗丑”罢了！还没见过什么“妈的”怎样，虽然也许是士大夫讳而不录。但《广弘明集》（七）记北魏邢子才“以为妇人不可保。谓元景曰，‘卿何必姓王？’元景变色。子才曰，‘我亦何必姓邢；能保五世耶？’”则颇有可以推见消息的地方。

晋朝已经是大重门第，重到过度了；华胄世业，子弟便易于得官；即使是一个酒囊饭袋，也还是不失为清品。北方疆土虽失于拓跋氏，士人却更其发狂似的讲究阀阅，区别等第，守护极严。庶民中纵有俊才，也不能和大姓比并。至于大姓，实不过承祖宗余荫，以旧业骄人，空腹高心，当然使人不耐。但士流既然用祖宗做护符，被压迫的庶民自然也就将他们的祖宗当作仇敌。邢子才的话虽然说不定是否出于愤激，但对于躲在门第下的男女，却确是一个致命的重伤。势位声气，本来仅靠了“祖宗”这惟一的护符而存，“祖宗”倘一被毁，便什么都倒败了。这是倚赖“余荫”的必得的果报。

同一的意思，但没有邢子才的文才，而直出于“下等人”之口的，就是：“他妈的！”

要攻击高门大族的坚固的旧堡垒，却去瞄准他的血统，在战略上，真可谓奇谲的了。最先发明这一句“他妈的”的人物，确要算一个天才，——然而是一个卑劣的天才。

唐以后，自夸族望的风气渐渐消除；到了金元，已奉夷狄为帝王，自不妨拜屠沽作卿士，“等”的上下本该从此有些难定了，但偏还有人想辛辛苦苦地爬进“上等”去。刘时中的曲子里说：“堪笑这没见识街市匹夫，好打那好顽劣。江湖伴侣，旋将表德官名相体呼，声音多厮称，字样不寻俗。听我一个个细数：粜米的唤子良；卖肉的呼仲甫……开张卖饭的呼君宝；磨面登罗底叫德夫：何足云乎？！”（《乐府新编阳春白雪》三）这就是那时的暴发户的丑态。

“下等人”还未暴发之先，自然大抵有许多“他妈的”在嘴上，但一遇机会，偶窃一位，略识几字，便即文雅起来：雅号也有了；身分也高了；家谱也修了，还要寻一个始祖，不是名儒便是名臣。从此化为“上等人”，也如上等前辈一样，言行都很温文尔雅。然而愚民究竟也有聪明的，早已看穿了这鬼把戏，所以又有俗谚，说：“口上仁义礼智，心里男盗女娼！”他们是很明白的。

于是他们反抗了，曰：“他妈的！”

但人们不能蔑弃扫荡人我的余泽和旧荫，而硬要去做别人的祖宗，无论如何，总是卑劣的事。有时，也或加暴力于所谓“他妈的”的生命上，但大概是乘机，而不是造运会，所以无论如何，也还是卑劣的事。

中国人至今还有无数“等”，还是依赖门第，还是倚仗祖宗。倘不改造，即永远有无声的或有声的“国骂”。就是“他妈的”，围绕在上下和四旁，而且这还须在太平的时候。

但偶尔也有例外的用法：或表惊异，或表感服。我曾在家乡看见乡农父子一同午饭，儿子指一碗菜向他父亲说：“这不坏，妈的你尝尝看！”那父亲回答道：“我不要吃。妈的你吃去罢！”则简直已经醇化为现在时行的“我的亲爱的”的意思了。

一九二五年七月十九日。

论睁了眼看

中国人的不敢正视各方面，用瞒和骗，造出奇妙的逃路来，而自以为正路。在这路上，就证明着国民性的怯弱，懒惰，而又巧滑。一天一天的满足着，即一天一天的堕落着，但却又觉得日见其光荣。

虚生先生所做的时事短评中，曾有一个这样的题目：《我们应该有正眼看各方面的勇气》（《猛进》十九期）。诚然，必须敢于正视，这才可望敢想，敢说，敢作，敢当。倘使并正视而不敢，此外还能成什么气候。然而，不幸这一种勇气，是我们中国人最所缺乏的。

但现在我所想到的是别一方面——

中国的文人，对于人生，——至少是对于社会现象，向来就多没有正视的勇气。我们的圣贤，本来早已教人“非礼勿视”的了；而这“礼”又非常之严，不但“正视”，连“平视”“斜视”也不许。现在青年的精神未可知，在体质，却大半还是弯腰曲背，低眉顺眼，表示着老牌的老成的子弟，驯良的百姓，——至于说对外却有大力量，乃是近一月来的新说，还不知道究竟是如何。

再回到“正视”问题去：先既不敢，后便不能，再后，就自然不视，不见了。一辆汽车坏了，停在马路上，一群人围着呆看，所得的结果是一团乌油油的东西。然而由本身的矛盾或社会的缺陷所生的苦痛，虽不正视，却要身受的。文人究竟是敏感人物，从他们的作品上看来，有些人确也早已感到不满，可是一到快要显露缺陷的危机一髮之际，他们总即刻连说“并无其事”，同时便闭上了眼睛。这闭着的眼睛便看见一切圆满，当前的苦痛不过是“天之将降大任于是人也，必先苦其心志，劳其筋骨，饿其体肤，空乏其身，行拂乱其所为。”于是无问题，无缺陷，无不平，也就无解决，无改革，无反抗。因为凡事总要“团圆”，正无须我们焦躁；放心喝茶，睡觉大吉。再说费话，就有“不合时宜”之咎，免不了要受大学教授的纠正了。呸！

我并未实验过，但有时候想：倘将一位久蛰洞房的老太爷抛在夏天正午的烈日底下，或将不出闺门的千金小姐拖到旷野的黑夜里，大概只好闭了眼睛，暂续他们残存的旧梦，总算并没有遇到暗或光，虽然已经是绝不相同的现实。中国的文人也一样，万事闭眼睛，聊以自欺，而且欺人，那方法是：瞒和骗。

中国婚姻方法的缺陷，才子佳人小说作家早就感到了，他于是使一个才子在壁上题诗，一个佳人便来和，由倾慕——现在就得称恋爱——而至于有“终身之约”。但约定之后，也就有了难关。我们都知道，“私订终身”在诗和戏曲或小说上尚不失为美谈（自然只以与终于中状元的男人私订为限），实际却不容于天下的，仍然免不了要离异。明末的作家便闭上眼睛，并这一层也加以补救了，说是：才子及第，奉旨成婚。“父母之命媒妁之言”经这大帽子来一压，便成了半个铅钱也不值，问题也一点没有了。假使有之，也只在才子的能否中状元，而决不在婚姻制度的良否。

（近来有人以为新诗人的做诗发表，是在出风头，引异性；且迁怒于报章杂志之滥登。殊不知即使无报，墙壁实“古已有之”，早做过发表机关了；据《封神演义》，纣王已曾在女娲庙壁上题诗，那起源实在非常之早。报章可以不取白话，或排斥小诗，墙壁却拆不完，管不及的；倘一律刷成黑色，也还有破磁可划，粉笔可书，真是穷于应付。做诗不刻木板，去藏之名山，却要随时发表，虽然很有流弊，但大概是难以杜绝的罢。）

《红楼梦》中的小悲剧，是社会上常有的事，作者又是比较的敢于实写的，而那结果也并不坏。无论贾氏家业再振，兰桂齐芳，即宝玉自己，也成了个披大红猩猩毡斗篷的和尚。和尚多矣，但披这样阔斗篷的能有几个，已经是“入圣超凡”无疑了。至于别的人们，则早在册子里一一注定，末路不过是一个归结：是问题的结束，不是问题的开头。读者即小有不安，也终于奈何不得。然而后来或续或改，非借尸还魂，即冥中另配，必令“生旦当场团圆”，才肯放手者，乃是自欺欺人的瘾太大，所以看了小小骗局，还不甘心，定须闭眼胡说一通而后快。赫克尔（E.Haeckel）说过：人和人之差，有时比类人猿和原人之差还远。我们将《红楼梦》的续作者和原作者一比较，就会承认这话大概是确实的。

“作善降祥”的古训，六朝人本已有些怀疑了，他们作墓志，竟会说“积善不报，终自欺人”的话。但后来的昏人，却又瞒起来。元刘信将三岁痴儿抛入醮纸火盆，妄希福祐，是见于《元典章》的；剧本《小张屠焚儿救母》却道是为母延命，命得延，儿亦不死了。一女愿侍痼疾之夫，《醒世恒言》中还说终于一同自杀的；后来改作的却道是有蛇坠入药罐里，丈夫服后便全愈了。凡有缺陷，一经作者粉饰，后半便大抵改观，使读者落诬妄中，以为世间委实尽够光明，谁有不幸，便是自作，自受。

有时遇到彰明的史实，瞒不下，如关羽岳飞的被杀，便只好别设骗局了。一是前世已造夙因，如岳飞；一是死后使他成神，如关羽。定命不可逃，成神的善报更满人意，所以杀人者不足责，被杀者也不足悲，冥冥中自有安排，使他们各得其所，正不必别人来费力了。

中国人的不敢正视各方面，用瞒和骗，造出奇妙的逃路来，而自以为正路。在这路上，就证明着国民性的怯弱，懒惰，而又巧滑。一天一天的满足着，即一天一天的堕落着，但却又觉得日见其光荣。在事实上，亡国一次，即添加几个殉难的忠臣，后来每不想光复旧物，而只去赞美那几个忠臣；遭劫一次，即造成一群不辱的烈女，事过之后，也每每不思惩凶，自卫，却只顾歌咏那一群烈女。仿佛亡国遭劫的事，反而给中国人发挥“两间正气”的机会，增高价值，即在此一举，应该一任其至，不足忧悲似的。自然，此上也无可为，因为我们已经借死人获得最上的光荣了。沪汉烈士的追悼会中，活的人们在一块很可景仰的高大的木主下互相打骂，也就是和我们的先辈走着同一的路。

文艺是国民精神所发的火光，同时也是引导国民精神的前途的灯火。这是互为因果的，正如麻油从芝麻榨出，但以浸芝麻，就使它更油。倘以油为上，就不必说；否则，当参入别的东西，或水或碱去。中国人向来因为不敢正视人生，只好瞒和骗，由此也生出瞒和骗的文艺来，由这文艺，更令中国人更深地陷入瞒和骗的大泽中，甚而至于已经自己不觉得。世界日日改变，我们的作家取下假面，真诚地，深入地，大胆地看取人生并且写出他的血和肉来的时候早到了；早就应该有一片崭新的文场，早就应该有几个凶猛的闯将！

现在，气象似乎一变，到处听不见歌吟花月的声音了，代之而起的是铁和血的赞颂。然而倘以欺瞒的心，用欺瞒的嘴，则无论说A和O，或Y和Z，一样是虚假的；只可以吓哑了先前鄙薄花月的所谓批评家的嘴，满足地以为中国就要中兴。可怜他在“爱国”的大帽子底下又闭上了眼睛了——或者本来就闭着。

没有冲破一切传统思想和手法的闯将，中国是不会有真的新文艺的。

一九二五年七月二十二日。

随感录二十五

小的时候，不把他当人，大了以后，也做不了人。

我一直从前曾见严又陵在一本什么书上发过议论，书名和原文都忘记了。大意是："在北京道上，看见许多孩子，辗转于车轮马足之间，很怕把他们碰死了，又想起他们将来怎样得了，很是害怕。"其实别的地方，也都如此，不过车马多少不同罢了。现在到了北京，这情形还未改变，我也时时发起这样的忧虑；一面又佩服严又陵究竟是"做"过赫胥黎《天演论》的，的确与众不同：是一个十九世纪末年中国感觉锐敏的人。

穷人的孩子蓬头垢面的在街上转，阔人的孩子妖形妖势娇声娇气的在家里转。转得大了，都昏天黑地的在社会上转，同他们的父亲一样，或者还不如。

所以看十来岁的孩子，便可以逆料二十年后中国的情形；看二十多岁的青年，——他们大抵有了孩子，尊为爹爹了，——便可以推测他儿子孙子，晓得五十年后七十年后中国的情形。

中国的孩子，只要生，不管他好不好，只要多，不管他才不才。生他的人，不负教他的责任。虽然"人口众多"这一句话，很可以闭了眼睛自负，然而这许多人口，便只在尘土中辗转，小的时候，不把他当人，大了以后，也做不了人。

中国娶妻早是福气，儿子多也是福气。所有小孩，只是他父母福气的材料，并非将来的"人"的萌芽，所以随便辗转，没人管他，因为无论如何，数目和材料的资格，总还存在。即使偶尔送进学堂，然而社会和家庭的习惯，尊长和伴侣的脾气，却多与教育反背，仍然使他与新时代不合。大了以后，幸而生存，也不过“仍旧贯如之何”，照例是制造孩子的家伙，不是“人”的父亲，他生了孩子，便仍然不是“人”的萌芽。

最看不起女人的奥国人华宁该尔（Otto Weininger）曾把女人分成两大类：一是“母妇”，一是“娼妇”。照这分法，男人便也可以分作“父男”和“嫖男”两类了。但这父男一类，却又可以分成两种：其一是孩子之父，其一是“人”之父。第一种只会生，不会教，还带点嫖男的气息。第二种是生了孩子，还要想怎样教育，才能使这生下来的孩子，将来成一个完全的人。

前清末年，某省初开师范学堂的时候，有一位老先生听了，很为诧异，便发愤说：“师何以还须受教，如此看来，还该有父范学堂了！”这位老先生，便以为父的资格，只要能生。能生这件事，自然便会，何须受教呢。却不知中国现在，正须父范学堂；这位先生便须编入初等第一年级。

因为我们中国所多的是孩子之父；所以以后是只要“人”之父！

随感录三十九

那时候，只要从来如此，便是宝贝。即使无名肿毒，倘若生在中国人身上，也便“红肿之处，艳若桃花；溃烂之时，美如乳酪”。国粹所在，妙不可言。

《新青年》的五卷四号，隐然是一本戏剧改良号，我是门外汉，开口不得；但见《再论戏剧改良》这一篇中，有“中国人说到理想，便含着轻薄的意味，觉得理想即是妄想，理想家即是妄人”一段话，却令我发生了追忆，不免又要说几句空谈。

据我的经验，这理想价值的跌落，只是近五年以来的事。民国以前，还未如此，许多国民，也肯认理想家是引路的人。到了民国元年前后，理论上的事情，著著实现，于是理想派——深浅真伪现在姑且弗论——也格外举起头来。一方面却有旧官僚的攘夺政权，以及遗老受冷不过，豫备下山，都痛恨这一类理想派，说什么闻所未闻的学理法理，横亘在前，不能大踏步摇摆。于是沉思三日三夜，竟想出了一种兵器，有了这利器，才将“理”字排行的元恶大憝，一律肃清。这利器的大名，便叫“经验”。现在又添上一个雅号，便是高雅之至的“事实”。

经验从那里得来，便是从清朝得来的。经验提高了他的喉咙含含糊糊说，“狗有狗道理，鬼有鬼道理，中国与众不同，也自有中国道理。道理各各不同，一味理想，殊堪痛恨。”这时候，正是上下一心理财强种的时候，而且带着理字的，又大半是洋货，爱国之士，义当排斥。所以一转眼便跌了价值；一转眼便遭了嘲骂；又一转眼，便连他的影子，也同拳民时代的教民一般，竟犯了与众共弃的大罪了。

但我们应该明白，人格的平等，也是一种外来的旧理想；现在“经验”既已登坛，自然株连着化为妄想，理合不分首从，全踏在朝靴底下，以符列祖列宗的成规。这一踏不觉过了四五年，经验家虽然也增加了四五岁，与素未经验的生物学学理——死——渐渐接近，但这与众不同的中国，却依然不是理想的住家。一大批踏在朝靴底下的学习诸公，早经竭力大叫，说他也得了经验了。

但我们应该明白，从前的经验，是从皇帝脚底下学得；现在与将来的经验，是从皇帝的奴才的脚底下学得。奴才的数目多，心传的经验家也愈多。待到经验家二世的全盛时代，那便是理想单被轻薄，理想家单当妄人，还要算是幸福侥幸了。

现在的社会，分不清理想与妄想的区别。再过几时，还要分不清“做不到”与“不肯做到”的区别，要将扫除庭园与劈开地球混作一谈。理想家说，这花园有秽气，须得扫除，——到那时候，说这宗话的人，也要算在理想党里，——他却说道，他们从来在此小便，如何扫除？万万不能，也断乎不可！

那时候，只要从来如此，便是宝贝。即使无名肿毒，倘若生在中国人身上，也便“红肿之处，艳若桃花；溃烂之时，美如乳酪”。国粹所在，妙不可言。那些理想学理法理，既是洋货，自然完全不在话下了。

但最奇怪的，是七年十月下半，忽有许多经验家，理想经验双全家，经验理想未定家，都说公理战胜了强权；还向公理颂扬了一番，客气了一顿。这事不但溢出了经验的范围，而且又添上一个理字排行的厌物。将来如何收场，我是毫无经验，不敢妄谈。经验诸公，想也未曾经验，开口不得。

没有法，只好在此提出，请教受人轻薄的理想家了。

随感录四十一

愿中国青年都摆脱冷气，只是向上走，不必听自暴自弃者流的话。能做事的做事，能发声的发声。有一分热，发一分光，就令萤火一般，也可以在黑暗里发一点光，不必等候炬火。
此后如竟没有炬火：我便是唯一的光。

从一封匿名信里看见一句话，是“数麻石片”（原注江苏方言），大约是没有本领便不必提倡改革，不如去数石片的好的意思。因此又记起了本志通信栏内所载四川方言的“洗煤炭”。想来别省方言中，相类的话还多；守着这专劝人自暴自弃的格言的人，也怕并不少。

凡中国人说一句话，做一件事，倘与传来的积习有若干抵触，须一个斤斗便告成功，才有立足的处所；而且被恭维得烙铁一般热。否则免不了标新立异的罪名，不许说话；或者竟成了大逆不道，为天地所不容。这一种人，从前本可以夷到九族，连累邻居；现在却不过是几封匿名信罢了。但意志略略薄弱的人便不免因此萎缩，不知不觉的也入了“数麻石片”党。

所以现在的中国，社会上毫无改革，学术上没有发明，美术上也没有创作；至于多人继续的研究，前仆后继的探险，那更不必提了。国人的事业，大抵是专谋时式的成功的经营，以及对于一切的冷笑。

但冷笑的人，虽然反对改革，却又未必有保守的能力：即如文字一面，白话固然看不上眼，古文也不甚提得起笔。照他的学说，本该去“数麻石片”了；他却又不然，只是莫名其妙的冷笑。

中国的人，大抵在如此空气里成功，在如此空气里萎缩腐败，以至老死。

我想，人猿同源的学说，大约可以毫无疑义了。但我不懂，何以从前的古猴子，不都努力变人，却到现在还留着子孙，变把戏给人看。还是那时竟没有一匹想站起来学说人话呢？还是虽然有了几匹，却终被猴子社会攻击他标新立异，都咬死了；所以终于不能进化呢？

尼采式的超人，虽然太觉渺茫，但就世界现有人种的事实看来，却可以确信将来总有尤为高尚尤近圆满的人类出现。到那时候，类人猿上面，怕要添出“类猿人”这一个名词。

所以我时常害怕，愿中国青年都摆脱冷气，只是向上走，不必听自暴自弃者流的话。能做事的做事，能发声的发声。有一分热，发一分光，就令萤火一般，也可以在黑暗里发一点光，不必等候炬火。

此后如竟没有炬火：我便是唯一的光。倘若有了炬火，出了太阳，我们自然心悦诚服的消失，不但毫无不平，而且还要随喜赞美这炬火或太阳；因为他照了人类，连我都在内。

我又愿中国青年都只是向上走，不必理会这冷笑和暗箭。尼采说：

“真的，人是一个浊流。应该是海了，能容这浊流使他干净。

“咄，我教你们超人：这便是海，在他这里，能容下你们的大侮蔑。”（《札拉图如是说》的《序言》第三节）

纵令不过一洼浅水，也可以学学大海；横竖都是水，可以相通。几粒石子，任他们暗地里掷来；几滴秽水，任他们从背后泼来就是了。

这还算不到“大侮蔑”——因为大侮蔑也须有胆力。

随感录四十九

所以新的应该欢天喜地的向前走去，这便是壮，旧的也应该欢天喜地的向前走去，这便是死；各各如此走去，便是进化的路。

凡有高等动物，倘没有遇着意外的变故，总是从幼到壮，从壮到老，从老到死。

我们从幼到壮，既然毫不为奇的过去了；自此以后，自然也该毫不为奇的过去。

可惜有一种人，从幼到壮，居然也毫不为奇的过去了；从壮到老，便有点古怪；从老到死，却更奇想天开，要占尽了少年的道路，吸尽了少年的空气。

少年在这时候，只能先行萎黄，且待将来老了，神经血管一切变质以后，再来活动。所以社会上的状态，先是“少年老成”；直待弯腰曲背时期，才更加“逸兴遄飞”，似乎从此以后，才上了做人的路。

可是究竟也不能自忘其老；所以想求神仙。大约别的都可以老，只有自己不肯老的人物，总该推中国老先生算一甲一名。

万一当真成了神仙，那便永远请他主持，不必再有后进，原也是极好的事。可惜他又究竟不成，终于个个死去，只留下造成的老天地，教少年驼着吃苦。

这真是生物界的怪现象！

我想种族的延长，——便是生命的连续，——的确是生物界事业里的一大部分。何以要延长呢？不消说是想进化了。但进化的途中总须新陈代谢。所以新的应该欢天喜地的向前走去，这便是壮，旧的也应该欢天喜地的向前走去，这便是死；各各如此走去，便是进化的路。

老的让开道，催促着，奖励着，让他们走去。路上有深渊，便用那个死填平了，让他们走去。

少的感谢他们填了深渊，给自己走去；老的也感谢他们从我填平的深渊上走去。——远了远了。

明白这事，便从幼到壮到老到死，都欢欢喜喜的过去；而且一步一步，多是超过祖先的新人。

这是生物界正当开阔的路！人类的祖先，都已这样做了。

随感录五十七 现在的屠杀者

杀了“现在”，也便杀了“将来”。——将来是子孙的时代。

高雅的人说，“白话鄙俚浅陋，不值识者一哂之者也。”

中国不识字的人，单会讲话，“鄙俚浅陋”，不必说了。“因为自己不通，所以提倡白话，以自文其陋”如我辈的人，正是“鄙俚浅陋”，也不在话下了。最可叹的是几位雅人，也还不能如《镜花缘》里说的君子国的酒保一般，满口“酒要一壶乎，两壶乎，菜要一碟乎，两碟乎”的终日高雅，却只能在呻吟古文时，显出高古品格；一到讲话，便依然是“鄙俚浅陋”的白话了。四万万中国人嘴里发出来的声音，竟至总共“不值一哂”，真是可怜煞人。

做了人类想成仙；生在地上要上天；明明是现代人，吸着现在的空气，却偏要勒派朽腐的名教，僵死的语言，侮蔑尽现在，这都是“现在的屠杀者”。杀了“现在”，也便杀了“将来”。——将来是子孙的时代。

随感录五十八　人心很古

中国人倘能努力再古一点，也未必不能有古到三皇五帝以前的希望，可惜时时遇着新潮流新空气激荡着，没有工夫了。

慷慨激昂的人说，“世道浇漓，人心不古，国粹将亡，此吾所为仰天扼腕切齿三叹息者也！”

我初听这话，也曾大吃一惊；后来翻翻旧书，偶然看见《史记》《赵世家》里面记着公子成反对主父改胡服的一段话：

“臣闻中国者，盖聪明徇智之所居也，万物财用之所聚也，贤圣之所教也，仁义之所施也，《诗》《书》礼乐之所用也，异敏技能之所试也，远方之所观赴也，蛮夷之所义行也；今王舍此而袭远方之服，变古之教，易古之道，逆人之心，而怫学者，离中国，故臣愿王图之也。”这不是与现在阻抑革新的人的话，丝毫无异么？后来又在《北史》里看见记周静帝的司马后的话：

“后性尤妒忌，后宫莫敢进御。尉迟迥女孙有美色，先在宫中，帝于仁寿宫见而悦之，因得幸。后伺帝听朝，阴杀之。上大怒，单骑从苑中出，不由径路，入山谷间三十余里；高颎杨素等追及，扣马谏，帝太息曰，‘吾贵为天子，不得自由。’”

这又不是与现在信口主张自由和反对自由的人，对于自由所下的解释，丝毫无异么？别的例证，想必还多，我见闻狭隘，不能多举了。但即此看来，已可见虽然经过了这许多年，意见还是一样。现在的人心，实在古得很呢。

中国人倘能努力再古一点，也未必不能有古到三皇五帝以前的希望，可惜时时遇着新潮流新空气激荡着，没有工夫了。

在现存的旧民族中，最合中国式理想的，总要推锡兰岛的 Vedda 族。他们和外界毫无交涉，也不受别民族的影响，还是原始的状态，真不愧所谓“羲皇上人”。

但听说他们人口年年减少，现在快要没有了：这实在是一件万分可惜的事。

随感录五十九 “圣武”

曙光在头上，不抬起头，便永远只能看见物质的闪光。

我前回已经说过“什么主义都与中国无干”的话了；今天忽然又有些意见，便再写在下面：

我想，我们中国本不是发生新主义的地方，也没有容纳新主义的处所，即使偶然有些外来思想，也立刻变了颜色，而且许多论者反要以此自豪。我们只要留心译本上的序跋，以及各样对于外国事情的批评议论，便能发见我们和别人的思想中间，的确还隔着几重铁壁。他们是说家庭问题的，我们却以为他鼓吹打仗；他们是写社会缺点的，我们却说他讲笑话；他们以为好的，我们说来却是坏的。若再留心看看别国的国民性格，国民文学，再翻一本文人的评传，便更能明白别国著作里写出的性情，作者的思想，几乎全不是中国所有。所以不会了解，不会同情，不会感应；甚至彼我间的是非爱憎，也免不了得到一个相反的结果。

新主义宣传者是放火人么，也须别人有精神的燃料，才会着火；是弹琴人么，别人的心上也须有弦索，才会出声；是发声器么，别人也必须是发声器，才会共鸣。中国人都有些不很像，所以不会相干。

几位读者怕要生气，说，“中国时常有将性命去殉他主义的人，中华民国以来，也因为主义上死了多少烈士，你何以一笔抹杀？吓！”这话也是真的。我们从旧的外来思想说罢，六朝的确有许多焚身的和尚，唐朝也有过砍下臂膊布施无赖的和尚；从新的说罢，自然也有过几个人的。然而与中国历史，仍不相干。因为历史结帐，不能像数学一般精密，写下许多小数，却只能学粗人算帐的四舍五入法门，记一笔整数。

中国历史的整数里面，实在没有什么思想主义在内。这整数只是两种物质，——是刀与火，“来了”便是他的总名。

火从北来便逃向南，刀从前来便退向后，一大堆流水帐簿，只有这一个模型。倘嫌“来了”的名称不很庄严，“刀与火”也触目，我们也可以别想花样，奉献一个谥法，称作“圣武”，便好看了。

古时候，秦始皇帝很阔气，刘邦和项羽都看见了；邦说，“嗟乎！大丈夫当如此也！”羽说，“彼可取而代也！”羽要“取”什么呢？便是取邦所说的“如此”。“如此”的程度，虽有不同，可是谁也想取；被取的是“彼”，取的是“丈夫”。所有“彼”与“丈夫”的心中，便都是这“圣武”的产生所，受纳所。

何谓“如此”？说起来话长；简单地说，便只是纯粹兽性方面的欲望的满足——威福，子女，玉帛，——罢了。然而在一切大小丈夫，却要算最高理想（？）了。我怕现在的人，还被这理想支配着。

大丈夫“如此”之后，欲望没有衰，身体却疲敝了；而且觉得暗中有一个黑影——死——到了身边了。于是无法，只好求神仙。这在中国，也要算最高理想了。我怕现在的人，也还被这理想支配着。

求了一通神仙，终于没有见，忽然有些疑惑了。于是要造坟，来保存死尸，想用自己的尸体，永远占据着一块地面。这在中国，也要算一种没奈何的最高理想了。我怕现在的人，也还被这理想支配着。

现在的外来思想，无论如何，总不免有些自由平等的气息，互助共存的气息，在我们这单有“我”，单想“取彼”，单要由我喝尽了一切空间时间的酒的思想界上，实没有插足的余地。

因此，只须防那“来了”便够了。看看别国，抗拒这“来了”的便是有主义的人民。他们因为所信的主义，牺牲了别的一切，用骨肉碰钝了锋刃，血液浇灭了烟焰。在刀光火色衰微中，看出一种薄明的天色，便是新世纪的曙光。

曙光在头上，不抬起头，便永远只能看见物质的闪光。

随感录六十一　不满

不满是向上的车轮，能够载着不自满的人类，向人道前进。

欧战才了的时候，中国很抱着许多希望，因此现在也发出许多悲观绝望的声音，说“世界上没有人道”，“人道这句话是骗人的”。有几位评论家，还引用了他们外国论者自己责备自己的文字，来证明所谓文明人者，比野蛮尤其野蛮。

这诚然是痛快淋漓的话，但要问：照我们的意见，怎样才算有人道呢？那答话，想来大约是“收回治外法权，收回租界，退还庚子赔款……”现在都很渺茫，实在不合人道。

但又要问：我们中国的人道怎么样？那答话，想来只能“……”。对于人道只能“……”的人的头上，决不会掉下人道来。因为人道是要各人竭力挣来，培植，保养的，不是别人布施，捐助的。

其实近于真正的人道，说的人还不很多，并且说了还要犯罪。若论皮毛，却总算略有进步了。这回虽然是一场恶战，也居然没有“食肉寝皮”，没有“夷其社稷”，而且新兴了十八个小国。就是德国对待比国，都说残暴绝伦，但看比国的公布，也只是囚徒不给饮食，村长挨了打骂，平民送上战线之类。这些事情，在我们中国自己对自己也常有，算得什么希奇？

人类尚未长成，人道自然也尚未长成，但总在那里发荣滋长。我们如果问问良心，觉得一样滋长，便什么都不必忧愁；将来总要走同一的路。看罢，他们是战胜军国主义的，他们的评论家还是自己责备自己，有许多不满。不满是向上的车轮，能够载着不自满的人类，向人道前进。

多有不自满的人的种族，永远前进，永远有希望。

多有只知责人不知反省的人的种族，祸哉祸哉！

《呐喊》自序

我便觉得医学并非一件紧要事，凡是愚弱的国民，即使体格如何健全，如何茁壮，也只能做毫无意义的示众的材料和看客。

我在年青时候也曾经做过许多梦，后来大半忘却了，但自己也并不以为可惜。所谓回忆者，虽说可以使人欢欣，有时也不免使人寂寞，使精神的丝缕还牵着已逝的寂寞的时光，又有什么意味呢，而我偏苦于不能全忘却，这不能全忘的一部分，到现在便成了《呐喊》的来由。

我有四年多，曾经常常，——几乎是每天，出入于质铺和药店里，年纪可是忘却了，总之是药店的柜台正和我一样高，质铺的是比我高一倍，我从一倍高的柜台外送上衣服或首饰去，在侮蔑里接了钱，再到一样高的柜台上给我久病的父亲去买药。回家之后，又须忙别的事了，因为开方的医生是最有名的，以此所用的药引也奇特：冬天的芦根，经霜三年的甘蔗，蟋蟀要原对的，结子的平地木，……多不是容易办到的东西。然而我的父亲终于日重一日的亡故了。

有谁从小康人家而坠入困顿的么，我以为在这途路中，大概可以看见世人的真面目；我要到N进K学堂去了，仿佛是想走异路，逃异地，去寻求别样的人们。我的母亲没有法，办了八元的川资，说是由我的自便；然而伊哭了，这正是情理中的事，因为那时读书应试是正路，所谓学洋务，社会上便以为是一种走投无路的人，只得将灵魂卖给鬼子，要加倍的奚落而且排斥的，而况伊又看不见自己的儿子了。然而我也顾不得这些事，终于到N去进了K学堂了，在这学堂里，我才知道世上还有所谓格致，算学，地理，历史，绘图和体操。生理学并不教，但我们却看到些木版的《全体新论》和《化学卫生论》之类了。我还记得先前的医生的议论和方药，和现在所知道的比较起来，便渐渐的悟得中医不过是一种有意的或无意的骗子，同时又很起了对于被骗的病人和他的家族的同情；而且从译出的历史上，又知道了日本维新是大半发端于西方医学的事实。

因为这些幼稚的知识，后来便使我的学籍列在日本一个乡间的医学专门学校里了。我的梦很美满，预备卒业回来，救治像我父亲似的被误的病人的疾苦，战争时候便去当军医，一面又促进了国人对于维新的信仰。我已不知道教授微生物学的方法，现在又有了怎样的进步了，总之那时是用了电影，来显示微生物的形状的，因此有时讲义的一段落已完，而时间还没有到，教师便映些风景或时事的画片给学生看，以用去这多余的光阴。其时正当日俄战争的时候，关于战事的画片自然也就比较的多了，我在这一个讲堂中，便须常常随喜我那同学们的拍手和喝采。有一回，我竟在画片上忽然会见我久违的许多中国人了，一个绑在中间，许多站在左右，一样是强壮的体格，而显出麻木的神情。据解说，则绑着的是替俄国做了军事上的侦探，正要被日军砍下头颅来示众，而围着的便是来赏鉴这示众的盛举的人们。

这一学年没有完毕，我已经到了东京了，因为从那一回以后，我便觉得医学并非一件紧要事，凡是愚弱的国民，即使体格如何健全，如何茁壮，也只能做毫无意义的示众的材料和看客，病死多少是不必以为不幸的。所以我们的第一要著，是在改变他们的精神，而善于改变精神的是，我那时以为当然要推文艺，于是想提倡文艺运动了。在东京的留学生很有学法政理化以至警察工业的，但没有人治文学和美术；可是在冷淡的空气中，也幸而寻到几个同志了，此外又邀集了必须的几个人，商量之后，第一步当然是出杂志，名目是取“新的生命”的意思，因为我们那时大抵带些复古的倾向，所以只谓之《新生》。

《新生》的出版之期接近了，但最先就隐去了若干担当文字的人，接着又逃走了资本，结果只剩下不名一钱的三个人。创始时候既已背时，失败时候当然无可告语，而其后却连这三个人也都为各自的运命所驱策，不能在一处纵谈将来的好梦了，这就是我们的并未产生的《新生》的结局。

我感到未尝经验的无聊，是自此以后的事。我当初是不知其所以然的；后来想，凡有一人的主张，得了赞和，是促其前进的，得了反对，是促其奋斗的，独有叫喊于生人中，而生人并无反应，既非赞同，也无反对，如置身毫无边际的荒原，无可措手的了，这是怎样的悲哀呵，我于是以我所感到者为寂寞。

这寂寞又一天一天的长大起来，如大毒蛇，缠住了我的灵魂了。

然而我虽然自有无端的悲哀，却也并不愤懑，因为这经验使我反省，看见自己了：就是我决不是一个振臂一呼应者云集的英雄。

只是我自己的寂寞是不可不驱除的，因为这于我太痛苦。我于是用了种种法，来麻醉自己的灵魂，使我沉入于国民中，使我回到古代去，后来也亲历或旁观过几样更寂寞更悲哀的事，都为我所不愿追怀，甘心使他们和我的脑一同消灭在泥土里的，但我的麻醉法却也似乎已经奏了功，再没有青年时候的慷慨激昂的意思了。

S 会馆里有三间屋，相传是往昔曾在院子里的槐树上缢死过一个女人的，现在槐树已经高不可攀了，而这屋还没有人住；许多年，我便寓在这屋里钞古碑。客中少有人来，古碑中也遇不到什么问题和主义，而我的生命却居然暗暗的消去了，这也就是我惟一的愿望。夏夜，蚊子多了，便摇着蒲扇坐在槐树下，从密叶缝里看那一点一点的青天，晚出的槐蚕又每每冰冷的落在头颈上。

那时偶或来谈的是一个老朋友金心异，将手提的大皮夹放在破桌上，脱下长衫，对面坐下了，因为怕狗，似乎心房还在怦怦的跳动。

“你钞了这些有什么用？”有一夜，他翻着我那古碑的钞本，发了研究的质问了。

“没有什么用。”

“那么，你钞他是什么意思呢？”

“没有什么意思。”

“我想，你可以做点文章……”

我懂得他的意思了，他们正办《新青年》，然而那时仿佛不特没有人来赞同，并且也还没有人来反对，我想，他们许是感到寂寞了，但是说：

“假如一间铁屋子，是绝无窗户而万难破毁的，里面有许多熟睡的人们，不久都要闷死了，然而是从昏睡入死灭，并不感到就死的悲哀。现在你大嚷起来，惊起了较为清醒的几个人，使这不幸的少数者来受无可挽救的临终的苦楚，你倒以为对得起他们么？”

“然而几个人既然起来，你不能说决没有毁坏这铁屋的希望。”

是的，我虽然自有我的确信，然而说到希望，却是不能抹杀的，因为希望是在于将来，决不能以我之必无的证明，来折服了他之所谓可有，于是我终于答应他也做文章了，这便是最初的一篇《狂人日记》。从此以后，便一发而不可收，每写些小说模样的文章，以敷衍朋友们的嘱托，积久就有了十余篇。

在我自己，本以为现在是已经并非一个切迫而不能已于言的人了，但或者也还未能忘怀于当日自己的寂寞的悲哀罢，所以有时候仍不免呐喊几声，聊以慰藉那在寂寞里奔驰的猛士，使他不惮于前驱。至于我的喊声是勇猛或是悲哀，是可憎或是可笑，那倒是不暇顾及的；但既然是呐喊，则当然须听将令的了，所以我往往不恤用了曲笔，在《药》的瑜儿的坟上平空添上一个花环，在《明天》里也不叙单四嫂子竟没有做到看见儿子的梦，因为那时的主将是不主张消极的。至于自己，却也并不愿将自以为苦的寂寞，再来传染给也如我那年青时候似的正做着好梦的青年。

这样说来，我的小说和艺术的距离之远，也就可想而知了，然而到今日还能蒙着小说的名，甚而至于且有成集的机会，无论如何总不能不说是一件侥幸的事，但侥幸虽使我不安于心，而悬揣人间暂时还有读者，则究竟也仍然是高兴的。

所以我竟将我的短篇小说结集起来，而且付印了，又因为上面所说的缘由，便称之为《呐喊》。

一九二二年十二月三日，鲁迅记于北京。

狂人日记

从来如此，便对么？

某君昆仲，今隐其名，皆余昔日在中学校时良友；分隔多年，消息渐阙。日前偶闻其一大病；适归故乡，迂道往访，则仅晤一人，言病者其弟也。劳君远道来视，然已早愈，赴某地候补矣。因大笑，出示日记二册，谓可见当日病状，不妨献诸旧友。持归阅一过，知所患盖“迫害狂”之类。语颇错杂无伦次，又多荒唐之言；亦不著月日，惟墨色字体不一，知非一时所书。间亦有略具联络者，今撮录一篇，以供医家研究。记中语误，一字不易；惟人名虽皆村人，不为世间所知，无关大体，然亦悉易去。至于书名，则本人愈后所题，不复改也。七年四月二日识。

一

今天晚上，很好的月光。

我不见他，已是三十多年；今天见了，精神分外爽快。才知道以前的三十多年，全是发昏；然而须十分小心。不然，那赵家的狗，何以看我两眼呢？

我怕得有理。

二

今天全没月光，我知道不妙。早上小心出门，赵贵翁的眼色便怪：似乎怕我，似乎想害我。还有七八个人，交头接耳的议论我，又怕我看见。一路上的人，都是如此。其中最凶的一个人，张着嘴，对我笑了一笑；我便从头直冷到脚跟，晓得他们布置，都已妥当了。

我可不怕，仍旧走我的路。前面一伙小孩子，也在那里议论我；眼色也同赵贵翁一样，脸色也都铁青。我想我同小孩子有什么仇，他也这样。忍不住大声说，“你告诉我！”他们可就跑了。

我想：我同赵贵翁有什么仇，同路上的人又有什么仇；只有廿年以前，把古久先生的陈年流水簿子，踹了一脚，古久先生很不高兴。赵贵翁虽然不认识他，一定也听到风声，代抱不平；约定路上的人，同我作冤对。但是小孩子呢？那时候，他们还没有出世，何以今天也睁着怪眼睛，似乎怕我，似乎想害我。这真教我怕，教我纳罕而且伤心。

我明白了。这是他们娘老子教的！

三

晚上总是睡不着。凡事须得研究，才会明白。

他们——也有给知县打枷过的，也有给绅士掌过嘴的，也有衙役占了他妻子的，也有老子娘被债主逼死的；他们那时候的脸色，全没有昨天这么怕，也没有这么凶。

最奇怪的是昨天街上的那个女人，打他儿子，嘴里说道，“老子呀！我要咬你几口才出气！”他眼睛却看着我。我出了一惊，遮掩不住；那青面獠牙的一伙人，便都哄笑起来。陈老五赶上前，硬把我拖回家中了。

拖我回家，家里的人都装作不认识我；他们的眼色，也全同别人一样。进了书房，便反扣上门，宛然是关了一只鸡鸭。这一件事，越教我猜不出底细。

前几天，狼子村的佃户来告荒，对我大哥说，他们村里的一个大恶人，给大家打死了；几个人便挖出他的心肝来，用油煎炒了吃，可以壮壮胆子。我插了一句嘴，佃户和大哥便都看我几眼。今天才晓得他们的眼光，全同外面的那伙人一模一样。

想起来，我从顶上直冷到脚跟。

他们会吃人，就未必不会吃我。

你看那女人“咬你几口”的话，和一伙青面獠牙人的笑，和前天佃户的话，明明是暗号。我看出他话中全是毒，笑中全是刀。他们的牙齿，全是白厉厉的排着，这就是吃人的家伙。

照我自己想，虽然不是恶人，自从踹了古家的簿子，可就难说了。他们似乎别有心思，我全猜不出。况且他们一翻脸，便说人是恶人。我还记得大哥教我做论，无论怎样好人，翻他几句，他便打上几个圈；原谅坏人几句，他便说“翻天妙手，与众不同”。我那里猜得到他们的心思，究竟怎样；况且是要吃的时候。

凡事总须研究，才会明白。古来时常吃人，我也还记得，可是不甚清楚。我翻开历史一查，这历史没有年代，歪歪斜斜的每叶上都写着“仁义道德”几个字。我横竖睡不着，仔细看了半夜，才从字缝里看出字来，满本都写着两个字是“吃人”！

书上写着这许多字，佃户说了这许多话，却都笑吟吟的睁着怪眼睛看我。

我也是人，他们想要吃我了！

四

早上，我静坐了一会。陈老五送进饭来，一碗菜，一碗蒸鱼；这鱼的眼睛，白而且硬，张着嘴，同那一伙想吃人的人一样。吃了几筷，滑溜溜的不知是鱼是人，便把他兜肚连肠的吐出。

我说“老五，对大哥说，我闷得慌，想到园里走走。”老五不答应，走了；停一会，可就来开了门。

我也不动，研究他们如何摆布我；知道他们一定不肯放松。果然！我大哥引了一个老头子，慢慢走来；他满眼凶光，怕我看出，只是低头向着地，从眼镜横边暗暗看我。大哥说，“今天你仿佛很好。”我说“是的。”大哥说，“今天请何先生来，给你诊一诊。”我说“可以！”其实我岂不知道这老头子是刽子手扮的！无非借了看脉这名目，揣一揣肥瘠：因这功劳，也分一片肉吃。我也不怕；虽然不吃人，胆子却比他们还壮。伸出两个拳头，看他如何下手。老头子坐着，闭了眼睛，摸了好一会，呆了好一会；便张开他鬼眼睛说，“不要乱想。静静的养几天，就好了。”

不要乱想，静静的养！养肥了，他们是自然可以多吃；我有什么好处，怎么会“好了”？他们这群人，又想吃人，又是鬼鬼祟祟，想法子遮掩，不敢直捷下手，真要令我笑死。我忍不住，便放声大笑起来，十分快活。自己晓得这笑声里面，有的是义勇和正气。老头子和大哥，都失了色，被我这勇气正气镇压住了。

但是我有勇气，他们便越想吃我，沾光一点这勇气。老头子跨出门，走不多远，便低声对大哥说道，“赶紧吃罢！”大哥点点头。原来也有你！这一件大发见，虽似意外，也在意中：合伙吃我的人，便是我的哥哥！

吃人的是我哥哥！

我是吃人的人的兄弟！

我自己被人吃了，可仍然是吃人的人的兄弟！

五

这几天是退一步想：假使那老头子不是刽子手扮的，真是医生，也仍然是吃人的人。他们的祖师李时珍做的“本草什么”上，明明写着人肉可以煎吃；他还能说自己不吃人么？

至于我家大哥，也毫不冤枉他。他对我讲书的时候，亲口说过可以“易子而食”；又一回偶然议论起一个不好的人，他便说不但该杀，还当“食肉寝皮”。我那时年纪还小，心跳了好半天。前天狼子村佃户来说吃心肝的事，他也毫不奇怪，不住的点头。可见心思是同从前一样狠。既然可以“易子而食”，便什么都易得，什么人都吃得。我从前单听他讲道理，也胡涂过去；现在晓得他讲道理的时候，不但唇边还抹着人油，而且心里满装着吃人的意思。

六

黑漆漆的，不知是日是夜。赵家的狗又叫起来了。

狮子似的凶心，兔子的怯弱，狐狸的狡猾，……

七

我晓得他们的方法，直捷杀了，是不肯的，而且也不敢，怕有祸祟。所以他们大家连络，布满了罗网，逼我自戕。试看前几天街上男女的样子，和这几天我大哥的作为，便足可悟出八九分了。最好是解下腰带，挂在梁上，自己紧紧勒死；他们没有杀人的罪名，又偿了心愿，自然都欢天喜地的发出一种呜呜咽咽的笑声。否则惊吓忧愁死了，虽则略瘦，也还可以首肯几下。

他们是只会吃死肉的！——记得什么书上说，有一种东西，叫“海乙那”的，眼光和样子都很难看；时常吃死肉，连极大的骨头，都细细嚼烂，咽下肚子去，想起来也教人害怕。“海乙那”是狼的亲眷，狼是狗的本家。前天赵家的狗，看我几眼，可见他也同谋，早已接洽。老头子眼看着地，岂能瞒得我过。

最可怜的是我的大哥，他也是人，何以毫不害怕；而且合伙吃我呢？还是历来惯了，不以为非呢？还是丧了良心，明知故犯呢？

我诅咒吃人的人，先从他起头；要劝转吃人的人，也先从他下手。

八

其实这种道理，到了现在，他们也该早已懂得，……

忽然来了一个人；年纪不过二十左右，相貌是不很看得清楚，满面笑容，对了我点头，他的笑也不像真笑。我便问他，“吃人的事，对么？”他仍然笑着说，“不是荒年，怎么会吃人。”我立刻就晓得，他也是一伙，喜欢吃人的；便自勇气百倍，偏要问他。

“对么？”

“这等事问他什么。你真会……说笑话。……今天天气很好。”

天气是好，月色也很亮了。可是我要问你，“对么？”

他不以为然了。含含胡胡的答道，“不……”

“不对？他们何以竟吃？！”

“没有的事……”

“没有的事？狼子村现吃；还有书上都写着，通红斩新！”

他便变了脸，铁一般青。睁着眼说，“有许有的，这是从来如此……”

“从来如此，便对么？”

“我不同你讲这些道理；总之你不该说，你说便是你错！”

我直跳起来，张开眼，这人便不见了。全身出了一大片汗。他的年纪，比我大哥小得远，居然也是一伙；这一定是他娘老子先教的。

还怕已经教给他儿子了；所以连小孩子，也都恶狠狠的看我。

九

自己想吃人，又怕被别人吃了，都用着疑心极深的眼光，面面相觑。……

去了这心思，放心做事走路吃饭睡觉，何等舒服。这只是一条门槛，一个关头。他们可是父子兄弟夫妇朋友师生仇敌和各不相识的人，都结成一伙，互相劝勉，互相牵掣，死也不肯跨过这一步。

十

大清早，去寻我大哥；他立在堂门外看天，我便走到他背后，拦住门，格外沉静，格外和气的对他说，

“大哥，我有话告诉你。”

“你说就是。”他赶紧回过脸来，点点头。

“我只有几句话，可是说不出来。大哥，大约当初野蛮的人，都吃过一点人。后来因为心思不同，有的不吃人了，一味要好，便变了人，变了真的人。有的却还吃，——也同虫子一样，有的变了鱼鸟猴子，一直变到人。有的不要好，至今还是虫子。这吃人的人比不吃人的人，何等惭愧。怕比虫子的惭愧猴子，还差得很远很远。

“易牙蒸了他儿子，给桀纣吃，还是一直从前的事。谁晓得从盘古开辟天地以后，一直吃到易牙的儿子；从易牙的儿子，一直吃到徐锡林；从徐锡林，又一直吃到狼子村捉住的人。去年城里杀了犯人，还有一个生痨病的人，用馒头蘸血舐。

“他们要吃我，你一个人，原也无法可想；然而又何必去入伙。吃人的人，什么事做不出；他们会吃我，也会吃你，一伙里面，也会

自吃。但只要转一步，只要立刻改了，也就人人太平。虽然从来如此，我们今天也可以格外要好，说是不能！大哥，我相信你能说，前天佃户要减租，你说过不能。”

当初，他还只是冷笑，随后眼光便凶狠起来，一到说破他们的隐情，那就满脸都变成青色了。大门外立着一伙人，赵贵翁和他的狗，也在里面，都探头探脑的挨进来。有的是看不出面貌，似乎用布蒙着；有的是仍旧青面獠牙，抿着嘴笑。我认识他们是一伙，都是吃人的人。可是也晓得他们心思很不一样，一种是以为从来如此，应该吃的；一种是知道不该吃，可是仍然要吃，又怕别人说破他，所以听了我的话，越发气愤不过，可是抿着嘴冷笑。

这时候，大哥也忽然显出凶相，高声喝道，

“都出去！疯子有什么好看！”

这时候，我又懂得一件他们的巧妙了。他们岂但不肯改，而且早已布置；预备下一个疯子的名目罩上我。将来吃了，不但太平无事，怕还会有人见情。佃户说的大家吃了一个恶人，正是这方法。这是他们的老谱！

陈老五也气愤愤的直走进来。如何按得住我的口，我偏要对这伙人说，

“你们可以改了，从真心改起！要晓得将来容不得吃人的人，活在世上。

“你们要不改，自己也会吃尽。即使生得多，也会给真的人除灭了，同猎人打完狼子一样！——同虫子一样！”

那一伙人，都被陈老五赶走了。大哥也不知那里去了。陈老五劝我回屋子里去。屋里面全是黑沉沉的。横梁和椽子都在头上发抖；抖了一会，就大起来，堆在我身上。

万分沉重，动弹不得；他的意思是要我死。我晓得他的沉重是假的，便挣扎出来，出了一身汗。可是偏要说，

"你们立刻改了，从真心改起！你们要晓得将来是容不得吃人的人，……"

十一

太阳也不出，门也不开，日日是两顿饭。

我捏起筷子，便想起我大哥；晓得妹子死掉的缘故，也全在他。那时我妹子才五岁，可爱可怜的样子，还在眼前。母亲哭个不住，他却劝母亲不要哭；大约因为自己吃了，哭起来不免有点过意不去。如果还能过意不去，……

妹子是被大哥吃了，母亲知道没有，我可不得而知。

母亲想也知道；不过哭的时候，却并没有说明，大约也以为应当的了。记得我四五岁时，坐在堂前乘凉，大哥说爷娘生病，做儿子的须割下一片肉来，煮熟了请他吃，才算好人；母亲也没有说不行。一片吃得，整个的自然也吃得。但是那天的哭法，现在想起来，实在还教人伤心，这真是奇极的事！

十二

不能想了。

四千年来时时吃人的地方，今天才明白，我也在其中混了多年；大哥正管着家务，妹子恰恰死了，他未必不和在饭菜里，暗暗给我们吃。

我未必无意之中，不吃了我妹子的几片肉，现在也轮到我自己，……

有了四千年吃人履历的我，当初虽然不知道，现在明白，难见真的人！

十三

没有吃过人的孩子，或者还有？

救救孩子……

一九一八年四月。

药

那人一只大手，向他摊着；一只手却撮着一个鲜红的馒头，那红的还是一点一点的往下滴。

一

秋天的后半夜，月亮下去了，太阳还没有出，只剩下一片乌蓝的天；除了夜游的东西，什么都睡着。华老栓忽然坐起身，擦着火柴，点上遍身油腻的灯盏，茶馆的两间屋子里，便弥满了青白的光。

“小栓的爹，你就去么？”是一个老女人的声音。里边的小屋子里，也发出一阵咳嗽。

“唔。”老栓一面听，一面应，一面扣上衣服；伸手过去说，“你给我罢。”

华大妈在枕头底下掏了半天，掏出一包洋钱，交给老栓，老栓接了，抖抖的装入衣袋，又在外面按了两下；便点上灯笼，吹熄灯盏，走向里屋子去了。那屋子里面，正在窸窸窣窣的响，接着便是一通咳嗽。老栓候他平静下去，才低低的叫道，“小栓……你不要起来。……店么？你娘会安排的。”

老栓听得儿子不再说话，料他安心睡了；便出了门，走到街上。街上黑沉沉的一无所有，只有一条灰白的路，看得分明。灯光照着他的两脚，一前一后的走。有时也遇到几只狗，可是一只也没有叫。天气比屋子里冷得多了；老栓倒觉爽快，仿佛一旦变了少年，得了神通，有给人生命的本领似的，跨步格外高远。而且路也愈走愈分明，天也愈走愈亮了。

老栓正在专心走路，忽然吃了一惊，远远里看见一条丁字街，明明白白横着。他便退了几步，寻到一家关着门的铺子，蹩进檐下，靠门立住了。好一会，身上觉得有些发冷。

“哼，老头子。”

“倒高兴……。”

老栓又吃一惊，睁眼看时，几个人从他面前过去了。一个还回头看他，样子不甚分明，但很像久饿的人见了食物一般，眼里闪出一种攫取的光。老栓看看灯笼，已经熄了。按一按衣袋，硬硬的还在。仰起头两面一望，只见许多古怪的人，三三两两，鬼似的在那里徘徊；定睛再看，却也看不出什么别的奇怪。

没有多久，又见几个兵，在那边走动；衣服前后的一个大白圆圈，远地里也看得清楚，走过面前的，并且看出号衣上暗红色的镶边。——一阵脚步声响，一眨眼，已经拥过了一大簇人。那三三两两的人，也忽然合作一堆，潮一般向前赶；将到丁字街口，便突然立住，簇成一个半圆。

老栓也向那边看，却只见一堆人的后背；颈项都伸得很长，仿佛许多鸭，被无形的手捏住了的，向上提着。静了一会，似乎有点声音，便又动摇起来，轰的一声，都向后退；一直散到老栓立着的地方，几乎将他挤倒了。

“喂！一手交钱，一手交货！”一个浑身黑色的人，站在老栓面前，眼光正像两把刀，刺得老栓缩小了一半。那人一只大手，向他摊着；一只手却撮着一个鲜红的馒头，那红的还是一点一点的往下滴。

老栓慌忙摸出洋钱，抖抖的想交给他，却又不敢去接他的东西。那人便焦急起来，嚷道，“怕什么？怎的不拿！”老栓还踌躇着；黑的人便抢过灯笼，一把扯下纸罩，裹了馒头，塞与老栓；一手抓过洋钱，捏一捏，转身去了。嘴里哼着说，“这老东西……。”

“这给谁治病的呀？”老栓也似乎听得有人问他，但他并不答应；他的精神，现在只在一个包上，仿佛抱着一个十世单传的婴儿，别的事情，都已置之度外了。他现在要将这包里的新的生命，移植到他家里，收获许多幸福。太阳也出来了；在他面前，显出一条大道，直到他家中，后面也照见丁字街头破匾上“古□亭口”这四个黯淡的金字。

二

老栓走到家，店面早经收拾干净，一排一排的茶桌，滑溜溜的发光。但是没有客人；只有小栓坐在里排的桌前吃饭，大粒的汗，从额上滚下，夹袄也帖住了脊心，两块肩胛骨高高凸出，印成一个阳文的“八”字。老栓见这样子，不免皱一皱展开的眉心。他的女人，从灶下急急走出，睁着眼睛，嘴唇有些发抖。

“得了么？”

“得了。”

两个人一齐走进灶下，商量了一会；华大妈便出去了，不多时，拿着一片老荷叶回来，摊在桌上。老栓也打开灯笼罩，用荷叶重新包了那红的馒头。小栓也吃完饭，他的母亲慌忙说：

“小栓——你坐着，不要到这里来。”

一面整顿了灶火，老栓便把一个碧绿的包，一个红红白白的破灯笼，一同塞在灶里；一阵红黑的火焰过去时，店屋里散满了一种奇怪的香味。

“好香！你们吃什么点心呀？”这是驼背五少爷到了。这人每天总在茶馆里过日，来得最早，去得最迟，此时恰恰蹩到临街的壁角的桌边，便坐下问话，然而没有人答应他。“炒米粥么？”仍然没有人应。老栓匆匆走出，给他泡上茶。

“小栓进来罢！”华大妈叫小栓进了里面的屋子，中间放好一条凳，小栓坐了。他的母亲端过一碟乌黑的圆东西，轻轻说：

“吃下去罢，——病便好了。”

小栓撮起这黑东西，看了一会，似乎拿着自己的性命一般，心里说不出的奇怪。十分小心的拗开了，焦皮里面窜出一道白气，白气散了，是两半个白面的馒头。——不多工夫，已经全在肚里了，却全忘了什么味；面前只剩下一张空盘。他的旁边，一面立着他的父亲，一面立着他的母亲，两人的眼光，都仿佛要在他身里注进什么又要取出什么似的；便禁不住心跳起来，按着胸膛，又是一阵咳嗽。

“睡一会罢，——便好了。”

小栓依他母亲的话，咳着睡了。华大妈候他喘气平静，才轻轻的给他盖上了满幅补钉的夹被。

三

店里坐着许多人，老栓也忙了，提着大铜壶，一趟一趟的给客人冲茶；两个眼眶，都围着一圈黑线。

“老栓，你有些不舒服么？——你生病么？”一个花白胡子的人说。

“没有。”

“没有？——我想笑嘻嘻的，原也不像……”花白胡子便取消了自己的话。

“老栓只是忙。要是他的儿子……”驼背五少爷话还未完，突然闯进了一个满脸横肉的人，披一件玄色布衫，散着纽扣，用很宽的玄色腰带，胡乱捆在腰间。刚进门，便对老栓嚷道：

“吃了么？好了么？老栓，就是运气了你！你运气，要不是我信息灵……。”

老栓一手提了茶壶，一手恭恭敬敬的垂着；笑嘻嘻的听。满座的人，也都恭恭敬敬的听。华大妈也黑着眼眶，笑嘻嘻的送出茶碗茶叶来，加上一个橄榄，老栓便去冲了水。

“这是包好！这是与众不同的。你想，趁热的拿来，趁热吃下。”横肉的人只是嚷。

“真的呢，要没有康大叔照顾，怎么会这样……”华大妈也很感激的谢他。

“包好，包好！这样的趁热吃下。这样的人血馒头，什么痨病都包好！”

华大妈听到“痨病”这两个字，变了一点脸色，似乎有些不高兴；但又立刻堆上笑，搭赸着走开了。这康大叔却没有觉察，仍然提高了喉咙只是嚷，嚷得里面睡着的小栓也合伙咳嗽起来。

“原来你家小栓碰到了这样的好运气了。这病自然一定全好；怪不得老栓整天的笑着呢。”花白胡子一面说，一面走到康大叔面前，低声下气的问道，“康大叔——听说今天结果的一个犯人，便是夏家的孩子，那是谁的孩子？究竟是什么事？”

“谁的？不就是夏四奶奶的儿子么？那个小家伙！”康大叔见众人都耸起耳朵听他，便格外高兴，横肉块块饱绽，越发大声说，“这小东西不要命，不要就是了。我可是这一回一点没有得到好处；连剥下来的衣服，都给管牢的红眼睛阿义拿去了。——第一要算我们栓叔运气；第二是夏三爷赏了二十五两雪白的银子，独自落腰包，一文不花。”

小栓慢慢的从小屋子走出，两手按了胸口，不住的咳嗽；走到灶下，盛出一碗冷饭，泡上热水，坐下便吃。华大妈跟着他走，轻轻的问道，“小栓，你好些么？——你仍旧只是肚饿？……”

“包好，包好！”康大叔瞥了小栓一眼，仍然回过脸，对众人说，“夏三爷真是乖角儿，要是他不先告官，连他满门抄斩。现在怎样？银子！——这小东西也真不成东西！关在牢里，还要劝牢头造反。”

“阿呀，那还了得。”坐在后排的一个二十多岁的人，很现出气愤模样。

“你要晓得红眼睛阿义是去盘盘底细的，他却和他攀谈了。他说：这大清的天下是我们大家的。你想：这是人话么？红眼睛原知道他家里只有一个老娘，可是没有料到他竟会那么穷，榨不出一点油水，已经气破肚皮了。他还要老虎头上搔痒，便给他两个嘴巴！”

“义哥是一手好拳棒，这两下，一定够他受用了。”壁角的驼背忽然高兴起来。

“他这贱骨头打不怕，还要说可怜可怜哩。”

花白胡子的人说，“打了这种东西，有什么可怜呢？”

康大叔显出看他不上的样子，冷笑着说，“你没有听清我的话；看他神气，是说阿义可怜哩！”

听着的人的眼光，忽然有些板滞；话也停顿了。小栓已经吃完饭，吃得满身流汗，头上都冒出蒸气来。

“阿义可怜——疯话，简直是发了疯了。”花白胡子恍然大悟似的说。

“发了疯了。”二十多岁的人也恍然大悟的说。

店里的坐客，便又现出活气，谈笑起来。小栓也趁着热闹，拚命咳嗽；康大叔走上前，拍他肩膀说：

“包好！小栓——你不要这么咳。包好！”

“疯了。”驼背五少爷点着头说。

四

西关外靠着城根的地面，本是一块官地；中间歪歪斜斜一条细路，是贪走便道的人，用鞋底造成的，但却成了自然的界限。路的左边，都埋着死刑和瘐毙的人，右边是穷人的丛冢。两面都已埋到层层叠叠，宛然阔人家里祝寿时候的馒头。

这一年的清明，分外寒冷；杨柳才吐出半粒米大的新芽。天明未久，华大妈已在右边的一坐新坟前面，排出四碟菜，一碗饭，哭了一场。化过纸，呆呆的坐在地上；仿佛等候什么似的，但自己也说不出等候什么。微风起来，吹动他短发，确乎比去年白得多了。

小路上又来了一个女人，也是半白头发，褴褛的衣裙；提一个破旧的朱漆圆篮，外挂一串纸锭，三步一歇的走。忽然见华大妈坐在地上看他，便有些踌躇，惨白的脸上，现出些羞愧的颜色；但终于硬着头皮，走到左边的一坐坟前，放下了篮子。

那坟与小栓的坟，一字儿排着，中间只隔一条小路。华大妈看他排好四碟菜，一碗饭，立着哭了一通，化过纸锭；心里暗暗地想，“这坟里的也是儿子了。”那老女人徘徊观望了一回，忽然手脚有些发抖，跄跄踉踉退下几步，瞪着眼只是发怔。

华大妈见这样子，生怕他伤心到快要发狂了；便忍不住立起身，跨过小路，低声对他说，“你这位老奶奶不要伤心了，——我们还是回去罢。”

那人点一点头，眼睛仍然向上瞪着；也低声吃吃的说道，“你看，——看这是什么呢？”

华大妈跟了他指头看去，眼光便到了前面的坟，这坟上草根还没有全合，露出一块一块的黄土，煞是难看。再往上仔细看时，却不觉也吃一惊；——分明有一圈红白的花，围着那尖圆的坟顶。

他们的眼睛都已老花多年了，但望这红白的花，却还能明白看见。花也不很多，圆圆的排成一个圈，不很精神，倒也整齐。华大妈忙看他儿子和别人的坟，却只有不怕冷的几点青白小花，零星开着；便觉得心里忽然感到一种不足和空虚，不愿意根究。那老女人又走近几步，细看了一遍，自言自语的说，“这没有根，不像自己开的。——这地方有谁来呢？孩子不会来玩；——亲戚本家早不来了。——这是怎么一回事呢？”他想了又想，忽又流下泪来，大声说道：

“瑜儿，他们都冤枉了你，你还是忘不了，伤心不过，今天特意显点灵，要我知道么？”他四面一看，只见一只乌鸦，站在一株没有叶的树上，便接着说，“我知道了。——瑜儿，可怜他们坑了你，他们将来总有报应，天都知道；你闭了眼睛就是了。——你如果真在这里，听到我的话，——便教这乌鸦飞上你的坟顶，给我看罢。”

微风早经停息了；枯草支支直立，有如铜丝。一丝发抖的声音，在空气中愈颤愈细，细到没有，周围便都是死一般静。两人站在枯草丛里，仰面看那乌鸦；那乌鸦也在笔直的树枝间，缩着头，铁铸一般站着。

许多的工夫过去了；上坟的人渐渐增多，几个老的小的，在土坟间出没。

华大妈不知怎的，似乎卸下了一挑重担，便想到要走；一面劝着说，“我们还是回去罢。”

那老女人叹一口气，无精打采的收起饭菜；又迟疑了一刻，终于慢慢地走了。嘴里自言自语的说，“这是怎么一回事呢？……”

他们走不上二三十步远，忽听得背后“哑——”的一声大叫；两个人都竦然的回过头，只见那乌鸦张开两翅，一挫身，直向着远处的天空，箭也似的飞去了。

一九一九年四月。

故乡

其实地上本没有路，走的人多了，也便成了路。

我冒了严寒，回到相隔二千余里，别了二十余年的故乡去。

时候既然是深冬；渐近故乡时，天气又阴晦了，冷风吹进船舱中，呜呜的响，从篷隙向外一望，苍黄的天底下，远近横着几个萧索的荒村，没有一些活气。我的心禁不住悲凉起来了。

阿！这不是我二十年来时时记得的故乡？

我所记得的故乡全不如此。我的故乡好得多了。但要我记起他的美丽，说出他的佳处来，却又没有影像，没有言辞了。仿佛也就如此。于是我自己解释说：故乡本也如此，——虽然没有进步，也未必有如我所感的悲凉，这只是我自己心情的改变罢了，因为我这次回乡，本没有什么好心绪。

我这次是专为了别他而来的。我们多年聚族而居的老屋，已经公同卖给别姓了，交屋的期限，只在本年，所以必须赶在正月初一以前，永别了熟识的老屋，而且远离了熟识的故乡，搬家到我在谋食的异地去。

第二日清早晨我到了我家的门口了。瓦楞上许多枯草的断茎当风抖着，正在说明这老屋难免易主的原因。几房的本家大约已经搬走了，所以很寂静。我到了自家的房外，我的母亲早已迎着出来了，接着便飞出了八岁的侄儿宏儿。

我的母亲很高兴，但也藏着许多凄凉的神情，教我坐下，歇息，喝茶，且不谈搬家的事。宏儿没有见过我，远远的对面站着只是看。

但我们终于谈到搬家的事。我说外间的寓所已经租定了，又买了几件家具，此外须将家里所有的木器卖去，再去增添。母亲也说好，而且行李也略已齐集，木器不便搬运的，也小半卖去了，只是收不起钱来。

“你休息一两天，去拜望亲戚本家一回，我们便可以走了。”母亲说。

“是的。”

“还有闰土，他每到我家来时，总问起你，很想见你一回面。我已经将你到家的大约日期通知他，他也许就要来了。”

这时候，我的脑里忽然闪出一幅神异的图画来：深蓝的天空中挂着一轮金黄的圆月，下面是海边的沙地，都种着一望无际的碧绿的西瓜，其间有一个十一二岁的少年，项带银圈，手捏一柄钢叉，向一匹猹尽力的刺去，那猹却将身一扭，反从他的胯下逃走了。

这少年便是闰土。我认识他时，也不过十多岁，离现在将有三十年了；那时我的父亲还在世，家景也好，我正是一个少爷。那一年，我家是一件大祭祀的值年。这祭祀，说是三十多年才能轮到一回，所以很郑重；正月里供祖像，供品很多，祭器很讲究，拜的人也很多，祭器也很要防偷去。我家只有一个忙月（我们这里给人做工的分三种：整年给一定人家做工的叫长年；按日给人做工的叫短工；自己也种地，只在过年过节以及收租时候来给一定的人家做工的称忙月），忙不过来，他便对父亲说，可以叫他的儿子闰土来管祭器的。

我的父亲允许了；我也很高兴，因为我早听到闰土这名字，而且知道他和我仿佛年纪，闰月生的，五行缺土，所以他的父亲叫他闰土。他是能装弶捉小鸟雀的。

我于是日日盼望新年，新年到，闰土也就到了。好容易到了年末，有一日，母亲告诉我，闰土来了，我便飞跑的去看。他正在厨房里，紫色的圆脸，头戴一顶小毡帽，颈上套一个明晃晃的银项圈，这可见他的父亲十分爱他，怕他死去，所以在神佛面前许下愿心，用圈子将他套住了。他见人很怕羞，只是不怕我，没有旁人的时候，便和我说话，于是不到半日，我们便熟识了。

我们那时候不知道谈些什么，只记得闰土很高兴，说是上城之后，见了许多没有见过的东西。

第二日，我便要他捕鸟。他说：

“这不能。须大雪下了才好。我们沙地上，下了雪，我扫出一块空地来，用短棒支起一个大竹匾，撒下秕谷，看鸟雀来吃时，我远远地将缚在棒上的绳子只一拉，那鸟雀就罩在竹匾下了。什么都有：稻鸡，角鸡，鹁鸪，蓝背……”

我于是又很盼望下雪。

闰土又对我说：“现在太冷，你夏天到我们这里来。我们日里到海边检贝壳去，红的绿的都有，鬼见怕也有，观音手也有。晚上我和爹管西瓜去，你也去。”

“管贼么？”

“不是。走路的人口渴了摘一个瓜吃，我们这里是不算偷的。要管的是獾猪，刺猬，猹。月亮地下，你听，啦啦的响了，猹在咬瓜了。你便捏了胡叉，轻轻地走去……”

我那时并不知道这所谓猹的是怎么一件东西——便是现在也没有知道——只是无端的觉得状如小狗而很凶猛。

“他不咬人么？”

“有胡叉呢。走到了，看见猹了，你便刺。这畜生很伶俐，倒向你奔来，反从胯下窜了。他的皮毛是油一般的滑……”

我素不知道天下有这许多新鲜事：海边有如许五色的贝壳；西瓜有这样危险的经历，我先前单知道他在水果店里出卖罢了。

“我们沙地里，潮汛要来的时候，就有许多跳鱼儿只是跳，都有青蛙似的两个脚……”

阿！闰土的心里有无穷无尽的希奇的事，都是我往常的朋友所不知道的。他们不知道一些事，闰土在海边时，他们都和我一样只看见院子里高墙上的四角的天空。

可惜正月过去了，闰土须回家里去，我急得大哭，他也躲到厨房里，哭着不肯出门，但终于被他父亲带走了。他后来还托他的父亲带给我一包贝壳和几支很好看的鸟毛，我也曾送他一两次东西，但从此没有再见面。

现在我的母亲提起了他，我这儿时的记忆，忽而全都闪电似的苏生过来，似乎看到了我的美丽的故乡了。我应声说：

“这好极！他，——怎样？……”

“他？……他景况也很不如意……”母亲说着，便向房外看，“这些人又来了。说是买木器，顺手也就随便拿走的，我得去看看。”

母亲站起身，出去了。门外有几个女人的声音。我便招宏儿走近面前，和他闲话：问他可会写字，可愿意出门。

“我们坐火车去么？”

“我们坐火车去。”

“船呢？”

“先坐船，……”

“哈！这模样了！胡子这么长了！”一种尖利的怪声突然大叫起来。

我吃了一吓，赶忙抬起头，却见一个凸颧骨，薄嘴唇，五十岁上下的女人站在我面前，两手搭在髀间，没有系裙，张着两脚，正像一个画图仪器里细脚伶仃的圆规。

我愕然了。

“不认识了么？我还抱过你咧！”

我愈加愕然了。幸而我的母亲也就进来，从旁说：

“他多年出门，统忘却了。你该记得罢，”便向着我说，“这是斜对门的杨二嫂，……开豆腐店的。”

哦，我记得了。我孩子时候，在斜对门的豆腐店里确乎终日坐着一个杨二嫂，人都叫伊“豆腐西施”。但是擦着白粉，颧骨没有这么高，嘴唇也没有这么薄，而且终日坐着，我也从没有见过这圆规式的姿势。那时人说：因为伊，这豆腐店的买卖非常好。但这大约因为年龄的关系，我却并未蒙着一毫感化，所以竟完全忘却了。然而圆规很不平，显出鄙夷的神色，仿佛嗤笑法国人不知道拿破仑，美国人不知道华盛顿似的，冷笑说：

“忘了？这真是贵人眼高……”

“那有这事……我……”我惶恐着，站起来说。

“那么，我对你说。迅哥儿，你阔了，搬动又笨重，你还要什么这些破烂木器，让我拿去罢。我们小户人家，用得着。”

“我并没有阔哩。我须卖了这些，再去……”

“阿呀呀，你放了道台了，还说不阔？你现在有三房姨太太；出门便是八抬的大轿，还说不阔？吓，什么都瞒不过我。”

我知道无话可说了，便闭了口，默默的站着。

“阿呀阿呀，真是愈有钱，便愈是一毫不肯放松，愈是一毫不肯放松，便愈有钱……”圆规一面愤愤的回转身，一面絮絮的说，慢慢向外走，顺便将我母亲的一副手套塞在裤腰里，出去了。

此后又有近处的本家和亲戚来访问我。我一面应酬，偷空便收拾些行李，这样的过了三四天。

一日是天气很冷的午后，我吃过午饭，坐着喝茶，觉得外面有人进来了，便回头去看。我看时，不由的非常出惊，慌忙站起身，迎着走去。

这来的便是闰土。虽然我一见便知道是闰土，但又不是我这记忆上的闰土了。他身材增加了一倍；先前的紫色的圆脸，已经变作灰黄，而且加上了很深的皱纹；眼睛也像他父亲一样，周围都肿得通红，这我知道，在海边种地的人，终日吹着海风，大抵是这样的。他头上是一顶破毡帽，身上只一件极薄的棉衣，浑身瑟索着；手里提着一个纸包和一支长烟管，那手也不是我所记得的红活圆实的手，却又粗又笨而且开裂，像是松树皮了。

我这时很兴奋，但不知道怎么说才好，只是说：

"阿！闰土哥，——你来了？……"

我接着便有许多话，想要连珠一般涌出：角鸡，跳鱼儿，贝壳，猹，……但又总觉得被什么挡着似的，单在脑里面回旋，吐不出口外去。

他站住了，脸上现出欢喜和凄凉的神情；动着嘴唇，却没有作声。他的态度终于恭敬起来了，分明的叫道：

"老爷！……"

我似乎打了一个寒噤；我就知道，我们之间已经隔了一层可悲的厚障壁了。我也说不出话。

他回过头去说，"水生，给老爷磕头。"便拖出躲在背后的孩子来，这正是一个廿年前的闰土，只是黄瘦些，颈子上没有银圈罢了。"这是第五个孩子，没有见过世面，躲躲闪闪……"

母亲和宏儿下楼来了，他们大约也听到了声音。

"老太太。信是早收到了。我实在喜欢的了不得，知道老爷回来……"闰土说。

"阿，你怎的这样客气起来。你们先前不是哥弟称呼么？还是照旧：迅哥儿。"母亲高兴的说。

"阿呀，老太太真是……这成什么规矩。那时是孩子，不懂事……"闰土说着，又叫水生上来打拱，那孩子却害羞，紧紧的只贴在他背后。

"他就是水生？第五个？都是生人，怕生也难怪的；还是宏儿和他去走走。"母亲说。

宏儿听得这话，便来招水生，水生却松松爽爽同他一路出去了。

母亲叫闰土坐，他迟疑了一回，终于就了坐，将长烟管靠在桌旁，递过纸包来，说：

“冬天没有什么东西了。这一点干青豆倒是自家晒在那里的，请老爷……”

我问问他的景况。他只是摇头。

“非常难。第六个孩子也会帮忙了，却总是吃不够……又不太平……什么地方都要钱，没有定规……收成又坏。种出东西来，挑去卖，总要捐几回钱，折了本；不去卖，又只能烂掉……”

他只是摇头；脸上虽然刻着许多皱纹，却全然不动，仿佛石像一般。他大约只是觉得苦，却又形容不出，沉默了片时，便拿起烟管来默默的吸烟了。

母亲问他，知道他的家里事务忙，明天便得回去；又没有吃过午饭，便叫他自己到厨下炒饭吃去。

他出去了；母亲和我都叹息他的景况：多子，饥荒，苛税，兵，匪，官，绅，都苦得他像一个木偶人了。母亲对我说，凡是不必搬走的东西，尽可以送他，可以听他自己去拣择。

下午，他拣好了几件东西：两条长桌，四个椅子，一副香炉和烛台，一杆抬秤。他又要所有的草灰（我们这里煮饭是烧稻草的，那灰，可以做沙地的肥料），待我们启程的时候，他用船来载去。

夜间，我们又谈些闲天，都是无关紧要的话；第二天早晨，他就领了水生回去了。

又过了九日，是我们启程的日期。闰土早晨便到了，水生没有同来，却只带着一个五岁的女儿管船只。我们终日很忙碌，再没有谈天的工夫。来客也不少，有送行的，有拿东西的，有送行兼拿东西的。待到傍晚我们上船的时候，这老屋里的所有破旧大小粗细东西，已经一扫而空了。

我们的船向前走，两岸的青山在黄昏中，都装成了深黛颜色，连着退向船后梢去。

宏儿和我靠着船窗，同看外面模糊的风景，他忽然问道：

“大伯！我们什么时候回来？”

“回来？你怎么还没有走就想回来了。”

“可是，水生约我到他家玩去咧……”他睁着大的黑眼睛，痴痴的想。

我和母亲也都有些惘然，于是又提起闰土来。母亲说，那豆腐西施的杨二嫂，自从我家收拾行李以来，本是每日必到的，前天伊在灰堆里，掏出十多个碗碟来，议论之后，便定说是闰土埋着的，他可以在运灰的时候，一齐搬回家里去；杨二嫂发见了这件事，自己很以为功，便拿了那狗气杀（这是我们这里养鸡的器具，木盘上面有着栅栏，内盛食料，鸡可以伸进颈子去啄，狗却不能，只能看着气死），飞也似的跑了，亏伊装着这么高底的小脚，竟跑得这样快。

老屋离我愈远了；故乡的山水也都渐渐远离了我，但我却并不感到怎样的留恋。我只觉得我四面有看不见的高墙，将我隔成孤身，使我非常气闷；那西瓜地上的银项圈的小英雄的影像，我本来十分清楚，现在却忽地模糊了，又使我非常的悲哀。

母亲和宏儿都睡着了。

我躺着，听船底潺潺的水声，知道我在走我的路。我想：我竟与闰土隔绝到这地步了，但我们的后辈还是一气，宏儿不是正在想念水生么。我希望他们不再像我，又大家隔膜起来……然而我又不愿意他们因为要一气，都如我的辛苦展转而生活，也不愿意他们都如闰土的辛苦麻木而生活，也不愿意都如别人的辛苦恣睢而生活。他们应该有新的生活，为我们所未经生活过的。

我想到希望，忽然害怕起来了。闰土要香炉和烛台的时候，我还暗地里笑他，以为他总是崇拜偶像，什么时候都不忘却。现在我所谓希望，不也是我自己手制的偶像么？只是他的愿望切近，我的愿望茫远罢了。

我在朦胧中，眼前展开一片海边碧绿的沙地来，上面深蓝的天空中挂着一轮金黄的圆月。我想：希望是本无所谓有，无所谓无的。这正如地上的路；其实地上本没有路，走的人多了，也便成了路。

一九二一年一月。

《野草》题辞

当我沉默着的时候，我觉得充实；我将开口，同时感到空虚。

当我沉默着的时候，我觉得充实；我将开口，同时感到空虚。

过去的生命已经死亡。我对于这死亡有大欢喜，因为我借此知道它曾经存活。死亡的生命已经朽腐。我对于这朽腐有大欢喜，因为我借此知道它还非空虚。

生命的泥委弃在地面上，不生乔木，只生野草，这是我的罪过。

野草，根本不深，花叶不美，然而吸取露，吸取水，吸取陈死人的血和肉，各各夺取它的生存。当生存时，还是将遭践踏，将遭删刈，直至于死亡而朽腐。

但我坦然，欣然。我将大笑，我将歌唱。

我自爱我的野草，但我憎恶这以野草作装饰的地面。

地火在地下运行，奔突；熔岩一旦喷出，将烧尽一切野草，以及乔木，于是并且无可朽腐。

但我坦然，欣然。我将大笑，我将歌唱。

天地有如此静穆，我不能大笑而且歌唱。天地即不如此静穆，我或者也将不能。我以这一丛野草，在明与暗，生与死，过去与未来之际，献于友与仇，人与兽，爱者与不爱者之前作证。

为我自己，为友与仇，人与兽，爱者与不爱者，我希望这野草的死亡与朽腐，火速到来。要不然，我先就未曾生存，这实在比死亡与朽腐更其不幸。

去罢，野草，连着我的题辞！

一九二七年四月二十六日，鲁迅记于广州之白云楼上。

希望

希望，希望，用这希望的盾，抗拒那空虚中的暗夜的袭来，虽然盾后面也依然是空虚中的暗夜。然而就是如此，陆续地耗尽了我的青春。

我的心分外地寂寞。

然而我的心很平安：没有爱憎，没有哀乐，也没有颜色和声音。

我大概老了。我的头发已经苍白，不是很明白的事么？我的手颤抖着，不是很明白的事么？那么，我的魂灵的手一定也颤抖着，头发也一定苍白了。

然而这是许多年前的事了。

这以前，我的心也曾充满过血腥的歌声：血和铁，火焰和毒，恢复和报仇。而忽而这些都空虚了，但有时故意地填以没奈何的自欺的希望。希望，希望，用这希望的盾，抗拒那空虚中的暗夜的袭来，虽然盾后面也依然是空虚中的暗夜。然而就是如此，陆续地耗尽了我的青春。

我早先岂不知我的青春已经逝去了？但以为身外的青春固在：星，月光，僵坠的胡蝶，暗中的花，猫头鹰的不祥之言，杜鹃的啼血，笑的渺茫，爱的翔舞……。虽然是悲凉漂渺的青春罢，然而究竟是青春。

然而现在何以如此寂寞？难道连身外的青春也都逝去，世上的青年也多衰老了么？

我只得由我来肉薄这空虚中的暗夜了。我放下了希望之盾，我听到 Petőfi Sándor（1823—49）的“希望”之歌：

希望是甚么？是娼妓：

她对谁都蛊惑，将一切都献给；

待你牺牲了极多的宝贝——

你的青春——她就弃掉你。

这伟大的抒情诗人，匈牙利的爱国者，为了祖国而死在可萨克兵的矛尖上，已经七十五年了。悲哉死也，然而更可悲的是他的诗至今没有死。

但是，可惨的人生！桀骜英勇如 Petőfi，也终于对了暗夜止步，回顾着茫茫的东方了。他说：

绝望之为虚妄，正与希望相同。

倘使我还得偷生在不明不暗的这“虚妄”中，我就还要寻求那逝去的悲凉漂渺的青春，但不妨在我的身外。因为身外的青春倘一消灭，我身中的迟暮也即凋零了。

然而现在没有星和月光，没有僵坠的胡蝶以至笑的渺茫，爱的翔舞。然而青年们很平安。

我只得由我来肉薄这空虚中的暗夜了，纵使寻不到身外的青春，也总得自己来一掷我身中的迟暮。但暗夜又在那里呢？现在没有星，没有月光以至笑的渺茫和爱的翔舞；青年们很平安，而我的面前又竟至于并且没有真的暗夜。

绝望之为虚妄，正与希望相同！

一九二五年一月一日。

聪明人和傻子和奴才

奴才总不过是寻人诉苦。只要这样，也只能这样。

奴才总不过是寻人诉苦。只要这样，也只能这样。有一日，他遇到一个聪明人。

“先生！”他悲哀地说，眼泪联成一线，就从眼角上直流下来。“你知道的。我所过的简直不是人的生活。吃的是一天未必有一餐，这一餐又不过是高粱皮，连猪狗都不要吃的，尚且只有一小碗……。”

“这实在令人同情。”聪明人也惨然说。

“可不是么！”他高兴了。“可是做工是昼夜无休息的：清早担水晚烧饭，上午跑街夜磨面，晴洗衣裳雨张伞，冬烧汽炉夏打扇。半夜要煨银耳，侍候主人耍钱；头钱从来没分，有时还挨皮鞭……。”

“唉唉……。”聪明人叹息着，眼圈有些发红，似乎要下泪。

“先生！我这样是敷衍不下去的。我总得另外想法子。可是什么法子呢？……”

“我想，你总会好起来……。”

“是么？但愿如此。可是我对先生诉了冤苦，又得你的同情和慰安，已经舒坦得不少了。可见天理没有灭绝……。”

但是，不几日，他又不平起来了，仍然寻人去诉苦。

“先生！”他流着眼泪说，“你知道的。我住的简直比猪窠还不如。主人并不将我当人；他对他的叭儿狗还要好到几万倍……。”

“混帐！”那人大叫起来，使他吃惊了。那人是一个傻子。

“先生，我住的只是一间破小屋，又湿，又阴，满是臭虫，睡下去就咬得真可以。秽气冲着鼻子，四面又没有一个窗……。”

“你不会要你的主人开一个窗的么？”

“这怎么行？……”

“那么，你带我去看去！”

傻子跟奴才到他屋外，动手就砸那泥墙。

“先生！你干什么？”他大惊地说。

“我给你打开一个窗洞来。”

“这不行！主人要骂的！”

“管他呢！”他仍然砸。

“人来呀！强盗在毁咱们的屋子了！快来呀！迟一点可要打出窟窿来了！……”他哭嚷着，在地上团团地打滚。

一群奴才都出来了，将傻子赶走。

听到了喊声，慢慢地最后出来的是主人。

“有强盗要来毁咱们的屋子，我首先叫喊起来，大家一同把他赶走了。”他恭敬而得胜地说。

“你不错。”主人这样夸奖他。

这一天就来了许多慰问的人，聪明人也在内。

“先生。这回因为我有功，主人夸奖了我了。你先前说我总会好起来，实在是有先见之明……。”他大有希望似的高兴地说。

“可不是么……。”聪明人也代为高兴似的回答他。

一九二五年十二月二十六日。

战士和苍蝇

然而，有缺点的战士终竟是战士，完美的苍蝇也终竟不过是苍蝇。

Schopenhauer 说过这样的话：要估定人的伟大，则精神上的大和体格上的大，那法则完全相反。后者距离愈远即愈小，前者却见得愈大。

正因为近则愈小，而且愈看见缺点和创伤，所以他就和我们一样，不是神道，不是妖怪，不是异兽。他仍然是人，不过如此。但也惟其如此，所以他是伟大的人。

战士战死了的时候，苍蝇们所首先发见的是他的缺点和伤痕，嘬着，营营地叫着，以为得意，以为比死了的战士更英雄。但是战士已经战死了，不再来挥去他们。于是乎苍蝇们即更其营营地叫，自以为倒是不朽的声音，因为它们的完全，远在战士之上。

的确的，谁也没有发见过苍蝇们的缺点和创伤。

然而，有缺点的战士终竟是战士，完美的苍蝇也终竟不过是苍蝇。

去罢，苍蝇们！虽然生着翅子，还能营营，总不会超过战士的。你们这些虫豸们！

三月二十一日。

杂感

勇者愤怒，抽刃向更强者；怯者愤怒，却抽刃向更弱者。

人们有泪，比动物进化，但即此有泪，也就是不进化，正如已经只有盲肠，比鸟类进化，而究竟还有盲肠，终不能很算进化一样。凡这些，不但是无用的赘物，还要使其人达到无谓的灭亡。

现今的人们还以眼泪赠答，并且以这为最上的赠品，因为他此外一无所有。无泪的人则以血赠答，但又各各拒绝别人的血。

人大抵不愿意爱人下泪。但临死之际，可能也不愿意爱人为你下泪么？无泪的人无论何时，都不愿意爱人下泪，并且连血也不要：他拒绝一切为他的哭泣和灭亡。

人被杀于万众聚观之中，比被杀在“人不知鬼不觉”的地方快活，因为他可以妄想，博得观众中的或人的眼泪。但是，无泪的人无论被杀在什么所在，于他并无不同。

杀了无泪的人，一定连血也不见。爱人不觉他被杀之惨，仇人也终于得不到杀他之乐：这是他的报恩和复仇。

死于敌手的锋刃，不足悲苦；死于不知何来的暗器，却是悲苦。但最悲苦的是死于慈母或爱人误进的毒药，战友乱发的流弹，病菌的并无恶意的侵入，不是我自己制定的死刑。

仰慕往古的，回往古去罢！想出世的，快出世罢！想上天的，快上天罢！灵魂要离开肉体的，赶快离开罢！现在的地上，应该是执着现在，执着地上的人们居住的。

但厌恶现世的人们还住着。这都是现世的仇仇，他们一日存在，现世即一日不能得救。

先前，也曾有些愿意活在现世而不得的人们，沉默过了，呻吟过了，叹息过了，哭泣过了，哀求过了，但仍然愿意活在现世而不得，因为他们忘却了愤怒。

勇者愤怒，抽刃向更强者；怯者愤怒，却抽刃向更弱者。不可救药的民族中，一定有许多英雄，专向孩子们瞪眼。这些孱头们！

孩子们在瞪眼中长大了，又向别的孩子们瞪眼，并且想：他们一生都过在愤怒中。因为愤怒只是如此，所以他们要愤怒一生，——而且还要愤怒二世，三世，四世，以至末世。

无论爱什么，——饭，异性，国，民族，人类等等，——只有纠缠如毒蛇，执着如怨鬼，二六时中，没有已时者有望。但太觉疲劳时，也无妨休息一会罢；但休息之后，就再来一回罢，而且两回，三回……。血书，章程，请愿，讲学，哭，电报，开会，挽联，演说，神经衰弱，则一切无用。

血书所能挣来的是什么？不过就是你的一张血书，况且并不好看。至于神经衰弱，其实倒是自己生了病，你不要再当作宝贝了，我的可敬爱而讨厌的朋友呀！

我们听到呻吟，叹息，哭泣，哀求，无须吃惊。见了酷烈的沉默，就应该留心了；见有什么像毒蛇似的在尸林中蜿蜒，怨鬼似的在黑暗中奔驰，就更应该留心了：这在豫告“真的愤怒”将要到来。那时候，仰慕往古的就要回往古去了，想出世的要出世去了，想上天的要上天了，灵魂要离开肉体的就要离开了！……

五月五日

北京通信

我之所谓生存，并不是苟活；所谓温饱，并不是奢侈；所谓发展，也不是放纵。

蕴儒，培良两兄：

昨天收到两份《豫报》，使我非常快活，尤其是见了那《副刊》。因为它那蓬勃的朝气，实在是在我先前的豫想以上。你想：从有着很古的历史的中州，传来了青年的声音，仿佛在豫告这古国将要复活，这是一件如何可喜的事呢？

倘使我有这力量，我自然极愿意有所贡献于河南的青年。但不幸我竟力不从心，因为我自己也正站在歧路上，——或者，说得较有希望些：站在十字路口。站在歧路上是几乎难于举足，站在十字路口，是可走的道路很多。我自己，是什么也不怕的，生命是我自己的东西，所以我不妨大步走去，向着我自以为可以走去的路；即使前面是深渊，荆棘，狭谷，火坑，都由我自己负责。然而向青年说话可就难了，如果盲人瞎马，引入危途，我就该得谋杀许多人命的罪孽。

所以，我终于还不想劝青年一同走我所走的路；我们的年龄，境遇，都不相同，思想的归宿大概总不能一致的罢。但倘若一定要问我青年应当向怎样的目标，那么，我只可以说出我为别人设计的话，就是：一要生存，二要温饱，三要发展。有敢来阻碍这三事者，无论是谁，我们都反抗他，扑灭他！

可是还得附加几句话以免误解，就是：我之所谓生存，并不是苟活；

所谓温饱，并不是奢侈；所谓发展，也不是放纵。

中国古来，一向是最注重于生存的，什么“知命者不立于岩墙之下”咧，什么“千金之子坐不垂堂”咧，什么“身体发肤受之父母不敢毁伤”咧，竟有父母愿意儿子吸鸦片的，一吸，他就不至于到外面去，有倾家荡产之虞了。可是这一流人家，家业也决不能长保，因为这是苟活。苟活就是活不下去的初步，所以到后来，他就活不下去了。意图生存，而太卑怯，结果就得死亡。以中国古训中教人苟活的格言如此之多，而中国人偏多死亡，外族偏多侵入，结果适得其反，可见我们蔑弃古训，是刻不容缓的了。这实在是无可奈何，因为我们要生活，而且不是苟活的缘故。

中国人虽然想了各种苟活的理想乡，可惜终于没有实现。但我却替他们发见了，你们大概知道的罢，就是北京的第一监狱。这监狱在宣武门外的空地里，不怕邻家的火灾；每日两餐，不虑冻馁；起居有定，不会伤生；构造坚固，不会倒塌；禁卒管着，不会再犯罪；强盗是决不会来抢的。住在里面，何等安全，真真是“千金之子坐不垂堂”了。但阙少的就有一件事：自由。

古训所教的就是这样的生活法，教人不要动。不动，失错当然就较少了，但不活的岩石泥沙，失错不是更少么？我以为人类为向上，即发展起见，应该活动，活动而有若干失错，也不要紧。惟独半死半生的苟活，是全盘失错的。因为他挂了生活的招牌，其实却引人到死路上去！

我想，我们总得将青年从牢狱里引出来，路上的危险，当然是有的，但这是求生的偶然的危险，无从逃避。想逃避，就须度那古人所希求的第一监狱式生活了，可是真在第一监狱里的犯人，都想早些释放，虽然外面并不比狱里安全。

北京暖和起来了；我的院子里种了几株丁香，活了；还有两株榆叶梅，至今还未发芽，不知道他是否活着。

昨天闹了一个小乱子，许多学生被打伤了；听说还有死的，我不知道确否。其实，只要听他们开会，结果不过是开会而已，因为加了强力的迫压，遂闹出开会以上的事来。俄国的革命，不就是从这样的路径出发的么？

夜深了，就此搁笔，后来再谈罢。

鲁迅。五月八日夜。

“碰壁”之后

中国各处是壁，然而无形，像“鬼打墙”一般，使你随时能“碰”。能打这墙的，能碰而不感到痛苦的，是胜利者。

我平日常常对我的年青的同学们说：古人所谓“穷愁著书”的话，是不大可靠的。穷到透顶，愁得要死的人，那里还有这许多闲情逸致来著书？我们从来没有见过候补的饿殍在沟壑边吟哦；鞭扑底下的囚徒所发出来的不过是直声的叫喊，决不会用一篇妃红俪白的骈体文来诉痛苦的。所以待到磨墨吮笔，说什么“履穿踵决”时，脚上也许早经是丝袜；高吟“饥来驱我去……”的陶征士，其时或者偏已很有些酒意了。正当苦痛，即说不出苦痛来，佛说极苦地狱中的鬼魂，也反而并无叫唤！

华夏大概并非地狱，然而“境由心造”，我眼前总充塞着重迭的黑云，其中有故鬼，新鬼，游魂，牛首阿旁，畜生，化生，大叫唤，无叫唤，使我不堪闻见。我装作无所闻见模样，以图欺骗自己，总算已从地狱中出离。

打门声一响，我又回到现实世界了。又是学校的事。我为什么要做教员？！想着走着，出去开门，果然，信封上首先就看见通红的一行字：国立北京女子师范大学。

我本就怕这学校，因为一进门就觉得阴惨惨，不知其所以然，但也常常疑心是自己的错觉。后来看到杨荫榆校长《致全体学生公启》里的“须知学校犹家庭，为尊长者断无不爱家属之理，为幼稚者亦当体贴尊长之心”的话，就恍然了，原来我虽然在学校教书，也等于在杨家坐馆，而这阴惨惨的气味，便是从“冷板凳”里出来的。可是我有一种毛病，自己也疑心是自讨苦吃的根苗，就是偶尔要想想。所以恍然之后，即又有疑问发生：这家族人员——校长和学生——的关系是怎样的，母女，还是婆媳呢？

想而又想，结果毫无。幸而这位校长宣言多，竟在她《对于暴烈学生之感言》里获得正确的解答了。曰，“与此曹子勃谿相向”，则其为婆婆无疑也。

现在我可以大胆地用“妇姑勃谿”这句古典了。但婆媳吵架，与西宾又何干呢？因为究竟是学校，所以总还是时常有信来，或是婆婆的，或是媳妇的。我的神经又不强，一闻打门而悔做教员者以此，而且也确有可悔的理由。

这一年她们的家务简直没有完，媳妇儿们不佩服婆婆做校长了，婆婆可是不歇手。这是她的家庭，怎么肯放手呢？无足怪的。而且不但不放，还趁“五七”之际，在什么饭店请人吃饭之后，开除了六个学生自治会的职员，并且发表了那“须知学校犹家庭”的名论。

这回抽出信纸来一看，是媳妇儿们的自治会所发的，略谓：

“旬余以来，校务停顿，百费待兴，若长此迁延，不特虚掷数百青年光阴，校务前途，亦岌岌不可终日。……”

底下是请教员开一个会，出来维持的意思的话，订定的时间是当日下午四点钟。

“去看一看罢。”我想。

这也是我的一种毛病，自己也疑心是自讨苦吃的根苗；明知道无论什么事，在中国是万不可轻易去“看一看”的，然而终于改不掉，所以谓之“病”。但是，究竟也颇熟于世故了，我想后，又立刻决定，四点太早，到了一定没有人，四点半去罢。

四点半进了阴惨惨的校门，又走进教员休息室。出乎意料之外！

除一个打盹似的校役以外，已有两位教员坐着了。一位是见过几面的；一位不认识，似乎说是姓汪，或姓王，我不大听明白，——其实也无须。

我也和他们在一处坐下了。

“先生的意思以为这事情怎样呢？”这不识教员在招呼之后，看住了我的眼睛问。

“这可以由各方面说……。你问的是我个人的意见么？我个人的意见，是反对杨先生的办法的……。”

糟了！我的话没有说完，他便将他那灵便小巧的头向旁边一摇，表示不屑听完的态度。但这自然是我的主观；在他，或者也许本有将头摇来摇去的毛病的。

“就是开除学生的罚太严了。否则，就很容易解决……。”我还要继续说下去。

“嗡嗡。”他不耐烦似的点头。

我就默然，点起火来吸烟卷。

“最好是给这事情冷一冷……。”不知怎的他又开始发表他的“冷一冷”学说了。

“嗡嗡。瞧着看罢。”这回是我不耐烦似的点头，但终于多说了一句话。

我点头讫，瞥见坐前有一张印刷品，一看之后，毛骨便悚然起来。文略谓：

“……第用学生自治会名义，指挥讲师职员，召集校务维持讨论会，……本校素遵部章，无此学制，亦无此办法，根本上不能成立。……而自闹潮以来……不能不筹正当方法，又有其他校务进行，亦待大会议决，兹定于（月之二十一日）下午七时，由校特请全体主任专任教员评议会会员在太平湖饭店开校务紧急会议，解决种种重要问题。务恳大驾莅临，无任盼祷！”

署名就是我所视为畏途的“国立北京女子师范大学”，但下面还有一个“启”字。我这时才知道我不该来，也无须“莅临”太平湖饭店，因为我不过是一个“兼任教员”。然而校长为什么不制止学生开会，又不预先否认，却要叫我到了学校来看这“启”的呢？我愤然地要质问了，举目四顾，两个教员，一个校役，四面砖墙带着门和窗门，而并没有半个负有答复的责任的生物。“国立北京女子师范学校”虽然能“启”，然而是不能答的。只有默默地阴森地四周的墙壁将人包围，现出险恶的颜色。

我感到苦痛了，但没有悟出它的原因。

可是两个学生来请开会了；婆婆终于没有露面。我们就走进会场去，这时连我已经有五个人；后来陆续又到了七八人。于是乎开会。

“为幼稚者”仿佛不大能够“体贴尊长之心”似的，很诉了许多苦。然而我们有什么权利来干预“家庭”里的事呢？而况太平湖饭店里又要“解决种种重要问题”了！但是我也说明了几句我所以来校的理由，并要求学校当局今天缩头缩脑办法的解答。然而，举目四顾，只有媳妇儿们和西宾，砖墙带着门和窗门，而并没有半个负有答复的责任的生物！

我感到苦痛了，但没有悟出它的原因。

这时我所不识的教员和学生在谈话了；我也不很细听。但在他的话里听到一句“你们做事不要碰壁”，在学生的话里听到一句“杨先生就是壁”，于我就仿佛见了一道光，立刻知道我的痛苦的原因了。

碰壁，碰壁！我碰了杨家的壁了！

其时看看学生们，就像一群童养媳……。

这一种会议是照例没有结果的，几个自以为大胆的人物对于婆婆稍加微辞之后，即大家走散。我回家坐在自己的窗下的时候，天色已近黄昏，而阴惨惨的颜色却渐渐地退去，回忆到碰壁的学说，居然微笑起来了。

中国各处是壁，然而无形，像“鬼打墙”一般，使你随时能“碰”。

能打这墙的，能碰而不感到痛苦的，是胜利者。——但是，此刻太平湖饭店之宴已近阑珊，大家都已经吃到冰其淋，在那里“冷一冷”了罢……。

我于是仿佛看见雪白的桌布已经沾了许多酱油渍，男男女女围着桌子都吃冰其淋，而许多媳妇儿，就如中国历来的大多数媳妇儿在苦节的婆婆脚下似的，都决定了暗淡的运命。

我吸了两支烟，眼前也光明起来，幻出饭店里电灯的光彩，看见教育家在杯酒间谋害学生，看见杀人者于微笑后屠戮百姓，看见死尸在粪土中舞蹈，看见污秽洒满了风籁琴，我想取作画图，竟不能画成一线。我为什么要做教员，连自己也侮蔑自己起来。但是织芳来访我了。

我们闲谈之间，他也忽而发感慨——

“中国什么都黑暗，谁也不行，但没有事的时候是看不出来的。教员咧，学生咧，烘烘烘，烘烘烘，真像一个学校，一有事故，教员也不见了，学生也慢慢躲开了；结局只剩下几个傻子给大家做牺牲，算是收束。多少天之后，又是这样的学校，躲开的也出来了，不见的也露脸了，‘地球是圆的’咧，‘苍蝇是传染病的媒介’咧，又是学生咧，教员咧，烘烘烘……。”

从不像我似的常常“碰壁”的青年学生的眼睛看来，中国也就如此之黑暗么？然而他们仅有微弱的呻吟，然而一呻吟就被杀戮了！

五月二十一日夜。

并非闲话

世上虽然有斩钉截铁的办法，却很少见有敢负责任的宣言。

凡事无论大小，只要和自己有些相干，便不免格外警觉。即如这一回女子师范大学的风潮，我因为在那里担任一点钟功课，也就感到震动，而且就发了几句感慨，登在五月十二的《京报副刊》上。自然，自己也明知道违了“和光同尘”的古训了，但我就是这样，并不想以骑墙或阴柔来买人尊敬。三四天之后，忽然接到一本《现代评论》十五期，很觉得有些稀奇。这一期是新印的，第一页上目录已经整齐（初版字有参差处），就证明着至少是再版。我想：为什么这一期特别卖的多，送的多呢，莫非内容改变了么？翻开初版来，校勘下去，都一样；不过末叶的金城银行的广告已经杳然，所以一篇《女师大的学潮》就赤条条地露出。我不是也发过议论的么？自然要看一看，原来是赞成杨荫榆校长的，和我的论调正相反。做的人是“一个女读者”。

中国原是玩意儿最多的地方，近来又刚闹过什么“琴心是否女士”问题，我于是心血来潮，忽而想：又捣什么鬼，装什么佯了？但我即刻不再想下去，因为接着就起了别一个念头，想到近来有些人，凡是自己善于在暗中播弄鼓动的，一看见别人明白质直的言动，便往往反噬他是播弄和鼓动，是某党，是某系；正如偷汉的女人的丈夫，总愿意说世人全是忘八，和他相同，他心里才觉舒畅。这种思想是卑劣的；我太多心了，人们也何至于一定用裙子来做军旗。我就将我的念头打断了。

此后，风潮还是拖延着，而且展开来，于是有七个教员的宣言发表，也登在五月二十七日的《京报》上，其中的一个是我。

这回的反响快透了，三十日发行（其实是二十九日已经发卖）的《现代评论》上，西滢先生就在《闲话》的第一段中特地评论。但是，据说宣言是“《闲话》正要付印的时候”才在报上见到的，所以前半只论学潮，和宣言无涉。后来又做了三大段，大约是见了宣言之后，这才文思泉涌的罢，可是《闲话》付印的时间，大概总该颇有些耽误了。但后做而移在前面，也未可知。那么，足见这是一段要紧的“闲话”。

《闲话》中说，“以前我们常常听说女师大的风潮，有在北京教育界占最大势力的某籍某系的人在暗中鼓动，可是我们总不敢相信。”所以他只在宣言中摘出“最精彩的几句”，加上圈子，评为“未免偏袒一方”；而且因为“流言更加传布得厉害”，遂觉“可惜”，但他说“还是不信我们平素所很尊敬的人会暗中挑剔风潮”。这些话我觉得确有些超妙的识见。例如“流言”本是畜类的武器，鬼蜮的手段，实在应该不信它。又如一查籍贯，则即使装作公平，也容易启人疑窦，总不如“不敢相信”的好，否则同籍的人固然惮于在一张纸上宣言，而别一某籍的人也不便在暗中给同籍的人帮忙了。这些“流言”和“听说”，当然都只配当作狗屁！

但是，西滢先生因为“未免偏袒一方”而遂叹为“可惜”，仍是引用“流言”，我却以为是“可惜”的事。清朝的县官坐堂，往往两造各责小板五百完案，“偏袒”之嫌是没有了，可是终于不免为胡涂虫。假使一个人还有是非之心，倒不如直说的好；否则，虽然吞吞吐吐，明眼人也会看出他暗中“偏袒”那一方，所表白的不过是自己的阴险和卑劣。宣言中所谓“若离若合，殊有混淆黑白之嫌”者，似乎也就是为此辈的手段写照。而且所谓“挑剔风潮”的“流言”，说不定就是这些伏在暗中，轻易不大露面的东西所制造的，但我自然也“没有调查详细的事实，不大知道”。可惜的是西滢先生虽说“还是不信”，却已为我辈“可惜”，足见流言之易于惑人，无怪常有人用作武器。

但在我，却直到看见这《闲话》之后，才知道西滢先生们原来“常常”听到这样的流言，并且和我偶尔听到的都不对。可见流言也有种种，某种流言，大抵是奔凑到某种耳朵，写出在某种笔下的。

但在《闲话》的前半，即西滢先生还未在报上看见七个教员的宣言之前，已经比学校为“臭毛厕”，主张“人人都有扫除的义务”了。为什么呢？一者报上两个相反的启事已经发现；二者学生把守校门；三者有“校长不能在学校开会，不得不借邻近的饭店招集教员开会的奇闻”。但这所述的“臭毛厕”的情形还得修改些，因为层次有点颠倒。据宣言说，则“饭店开会”，乃在“把守校门”之前，大约西滢先生觉得不“最精彩”，所以没有摘录，或者已经写好，所以不及摘录的罢。现在我来补摘几句，并且也加些圈子，聊以效颦——

“……迨五月七日校内讲演时，学生劝校长杨荫榆先生退席后，杨先生乃于饭馆召集校员若干燕饮，继即以评议会名义，将学生自治会职员六人揭示开除，由是全校哗然，有坚拒杨先生长校之事变。……”

《闲话》里的和这事实的颠倒，从神经过敏的看起来，或者也可以认为“偏袒”的表现；但我在这里并非举证，不过聊作插话而已。其实，“偏袒”两字，因我适值选得不大堂皇，所以使人厌观，倘用别的字，便会大大的两样。况且，即使是自以为公平的批评家，“偏袒”也在所不免的，譬如和校长同籍贯，或是好朋友，或是换帖兄弟，或是叨过酒饭，每不免于不知不觉间有所“偏袒”。这也算人情之常，不足深怪；但当侃侃而谈之际，那自然也许流露出来。然而也没有什么要紧，局外人那里会知道这许多底细呢，无伤大体的。

但是学校的变成“臭毛厕”，却究竟在“饭店召集教员”之后，酒醉饭饱，毛厕当然合用了。西滢先生希望“教育当局”打扫，我以为在打扫之前，还须先封饭店，否则醉饱之后，总要拉矢，毛厕即永远需用，怎么打扫得干净？而且，还未打扫之前，不是已经有了“流言”了么？流言之力，是能使粪便增光，蛆虫成圣的，打扫夫又怎么动手？

姑无论现在有无打扫夫。

至于“万不可再敷衍下去”，那可实在是斩钉截铁的办法。正应该这样办。但是，世上虽然有斩钉截铁的办法，却很少见有敢负责任的宣言。所多的是自在黑幕中，偏说不知道；替暴君奔走，却以局外人自居；满肚子怀着鬼胎，而装出公允的笑脸；有谁明说出自己所观察的是非来的，他便用了“流言”来作不负责任的武器：这种蛆虫充满的“臭毛厕”，是难于打扫干净的。丢尽“教育界的面目”的丑态，现在和将来还多着哩！

五月三十日。

并非闲话（二）

人自以为“公平”的时候，就已经有些醉意了。

向来听说中国人具有大国民的大度，现在看看，也未必然。但是我们要说得好，那么，就说好清净，有志气罢。所以总愿意自己是第一，是唯一，不爱见别的东西共存。行了几年白话，弄古文的人们讨厌了；做了一点新诗，吟古诗的人们憎恶了；做了几首小诗，做长诗的人们生气了；出了几种定期刊物，连别的出定期刊物的人们也来诅咒了：太多，太坏，只好做将来被淘汰的资料。

中国有些地方还在“溺女”，就因为豫料她们将来总是没出息的。可惜下手的人们总没有好眼力，否则并以施之男孩，可以减少许多单会消耗食粮的废料。

但是，歌颂“淘汰”别人的人也应该先行自省，看可有怎样不灭的东西在里面，否则，即使不肯自杀，似乎至少也得自己打几个嘴巴。然而人是总是自以为是的，这也许正是逃避被淘汰的一条路。相传曾经有一个人，一向就以“万物不得其所”为宗旨的，平生只有一个大愿，就是愿中国人都死完，但要留下他自己，还有一个女人和一个卖食物的。现在不知道他怎样，久没有听到消息了，那默默无闻的原因，或者就因为中国人还没有死完的缘故罢。

据说，张歆海先生看见两个美国兵打了中国的车夫和巡警，于是三四十个人，后来就有百余人，都跟在他们后面喊“打！打！”，美国兵却终于安然的走到东交民巷口了，还回头“笑着嚷道：‘来呀！

来呀！’说也奇怪，这喊打的百余人不到两分钟便居然没有影踪了！”

西滢先生于是在《闲话》中斥之曰：“打！打！宣战！宣战！这样的中国人，呸！”

这样的中国人真应该受“呸！”他们为什么不打的呢，虽然打了也许又有人来说是“拳匪”。但人们那里顾忌得许多，终于不打，“怯”是无疑的。他们所有的不是拳头么？

但不知道他们可曾等候美国兵走进了东交民巷之后，远远地吐了唾沫？《现代评论》上没有记载，或者虽然“怯”，还不至于“卑劣”到那样罢。

然而美国兵终于走进东交民巷口了，毫无损伤，还笑嚷着“来呀来呀”哩！你们还不怕么？你们还敢说“打！打！宣战！宣战！”么？这百余人，就证明着中国人该被打而不作声！

“这样的中国人，呸！呸！！！”

更可悲观的是现在“造谣者的卑鄙龌龊更远过于章炳麟”，真如《闲话》所说，而且只能“匿名的在报上放一两枝冷箭”。而且如果“你代被群众专制所压迫者说了几句公平话，那么你不是与那人有‘密切的关系’，便是吃了他或她的酒饭。在这样的社会里，一个报不顾利害的专论是非，自然免不了诽谤丛生，谣诼蜂起。”这确是近来的实情。即如女师大风潮，西滢先生就听到关于我们的“流言”，而我竟不知道是怎样的“流言”，是那几个“卑鄙龌龊更远过于章炳麟”者所造。还有女生的罪状，已见于章士钊的呈文，而那些作为根据的“流言”，也不知道是那几个“卑鄙龌龊”且至于远不如畜类者所造。但是学生却都被打出了，其时还有人在酒席上得意。——但这自然也是“谣诼”。

可是我倒也并不很以“流言”为奇，如果要造，就听凭他们去造去。好在中国现在还不到“群众专制”的时候，即使有几十个人，只要“无权势”者叫一大群警察，雇些女流氓，一打，就打散了，正无须乎我来为“被压迫者”说什么“公平话”。即使说，人们也未必尽相信，因为“在这样的社会里”，有些“公平话”总还不免是“他或她的酒饭”填出来的。不过事过境迁，“酒饭”已经消化，吸收，只剩下似乎毫无缘故的“公平话”罢了。倘使连酒饭也失了效力，我想，中国也还要光明些。

但是，这也不足为奇的。不是上帝，那里能够超然世外，真下公平的批评。人自以为“公平”的时候，就已经有些醉意了。世间都以“党同伐异”为非，可是谁也不做“党异伐同”的事。现在，除了疯子，倘使有谁要来接吻，人大约总不至于倒给她一个嘴巴的罢。

九月十九日。

这个与那个

我每看运动会时，常常这样想：优胜者固然可敬，但那虽然落后而仍非跑至终点不止的竞技者，和见了这样竞技者而肃然不笑的看客，乃正是中国将来的脊梁。

一　读经与读史

一个阔人说要读经，嗡的一阵一群狭人也说要读经。岂但“读”而已矣哉，据说还可以“救国”哩。“学而时习之，不亦说乎？”那也许是确凿的罢，然而甲午战败了，——为什么独独要说“甲午”呢，是因为其时还在开学校，废读经以前。

我以为伏案还未功深的朋友，现在正不必埋头来哼线装书。倘其咿唔日久，对于旧书有些上瘾了，那么，倒不如去读史，尤其是宋朝明朝史，而且尤须是野史；或者看杂说。

现在中西的学者们，几乎一听到“钦定四库全书”这名目就魂不附体，膝弯总要软下来似的。其实呢，书的原式是改变了，错字是加添了，甚至于连文章都删改了，最便当的是《琳琅秘室丛书》中的两种《茅亭客话》，一是宋本，一是四库本，一比较就知道。“官修”而加以“钦定”的正史也一样，不但本纪咧，列传咧，要摆“史架子”；里面也不敢说什么。据说，字里行间是也含着什么褒贬的，但谁有这么多的心眼儿来猜闷壶卢。至今还道“将平生事迹宣付国史馆立传”，还是算了罢。

野史和杂说自然也免不了有讹传，挟恩怨，但看往事却可以较分明，因为它究竟不像正史那样地装腔作势。看宋事，《三朝北盟汇编》

已经变成古董，太贵了，新排印的《宋人说部丛书》却还便宜。明事呢，《野获编》原也好，但也化为古董了，每部数十元；易于入手的是《明季南北略》，《明季稗史汇编》，以及新近集印的《痛史》。

史书本来是过去的陈帐簿，和急进的猛士不相干。但先前说过，倘若还不能忘情于咿唔，倒也可以翻翻，知道我们现在的情形，和那时的何其神似，而现在的昏妄举动，胡涂思想，那时也早已有过，并且都闹糟了。

试到中央公园去，大概总可以遇见祖母带着她孙女儿在玩的。这位祖母的模样，就预示着那娃儿的将来。所以倘有谁要预知令夫人后日的丰姿，也只要看丈母。不同是当然要有些不同的，但总归相去不远。我们查帐的用处就在此。

但我并不说古来如此，现在遂无可为，劝人们对于“过去”生敬畏心，以为它已经铸定了我们的运命。Le Bon 先生说，死人之力比生人大，诚然也有一理的，然而人类究竟进化着。又据章士钊总长说，则美国的什么地方已在禁讲进化论了，这实在是吓死我也，然而禁只管禁，进却总要进的。

总之：读史，就愈可以觉悟中国改革之不可缓了。虽是国民性，要改革也得改革，否则，杂史杂说上所写的就是前车。一改革，就无须怕孙女儿总要像点祖母那些事，譬如祖母的脚是三角形，步履维艰的，小姑娘的却是天足，能飞跑；丈母老太太出过天花，脸上有些缺点的，令夫人却种的是牛痘，所以细皮白肉：这也就大差其远了。

十二月八日。

二　捧与挖

中国的人们，遇见带有会使自己不安的朕兆的人物，向来就用两样法：将他压下去，或者将他捧起来。

压下去就用旧习惯和旧道德，或者凭官力，所以孤独的精神的战士，虽然为民众战斗，却往往反为这“所为”而灭亡。到这样，他们这才安心了。压不下时，则于是乎捧，以为抬之使高，餍之使足，便可以于己稍稍无害，得以安心。

伶俐的人们，自然也有谋利而捧的，如捧阔老，捧戏子，捧总长之类；但在一般粗人，——就是未尝“读经”的，则凡有捧的行为的“动机”，大概是不过想免害。即以所奉祀的神道而论，也大抵是凶恶的，火神瘟神不待言，连财神也是蛇呀刺蜎呀似的骇人的畜类；观音菩萨倒还可爱，然而那是从印度输入的，并非我们的“国粹”。要而言之：凡是被捧者，十之九不是好东西。

既然十之九不是好东西，则被捧而后，那结果便自然和捧者的希望适得其反了。不但能使不安，还能使他们很不安，因为人心本来不易餍足。然而人们终于至今没有悟，还以捧为苟安之一道。

记得有一部讲笑话的书，名目忘记了，也许是《笑林广记》罢，说，当一个知县的寿辰，因为他是子年生，属鼠的，属员们便集资铸了一个金老鼠去作贺礼。知县收受之后，另寻了机会对大众说道：明年又恰巧是贱内的整寿；她比我小一岁，是属牛的。其实，如果大家先不送金老鼠，他决不敢想金牛。一送开手，可就难于收拾了，无论金牛无力致送，即使送了，怕他的姨太太也会属象。象不在十二生肖之内，似乎不近情理罢，但这是我替他设想的法子罢了，知县当然别有我们所莫测高深的妙法在。

民元革命时候，我在S城，来了一个都督。他虽然也出身绿林大学，未尝“读经”（？），但倒是还算顾大局，听舆论的，可是自绅士以至于庶民，又用了祖传的捧法群起而捧之了。这个拜会，那个恭维，今天送衣料，明天送翅席，捧得他连自己也忘其所以，结果是渐渐变成老官僚一样，动手刮地皮。

最奇怪的是北几省的河道，竟捧得河身比屋顶高得多了。当初自然是防其溃决，所以壅上一点土；殊不料愈壅愈高，一旦溃决，那祸害就更大。于是就“抢堤”咧，“护堤”咧，“严防决堤”咧，花色繁多，大家吃苦。如果当初见河水泛滥，不去增堤，却去挖底，我以为决不至于这样。

有贪图金牛者，不但金老鼠，便是死老鼠也不给。那么，此辈也就连生日都未必做了。单是省却拜寿，已经是一件大快事。

中国人的自讨苦吃的根苗在于捧，“自求多福”之道却在于挖。其实，劳力之量是差不多的，但从惰性太多的人们看来，却以为还是捧省力。

十二月十日。

三 最先与最后

《韩非子》说赛马的妙法，在于“不为最先，不耻最后”。这虽是从我们这样外行的人看起来，也觉得很有理。因为假若一开首便拚命奔驰，则马力易竭。但那第一句是只适用于赛马的，不幸中国人却奉为人的处世金鍼了。

中国人不但“不为戎首”，“不为祸始”，甚至于“不为福先”。所以凡事都不容易有改革；前驱和闯将，大抵是谁也怕得做。然而人性岂真能如道家所说的那样恬淡；欲得的却多。既然不敢径取，就只好用阴谋和手段。以此，人们也就日见其卑怯了，既是“不为最先”，自然也不敢“不耻最后”，所以虽是一大堆群众，略见危机，便“纷纷作鸟兽散”了。如果偶有几个不肯退转，因而受害的，公论家便异口同声，称之曰傻子。对于“锲而不舍”的人们也一样。

我有时也偶尔去看看学校的运动会。这种竞争，本来不像两敌国的开战，挟有仇隙的，然而也会因了竞争而骂，或者竟打起来。但这些事又作别论。竞走的时候，大抵是最快的三四个人一到决胜点，其余的便松懈了，有几个还至于失了跑完豫定的圈数的勇气，中途挤入看客的群集中；或者佯为跌倒，使红十字队用担架将他抬走。假若偶有虽然落后，却尽跑，尽跑的人，大家就嗤笑他。大概是因为他太不聪明，“不耻最后”的缘故罢。

所以中国一向就少有失败的英雄，少有韧性的反抗，少有敢单身鏖战的武人，少有敢抚哭叛徒的吊客；见胜兆则纷纷聚集，见败兆则纷纷逃亡。战具比我们精利的欧美人，战具未必比我们精利的匈奴蒙古满洲人，都如入无人之境。“土崩瓦解”这四个字，真是形容得有自知之明。

多有“不耻最后”的人的民族，无论什么事，怕总不会一下子就“土崩瓦解”的，我每看运动会时，常常这样想：优胜者固然可敬，但那虽然落后而仍非跑至终点不止的竞技者，和见了这样竞技者而肃然不笑的看客，乃正是中国将来的脊梁。

四 流产与断种

近来对于青年的创作，忽然降下一个“流产”的恶谥，哄然应和的就有一大群。我现在相信，发明这话的是没有什么恶意的，不过偶尔说一说；应和的也是情有可原的，因为世事本来大概就这样。

我独不解中国人何以于旧状况那么心平气和，于较新的机运就这么疾首蹙额；于已成之局那么委曲求全，于初兴之事就这么求全责备？

智识高超而眼光远大的先生们开导我们：生下来的倘不是圣贤，豪杰，天才，就不要生；写出来的倘不是不朽之作，就不要写；改革的事倘不是一下子就变成极乐世界，或者，至少能给我（！）有更多的好处，就万万不要动！……

那么，他是保守派么？据说：并不然的。他正是革命家。惟独他有公平，正当，稳健，圆满，平和，毫无流弊的改革法；现下正在研究室里研究着哩，——只是还没有研究好。

什么时候研究好呢？答曰：没有准儿。

孩子初学步的第一步，在成人看来，的确是幼稚，危险，不成样子，或者简直是可笑的。但无论怎样的愚妇人，却总以恳切的希望的心，看他跨出这第一步去，决不会因为他的走法幼稚，怕要阻碍阔人的路线而“逼死”他；也决不至于将他禁在床上，使他躺着研究到能够飞跑时再下地。因为她知道：假如这么办，即使长到一百岁也还是不会走路的。

古来就这样，所谓读书人，对于后起者却反而专用彰明较著的或改头换面的禁锢。近来自然客气些，有谁出来，大抵会遇见学士文人们挡驾：且住，请坐。接着是谈道理了：调查，研究，推敲，修养，……结果是老死在原地方。否则，便得到“捣乱”的称号。我也曾有如现在的青年一样，向已死和未死的导师们问过应走的路。他们都说：不可向东，或西，或南，或北。但不说应该向东，或西，或南，或北。我终于发见他们心底里的蕴蓄了：不过是一个“不走”而已。

坐着而等待平安，等待前进，倘能，那自然是很好的，但可虑的是老死而所等待的却终于不至；不生育，不流产而等待一个英伟的宁馨儿，那自然也很可喜的，但可虑的是终于什么也没有。

倘以为与其所得的不是出类拔萃的婴儿，不如断种，那就无话可说。但如果我们永远要听见人类的足音，则我以为流产究竟比不生产还有望，因为这已经明明白白地证明着能够生产的了。

十二月二十日。

学界的三魂

惟有民魂是值得宝贵的，惟有他发扬起来，中国才有真进步。

从《京报副刊》上知道有一种叫《国魂》的期刊，曾有一篇文章说章士钊固然不好，然而反对章士钊的“学匪”们也应该打倒。我不知道大意是否真如我所记得？但这也没有什么关系，因为不过引起我想到一个题目，和那原文是不相干的。意思是，中国旧说，本以为人有三魂六魄，或云七魄；国魂也该这样。而这三魂之中，似乎一是“官魂”，一是“匪魂”，还有一个是什么呢？也许是“民魂”罢，我不很能够决定。又因为我的见闻很偏隘，所以未敢悉指中国全社会，只好缩而小之曰“学界”。

中国人的官瘾实在深，汉重孝廉而有埋儿刻木，宋重理学而有高帽破靴，清重帖括而有“且夫”“然则”。总而言之：那魂灵就在做官，——行官势，摆官腔，打官话。顶着一个皇帝做傀儡，得罪了官就是得罪了皇帝，于是那些人就得了雅号曰“匪徒”。学界的打官话是始于去年，凡反对章士钊的都得了“土匪”，“学匪”，“学棍”的称号，但仍然不知道从谁的口中说出，所以还不外乎一种“流言”。

但这也足见去年学界之糟了，竟破天荒的有了学匪。以大点的国事来比罢，太平盛世，是没有匪的；待到群盗如毛时，看旧史，一定是外戚，宦官，奸臣，小人当国，即使大打一通官话，那结果也还是“呜呼哀哉”。当这“呜呼哀哉”之前，小民便大抵相率而为盗，所以我相信源增先生的话：“表面上看只是些土匪与强盗，其实是农民革命军。”（《国民新报副刊》四三）那么，社会不是改进了么？并不，我虽然也是被谥为“土匪”之一，却并不想为老前辈们饰非掩过。农民是不来夺取政权的，源增先生又道：“任三五热心家将皇帝推倒，自己过皇帝瘾去。”但这时候，匪便被称为帝，除遗老外，文人学者却都来恭维，又称反对他的为匪了。

所以中国的国魂里大概总有这两种魂：官魂和匪魂。这也并非硬要将我辈的魂挤进国魂里去，贪图与教授名流的魂为伍，只因为事实仿佛是这样。社会诸色人等，爱看《双官诰》，也爱看《四杰村》，望偏安巴蜀的刘玄德成功，也愿意打家劫舍的宋公明得法；至少，是受了官的恩惠时候则艳羡官僚，受了官的剥削时候便同情匪类。但这也是人情之常；倘使连这一点反抗心都没有，岂不就成为万劫不复的奴才了？

然而国情不同，国魂也就两样。记得在日本留学时候，有些同学问我在中国最有大利的买卖是什么，我答道：“造反。”他们便大骇怪。在万世一系的国度里，那时听到皇帝可以一脚踢落，就如我们听说父母可以一棒打杀一般。为一部分士女所心悦诚服的李景林先生，可就深知此意了，要是报纸上所传非虚。今天的《京报》即载着他对某外交官的谈话道：“予预计于旧历正月间，当能与君在天津晤谈；若天津攻击竟至失败，则拟俟三四月间卷土重来，若再失败，则暂投土匪，徐养兵力，以待时机”云。但他所希望的不是做皇帝，那大概是因为中华民国之故罢。

所谓学界，是一种发生较新的阶级，本该可以有将旧魂灵略加湔洗之望了，但听到“学官”的官话，和“学匪”的新名，则似乎还走着旧道路。那末，当然也得打倒的。这来打倒他的是“民魂”，是国魂的第三种。先前不很发扬，所以一闹之后，终不自取政权，而只“任三五热心家将皇帝推倒，自己过皇帝瘾去”了。

惟有民魂是值得宝贵的，惟有他发扬起来，中国才有真进步。但是，当此连学界也倒走旧路的时候，怎能轻易地发挥得出来呢？在乌烟瘴气之中，有官之所谓“匪”和民之所谓匪；有官之所谓“民”和民之所谓民；有官以为“匪”而其实是真的国民，有官以为“民”而其实是衙役和马弁。所以貌似“民魂”的，有时仍不免为“官魂”，这是鉴别魂灵者所应该十分注意的。

话又说远了，回到本题去。去年，自从章士钊提了“整顿学风”的招牌，上了教育总长的大任之后，学界里就官气弥漫，顺我者“通”，逆我者“匪”，官腔官话的余气，至今还没有完。但学界却也幸而因此分清了颜色；只是代表官魂的还不是章士钊，因为上头还有“减膳”执政在，他至多不过做了一个官魄；现在是在天津“徐养兵力，以待时机”了。我不看《甲寅》，不知道说些什么话：官话呢，匪话呢，民话呢，衙役马弁话呢？……

一月二十四日。

无花的蔷薇

待到伟大的人物成为化石，人们都称他伟人时，他已经变了傀儡了。

1

又是 Schopenhauer 先生的话——

“无刺的蔷薇是没有的。——然而没有蔷薇的刺却很多。”

题目改变了一点，较为好看了。

“无花的蔷薇”也还是爱好看。

2

去年，不知怎的这位勗本华尔先生忽然合于我们国度里的绅士们的脾胃了，便拉扯了他的一点《女人论》；我也就夹七夹八地来称引了好几回，可惜都是刺，失了蔷薇，实在大煞风景，对不起绅士们。

记得幼小时候看过一出戏，名目忘却了，一家正在结婚，而勾魂的无常鬼已到，夹在婚仪中间，一同拜堂，一同进房，一同坐床……实在大煞风景，我希望我还不至于这样。

3

有人说我是“放冷箭者”。

我对于“放冷箭”的解释，颇有些和他们一流不同，是说有人受伤，而不知这箭从什么地方射出。所谓“流言”者，庶几近之。但是我，却明明站在这里。

但是我，有时虽射而不说明靶子是谁，这是因为初无“与众共弃”之心，只要该靶子独自知道，知道有了洞，再不要面皮鼓得急绷绷，我的事就完了。

4

蔡子民先生一到上海，《晨报》就据国闻社电报郑重地发表他的谈话，而且加以按语，以为“当为历年潜心研究与冷眼观察之结果，大足诏示国人，且为知识阶级所注意也。”

我很疑心那是胡适之先生的谈话，国闻社的电码有些错误了。

5

豫言者，即先觉，每为故国所不容，也每受同时人的迫害，大人物也时常这样。他要得人们的恭维赞叹时，必须死掉，或者沉默，或者不在面前。

总而言之，第一要难于质证。

如果孔丘，释迦，耶稣基督还活着，那些教徒难免要恐慌。对于他们的行为，真不知道教主先生要怎样慨叹。

所以，如果活着，只得迫害他。

待到伟大的人物成为化石，人们都称他伟人时，他已经变了傀儡了。

有一流人之所谓伟大与渺小，是指他可给自己利用的效果的大小而言。

6

法国罗曼·罗兰先生今年满六十岁了。晨报社为此征文，徐志摩先生于介绍之余，发感慨道：“……但如其有人拿一些时行的口号，什么打倒帝国主义等等，或是分裂与猜忌的现象，去报告罗兰先生说这是新中国，我再也不能预料他的感想了。”（《晨副》一二九九）

他住得远，我们一时无从质证，莫非从“诗哲”的眼光看来，罗兰先生的意思，是以为新中国应该欢迎帝国主义的么?

“诗哲”又到西湖看梅花去了，一时也无从质证。不知孤山的古梅，著花也未，可也在那里反对中国人“打倒帝国主义”？

7

志摩先生曰：“我很少夸奖人的。但西滢就他学法郎士的文章说，我敢说，已经当得起一句天津话：‘有根’了。”而且“像西滢这样，在我看来，才当得起‘学者’的名词。”（《晨副》一四二三）

西滢教授曰：“中国的新文学运动，方在萌芽，可是稍有贡献的人，如胡适之，徐志摩，郭沫若，郁达夫，丁西林，周氏兄弟等等都是曾经研究过他国文学的人。尤其是志摩他非但在思想方面，就是在体制方面，他的诗及散文，都已经有一种中国文学里从来不曾有过的风格。”（《现代》六三）

虽然抄得麻烦，但中国现今“有根”的“学者”和“尤其”的思想家及文人，总算已经互相选出了。

8

志摩先生曰："鲁迅先生的作品，说来大不敬得很，我拜读过很少，就只《呐喊》集里两三篇小说，以及新近因为有人尊他是中国的尼采他的《热风》集里的几页。他平常零星的东西，我即使看也等于白看，没有看进去或是没有看懂。"（《晨副》一四三三）

西滢教授曰："鲁迅先生一下笔就构陷人家的罪状。……可是他的文章，我看过了就放进了应该去的地方——说句体己话，我觉得它们就不应该从那里出来——手边却没有。"（同上）

虽然抄得麻烦，但我总算已经被中国现在"有根"的"学者"和"尤其"的思想家及文人协力踏倒了。

9

但我愿奉还"曾经研究过他国文学"的荣名。"周氏兄弟"之一，一定又是我了。我何尝研究过什么呢，做学生时候看几本外国小说和文人传记，就能算"研究过他国文学"么？

该教授——恕我打一句"官话"——说过，我笑别人称他们为"文士"，而不笑"某报天天鼓吹"我是"思想界的权威者"。现在不了，不但笑，简直唾弃它。

10

其实呢，被毁则报，被誉则默，正是人情之常。谁能说人的左颊既受爱人接吻而不作一声，就得援此为例，必须默默地将右颊给仇人咬一口呢？

我这回的竟不要那些西滢教授所颁赏陪衬的荣名，“说句体己话”罢，实在是不得已。我的同乡不是有“刑名师爷”的么？他们都知道，有些东西，为要显示他伤害你的时候的公正，在不相干的地方就称赞你几句，似乎有赏有罚，使别人看去，很像无私……。

“带住！”又要“构陷人家的罪状”了。只是这一点，就已经够使人“即使看也等于白看”，或者“看过了就放进了应该去的地方”了。

二月二十七日。

无花的蔷薇之二

墨写的谎说，决掩不住血写的事实。

1

英国勃尔根贵族曰：“中国学生只知阅英文报纸，而忘却孔子之教。英国之大敌，即此种极力诅咒帝国而幸灾乐祸之学生。……中国为过激党之最好活动场……。”（一九二五年六月三十日伦敦路透电。）

南京通信云：“基督教城中会堂聘金大教授某神学博士讲演，中有谓孔子乃耶稣之信徒，因孔子吃睡时皆祷告上帝。当有听众……质问何所据而云然；博士语塞。时乃有教徒数人，突紧闭大门，声言‘发问者，乃苏俄卢布买收来者’。当呼警捕之。……”（三月十一日《国民公报》。）

苏俄的神通真是广大，竟能买收叔梁纥，使生孔子于耶稣之前，则“忘却孔子之教”和“质问何所据而云然”者，当然都受着卢布的驱使无疑了。

2

西滢教授曰：“听说在‘联合战线’中，关于我的流言特别多，并且据说我一个人每月可以领到三千元 。‘流言’是在口上流的，在纸上到也不大见。”（《现代》六十五。）

该教授去年是只听到关于别人的流言的，却由他在纸上发表；据说今年却听到关于自己的流言了，也由他在纸上发表。“一个人每月可以领到三千元”，实在特别荒唐，可见关于自己的“流言”都不可信。但我以为关于别人的似乎倒是近理者居多。

3

据说“孤桐先生”下台之后，他的什么《甲寅》居然渐渐的有了活气了。可见官是做不得的。

然而他又做了临时执政府秘书长了，不知《甲寅》可仍然还有活气？如果还有，官也还是做得的……。

4

已不是写什么“无花的蔷薇”的时候了。

虽然写的多是刺，也还要些和平的心。

现在，听说北京城中，已经施行了大杀戮了。当我写出上面这些无聊的文字的时候，正是许多青年受弹饮刃的时候。呜呼，人和人的魂灵，是不相通的。

5

中华民国十五年三月十八日，段祺瑞政府使卫兵用步枪大刀，在国务院门前包围虐杀徒手请愿，意在援助外交之青年男女，至数百人之多。还要下令，诬之曰“暴徒”！

如此残虐险狠的行为，不但在禽兽中所未曾见，便是在人类中也极少有的，除却俄皇尼古拉二世使可萨克兵击杀民众的事，仅有一点相像。

6

中国只任虎狼侵食，谁也不管。管的只有几个年青的学生，他们本应该安心读书的，而时局漂摇得他们安心不下。假如当局者稍有良心，应如何反躬自责，激发一点天良？

然而竟将他们虐杀了！

7

假如这样的青年一杀就完，要知道屠杀者也决不是胜利者。

中国要和爱国者的灭亡一同灭亡。屠杀者虽然因为积有金资，可以比较长久地养育子孙，然而必至的结果是一定要到的。“子孙绳绳”又何足喜呢？灭亡自然较迟，但他们要住最不适于居住的不毛之地，要做最深的矿洞的矿工，要操最下贱的生业……。

8

如果中国还不至于灭亡，则已往的史实示教过我们，将来的事便要大出于屠杀者的意料之外——

这不是一件事的结束，是一件事的开头。

墨写的谎说，决掩不住血写的事实。

血债必须用同物偿还。拖欠得愈久，就要付更大的利息！

9

以上都是空话。笔写的，有什么相干？

实弹打出来的却是青年的血。血不但不掩于墨写的谎语，不醉于墨写的挽歌；威力也压它不住，因为它已经骗不过，打不死了。

三月十八日，民国以来最黑暗的一天，写。

“死地”

中国的有志于改革的青年，是知道死尸的沉重的，所以总是“请愿”。殊不知别有不觉得死尸的沉重的人们在，而且一并屠杀了“知道死尸的沉重”的心。

从一般人，尤其是久受异族及其奴仆鹰犬的蹂躏的中国人看来，杀人者常是胜利者，被杀者常是劣败者。而眼前的事实也确是这样。

三月十八日段政府惨杀徒手请愿的市民和学生的事，本已言语道断，只使我们觉得所住的并非人间。但北京的所谓言论界，总算还有评论，虽然纸笔喉舌，不能使洒满府前的青年的热血逆流入体，仍复苏生转来。无非空口的呼号，和被杀的事实一同逐渐冷落。

但各种评论中，我觉得有一些比刀枪更可以惊心动魄者在。这就是几个论客，以为学生们本不应当自蹈死地，前去送死的。倘以为徒手请愿是送死，本国的政府门前是死地，那就中国人真将死无葬身之所，除非是心悦诚服地充当奴子，“没齿而无怨言”。不过我还不知道中国人的大多数人的意见究竟如何。假使也这样，则岂但执政府前，便是全中国，也无一处不是死地了。

人们的苦痛是不容易相通的。因为不易相通，杀人者便以杀人为唯一要道，甚至于还当作快乐。然而也因为不容易相通，所以杀人者所显示的“死之恐怖”，仍然不能够儆戒后来，使人民永远变作牛马。历史上所记的关于改革的事，总是先仆后继者，大部分自然是由于公义，但人们的未经“死之恐怖”，即不容易为“死之恐怖”所慑，我以为也是一个很大的原因。

但我却恳切地希望：“请愿”的事，从此可以停止了。倘用了这许多血，竟换得一个这样的觉悟和决心，而且永远纪念着，则似乎还不算是很大的折本。

世界的进步，当然大抵是从流血得来。但这和血的数量，是没有关系的，因为世上也尽有流血很多，而民族反而渐就灭亡的先例。即如这一回，以这许多生命的损失，仅博得“自蹈死地”的批判，便已将一部分人心的机微示给我们，知道在中国的死地是极其广博。

现在恰有一本罗曼·罗兰的《Le Jeu de L ' Amour et de La Mort》在我面前，其中说：加尔是主张人类为进步计，即不妨有少许污点，万不得已，也不妨有一点罪恶的；但他们却不愿意杀库尔跋齐，因为共和国不喜欢在臂膊上抱着他的死尸，因为这过于沉重。

会觉得死尸的沉重，不愿抱持的民族里，先烈的“死”是后人的“生”的唯一的灵药，但倘在不再觉得沉重的民族里，却不过是压得一同沦灭的东西。

中国的有志于改革的青年，是知道死尸的沉重的，所以总是“请愿”。殊不知别有不觉得死尸的沉重的人们在，而且一并屠杀了“知道死尸的沉重”的心。

死地确乎已在前面。为中国计，觉悟的青年应该不肯轻死了罢。

三月二十五日。

记念刘和珍君

真的猛士，敢于直面惨淡的人生，敢于正视淋漓的鲜血。

一

中华民国十五年三月二十五日，就是国立北京女子师范大学为十八日在段祺瑞执政府前遇害的刘和珍杨德群两君开追悼会的那一天，我独在礼堂外徘徊，遇见程君，前来问我道，“先生可曾为刘和珍写了一点什么没有？”我说“没有”。她就正告我，“先生还是写一点罢；刘和珍生前就很爱看先生的文章。”

这是我知道的，凡我所编辑的期刊，大概是因为往往有始无终之故罢，销行一向就甚为寥落，然而在这样的生活艰难中，毅然预定了《莽原》全年的就有她。我也早觉得有写一点东西的必要了，这虽然于死者毫不相干，但在生者，却大抵只能如此而已。倘使我能够相信真有所谓“在天之灵”，那自然可以得到更大的安慰，——但是，现在，却只能如此而已。

可是我实在无话可说。我只觉得所住的并非人间。四十多个青年的血，洋溢在我的周围，使我艰于呼吸视听，那里还能有什么言语？长歌当哭，是必须在痛定之后的。而此后几个所谓学者文人的阴险的论调，尤使我觉得悲哀。我已经出离愤怒了。我将深味这非人间的浓黑的悲凉；以我的最大哀痛显示于非人间，使它们快意于我的苦痛，就将这作为后死者的菲薄的祭品，奉献于逝者的灵前。

二

真的猛士，敢于直面惨淡的人生，敢于正视淋漓的鲜血。这是怎样的哀痛者和幸福者？然而造化又常常为庸人设计，以时间的流驶，来洗涤旧迹，仅使留下淡红的血色和微漠的悲哀。在这淡红的血色和微漠的悲哀中，又给人暂得偷生，维持着这似人非人的世界。我不知道这样的世界何时是一个尽头！

我们还在这样的世上活着；我也早觉得有写一点东西的必要了。离三月十八日也已有两星期，忘却的救主快要降临了罢，我正有写一点东西的必要了。

三

在四十余被害的青年之中，刘和珍君是我的学生。学生云者，我向来这样想，这样说，现在却觉得有些踌躇了，我应该对她奉献我的悲哀与尊敬。她不是“苟活到现在的我”的学生，是为了中国而死的中国的青年。

她的姓名第一次为我所见，是在去年夏初杨荫榆女士做女子师范大学校长，开除校中六个学生自治会职员的时候。其中的一个就是她；但是我不认识。直到后来，也许已经是刘百昭率领男女武将，强拖出校之后了，才有人指着一个学生告诉我，说：这就是刘和珍。其时我才能将姓名和实体联合起来，心中却暗自诧异。我平素想，能够不为势利所屈，反抗一广有羽翼的校长的学生，无论如何，总该是有些桀骜锋利的，但她却常常微笑着，态度很温和。待到偏安于宗帽胡同，赁屋授课之后，她才始来听我的讲义，于是见面的回数就较多了，也还是始终微笑着，态度很温和。待到学校恢复旧观，往日的教职员以为责任已尽，准备陆续引退的时候，我才见她虑及母校前途，黯然至于泣下。此后似乎就不相见。总之，在我的记忆上，那一次就是永别了。

四

我在十八日早晨，才知道上午有群众向执政府请愿的事；下午便得到噩耗，说卫队居然开枪，死伤至数百人，而刘和珍君即在遇害者之列。但我对于这些传说，竟至于颇为怀疑。我向来是不惮以最坏的恶意，来推测中国人的，然而我还不料，也不信竟会下劣凶残到这地步。况且始终微笑着的和蔼的刘和珍君，更何至于无端在府门前喋血呢？

然而即日证明是事实了，作证的便是她自己的尸骸。还有一具，是杨德群君的。而且又证明着这不但是杀害，简直是虐杀，因为身体上还有棍棒的伤痕。

但段政府就有令，说她们是“暴徒”！

但接着就有流言，说她们是受人利用的。

惨象，已使我目不忍视了；流言，尤使我耳不忍闻。我还有什么话可说呢？我懂得衰亡民族之所以默无声息的缘由了。沉默呵，沉默呵！不在沉默中爆发，就在沉默中灭亡。

五

但是，我还有要说的话。

我没有亲见；听说，她，刘和珍君，那时是欣然前往的。自然，请愿而已，稍有人心者，谁也不会料到有这样的罗网。但竟在执政府前中弹了，从背部入，斜穿心肺，已是致命的创伤，只是没有便死。同去的张静淑君想扶起她，中了四弹，其一是手枪，立仆；同去的杨德群君又想去扶起她，也被击，弹从左肩入，穿胸偏右出，也立仆。

但她还能坐起来，一个兵在她头部及胸部猛击两棍，于是死掉了。

始终微笑的和蔼的刘和珍君确是死掉了，这是真的，有她自己的尸骸为证；沉勇而友爱的杨德群君也死掉了，有她自己的尸骸为证；只有一样沉勇而友爱的张静淑君还在医院里呻吟。当三个女子从容地转辗于文明人所发明的枪弹的攒射中的时候，这是怎样的一个惊心动魄的伟大呵！中国军人的屠戮妇婴的伟绩，八国联军的惩创学生的武功，不幸全被这几缕血痕抹杀了。

但是中外的杀人者却居然昂起头来，不知道个个脸上有着血污……。

六

时间永是流驶，街市依旧太平，有限的几个生命，在中国是不算什么的，至多，不过供无恶意的闲人以饭后的谈资，或者给有恶意的闲人作“流言”的种子。至于此外的深的意义，我总觉得很寥寥，因为这实在不过是徒手的请愿。人类的血战前行的历史，正如煤的形成，当时用大量的木材，结果却只是一小块，但请愿是不在其中的，更何况是徒手。

然而既然有了血痕了，当然不觉要扩大。至少，也当浸渍了亲族，师友，爱人的心，纵使时光流驶，洗成绯红，也会在微漠的悲哀中永存微笑的和蔼的旧影。陶潜说过，“亲戚或余悲，他人亦已歌，死去何所道，托体同山阿。”倘能如此，这也就够了。

七

我已经说过：我向来是不惮以最坏的恶意来推测中国人的。但这回却很有几点出于我的意外。一是当局者竟会这样地凶残，一是流言家竟至如此之下劣，一是中国的女性临难竟能如是之从容。

我目睹中国女子的办事，是始于去年的，虽然是少数，但看那干练坚决，百折不回的气概，曾经屡次为之感叹。至于这一回在弹雨中互相救助，虽殒身不恤的事实，则更足为中国女子的勇毅，虽遭阴谋秘计，压抑至数千年，而终于没有消亡的明证了。倘要寻求这一次死伤者对于将来的意义，意义就在此罢。

苟活者在淡红的血色中，会依稀看见微茫的希望；真的猛士，将更奋然而前行。

呜呼，我说不出话，但以此记念刘和珍君！

四月一日。

空谈

死者倘不埋在活人的心中，那就真真死掉了。

一

请愿的事，我一向就不以为然的，但并非因为怕有三月十八日那样的惨杀。那样的惨杀，我实在没有梦想到，虽然我向来常以“刀笔吏”的意思来窥测我们中国人。我只知道他们麻木，没有良心，不足与言，而况是请愿，而况又是徒手，却没有料到有这么阴毒与凶残。能逆料的，大概只有段祺瑞，贾德耀，章士钊和他们的同类罢。四十七个男女青年的生命，完全是被骗去的，简直是诱杀。

有些东西——我称之为什么呢，我想不出——说：群众领袖应负道义上的责任。这些东西仿佛就承认了对徒手群众应该开枪，执政府前原是“死地”，死者就如自投罗网一般。群众领袖本没有和段祺瑞等辈心心相印，也未曾互相钩通，怎么能够料到这阴险的辣手。这样的辣手，只要略有人气者，是万万豫想不到的。

我以为倘要锻炼群众领袖的错处，只有两点：一是还以请愿为有用；二是将对手看得太好了。

二

但以上也仍然是事后的话。我想，当这事实没有发生以前，恐怕谁也不会料到要演这般的惨剧，至多，也不过获得照例的徒劳罢了。只有有学问的聪明人能够先料到，承认凡请愿就是送死。

陈源教授的《闲话》说："我们要是劝告女志士们，以后少加入群众运动，她们一定要说我们轻视她们，所以我们也不敢来多嘴。可是对于未成年的男女孩童，我们不能不希望他们以后不再参加任何运动。"（《现代评论》六十八）为什么呢？因为参加各种运动，是甚至于像这次一样，要"冒枪林弹雨的险，受践踏死伤之苦"的。

这次用了四十七条性命，只购得一种见识：本国的执政府前是"枪林弹雨"的地方，要去送死，应该待到成年，出于自愿的才是。

我以为"女志士"和"未成年的男女孩童"，参加学校运动会，大概倒还不至于有很大的危险的。至于"枪林弹雨"中的请愿，则虽是成年的男志士们，也应该切切记住，从此罢休！

看现在竟如何。不过多了几篇诗文，多了若干谈助。几个名人和什么当局者在接洽葬地，由大请愿改为小请愿了。埋葬自然是最妥当的收场。然而很奇怪，仿佛这四十七个死者，是因为怕老来死后无处埋葬，特来挣一点官地似的。万生园多么近，而四烈士坟前还有三块墓碑不镌一字，更何况僻远如圆明园。

死者倘不埋在活人的心中，那就真真死掉了。

三

改革自然常不免于流血，但流血非即等于改革。血的应用，正如金钱一般，吝啬固然是不行的，浪费也大大的失算。我对于这回的牺牲者，非常觉得哀伤。

但愿这样的请愿，从此停止就好。

请愿虽然是无论那一国度里常有的事，不至于死的事，但我们已经知道中国是例外，除非你能将“枪林弹雨”消除。正规的战法，也必须对手是英雄才适用。汉末总算还是人心很古的时候罢，恕我引一个小说上的典故：许褚赤体上阵，也就很中了好几箭。而金圣叹还笑他道：“谁叫你赤膊？”

至于现在似的发明了许多火器的时代，交兵就都用壕堑战。这并非吝惜生命，乃是不肯虚掷生命，因为战士的生命是宝贵的。在战士不多的地方，这生命就愈宝贵。所谓宝贵者，并非“珍藏于家”，乃是要以小本钱换得极大的利息，至少，也必须卖买相当。以血的洪流淹死一个敌人，以同胞的尸体填满一个缺陷，已经是陈腐的话了。从最新的战术的眼光看起来，这是多么大的损失。

这回死者的遗给后来的功德，是在撕去了许多东西的人相，露出那出于意料之外的阴毒的心，教给继续战斗者以别种方法的战斗。

四月二日。

读书杂谈

——七月十六日在广州知用中学讲

一说起读书，就觉得是高尚的事情，其实这样的读书，和木匠的磨斧头，裁缝的理针线并没有什么分别，并不见得高尚，有时还很苦痛，很可怜。

因为知用中学的先生们希望我来演讲一回，所以今天到这里和诸君相见。不过我也没有什么东西可讲。忽而想到学校是读书的所在，就随便谈谈读书。是我个人的意见，姑且供诸君的参考，其实也算不得什么演讲。

说到读书，似乎是很明白的事，只要拿书来读就是了，但是并不这样简单。至少，就有两种：一是职业的读书，一是嗜好的读书。所谓职业的读书者，譬如学生因为升学，教员因为要讲功课，不翻翻书，就有些危险的就是。我想在坐的诸君之中一定有些这样的经验，有的不喜欢算学，有的不喜欢博物，然而不得不学，否则，不能毕业，不能升学，和将来的生计便有妨碍了。我自己也这样，因为做教员，有时即非看不喜欢看的书不可，要不这样，怕不久便会于饭碗有妨。我们习惯了，一说起读书，就觉得是高尚的事情，其实这样的读书，和木匠的磨斧头，裁缝的理针线并没有什么分别，并不见得高尚，有时还很苦痛，很可怜。你爱做的事，偏不给你做，你不爱做的，倒非做不可。这是由于职业和嗜好不能合一而来的。倘能够大家去做爱做的事，而仍然各有饭吃，那是多么幸福。但现在的社会上还做不到，所以读书的人们的最大部分，大概是勉勉强强的，带着苦痛的为职业的读书。

现在再讲嗜好的读书罢。那是出于自愿，全不勉强，离开了利害关系的。——我想，嗜好的读书，该如爱打牌的一样，天天打，夜夜打，连续的去打，有时被公安局捉去了，放出来之后还是打。诸君要知道真打牌的人的目的并不在赢钱，而在有趣。牌有怎样的有趣呢，我是外行，不大明白。但听得爱赌的人说，它妙在一张一张的摸起来，永远变化无穷。我想，凡嗜好的读书，能够手不释卷的原因也就是这样。他在每一叶每一叶里，都得着深厚的趣味。自然，也可以扩大精神，增加智识的，但这些倒都不计及，一计及，便等于意在赢钱的博徒了，这在博徒之中，也算是下品。

不过我的意思，并非说诸君应该都退了学，去看自己喜欢看的书去，这样的时候还没有到来；也许终于不会到，至多，将来可以设法使人们对于非做不可的事发生较多的兴味罢了。我现在是说，爱看书的青年，大可以看看本分以外的书，即课外的书，不要只将课内的书抱住。但请不要误解，我并非说，譬如在国文讲堂上，应该在抽屉里暗看《红楼梦》之类；乃是说，应做的功课已完而有余暇，大可以看看各样的书，即使和本业毫不相干的，也要泛览。譬如学理科的，偏看看文学书，学文学的，偏看看科学书，看看别个在那里研究的，究竟是怎么一回事。这样子，对于别人，别事，可以有更深的了解。现在中国有一个大毛病，就是人们大概以为自己所学的一门是最好，最妙，最要紧的学问，而别的都无用，都不足道的，弄这些不足道的东西的人，将来该当饿死。其实是，世界还没有如此简单，学问都各有用处，要定什么是头等还很难。也幸而有各式各样的人，假如世界上全是文学家，到处所讲的不是“文学的分类”便是“诗之构造”，那倒反而无聊得很了。

不过以上所说的，是附带而得的效果，嗜好的读书，本人自然并不计及那些，就如游公园似的，随随便便去，因为随随便便，所以不吃力，因为不吃力，所以会觉得有趣。如果一本书拿到手，就满心想道，“我在读书了！”“我在用功了！”那就容易疲劳，因而减掉兴味，或者变成苦事了。

我看现在的青年，为兴味的读书的是有的，我也常常遇到各样的询问。此刻就将我所想到的说一点，但是只限于文学方面，因为我不明白其他的。

第一，是往往分不清文学和文章。甚至于已经来动手做批评文章的，也免不了这毛病。其实粗粗的说，这是容易分别的。研究文章的历史或理论的，是文学家，是学者；做做诗，或戏曲小说的，是做文章的人，就是古时候所谓文人，此刻所谓创作家。创作家不妨毫不理会文学史或理论，文学家也不妨做不出一句诗。然而中国社会上还很误解，你做几篇小说，便以为你一定懂得小说概论，做几句新诗，就要你讲诗之原理。我也尝见想做小说的青年，先买小说法程和文学史来看。据我看来，是即使将这些书看烂了，和创作也没有什么关系的。

事实上，现在有几个做文章的人，有时也确去做教授。但这是因为中国创作不值钱，养不活自己的缘故。听说美国小名家的一篇中篇小说，时价是二千美金；中国呢，别人我不知道，我自己的短篇寄给大书铺，每篇卖过二十元。当然要寻别的事，例如教书，讲文学。研究是要用理智，要冷静的，而创作须情感，至少总得发点热，于是忽冷忽热，弄得头昏，——这也是职业和嗜好不能合一的苦处。苦倒也罢了，结果还是什么都弄不好。那证据，是试翻世界文学史，那里面的人，几乎没有兼做教授的。

还有一种坏处，是一做教员，未免有顾忌；教授有教授的架子，不能畅所欲言。这或者有人要反驳：那么，你畅所欲言就是了，何必如此小心。然而这是事前的风凉话，一到有事，不知不觉地他也要从众来攻击的。而教授自身，纵使自以为怎样放达，下意识里总不免有架子在。所以在外国，称为“教授小说”的东西倒并不少，但是不大有人说好，至少，是总难免有令人发烦的炫学的地方。

所以我想，研究文学是一件事，做文章又是一件事。

第二，我常被询问：要弄文学，应该看什么书？这实在是一个极难回答的问题。先前也曾有几位先生给青年开过一大篇书目。但从我看来，这是没有什么用处的，因为我觉得那都是开书目的先生自己想要看或者未必想要看的书目。我以为倘要弄旧的呢，倒不如姑且靠着张之洞的《书目答问》去摸门径去。倘是新的，研究文学，则自己先看看各种的小本子，如本间久雄的《新文学概论》，厨川白村的《苦闷的象征》，瓦浪斯基们的《苏俄的文艺论战》之类，然后自己再想想，再博览下去。因为文学的理论不像算学，二二一定得四，所以议论很纷歧。如第三种，便是俄国的两派的争论，——我附带说一句，近来听说连俄国的小说也不大有人看了，似乎一看见“俄”字就吃惊，其实苏俄的新创作何尝有人绍介，此刻译出的几本，都是革命前的作品，作者在那边都已经被看作反革命的了。倘要看看文艺作品呢，则先看几种名家的选本，从中觉得谁的作品自己最爱看，然后再看这一个作者的专集，然后再从文学史上看看他在史上的位置；倘要知道得更详细，就看一两本这人的传记，那便可以大略了解了。如果专是请教别人，则各人的嗜好不同，总是格不相入的。

第三，说几句关于批评的事。现在因为出版物太多了，——其实有什么呢，而读者因为不胜其纷纭，便渴望批评，于是批评家也便应运而起。批评这东西，对于读者，至少对于和这批评家趣旨相近的读者，是有用的。但中国现在，似乎应该暂作别论。往往有人误以为批评家对于创作是操生杀之权，占文坛的最高位的，就忽而变成批评家；他的灵魂上挂了刀。但是怕自己的立论不周密，便主张主观，有时怕自己的观察别人不看重，又主张客观；有时说自己的作文的根柢全是同情，有时将校对者骂得一文不值。凡中国的批评文字，我总是越看越胡涂，如果当真，就要无路可走。印度人是早知道的，有一个很普通的比喻。他们说：一个老翁和一个孩子用一匹驴子驮着货物去出卖，货卖去了，孩子骑驴回来，老翁跟着走。

但路人责备他了，说是不晓事，叫老年人徒步。他们便换了一个地位，而旁人又说老人忍心；老人忙将孩子抱到鞍鞒上，后来看见的人却说他们残酷；于是都下来，走了不久，可又有人笑他们了，说他们是呆子，空着现成的驴子却不骑。于是老人对孩子叹息道，我们只剩了一个办法了，是我们两人抬着驴子走。无论读，无论做，倘若旁征博访，结果是往往会弄到抬驴子走的。

不过我并非要大家不看批评，不过说看了之后，仍要看看本书，自己思索，自己做主。看别的书也一样，仍要自己思索，自己观察。倘只看书，便变成书厨，即使自己觉得有趣，而那趣味其实是已在逐渐硬化，逐渐死去了。我先前反对青年躲进研究室，也就是这意思，至今有些学者，还将这话算作我的一条罪状哩。

听说英国的培那特萧（Bernard Shaw），有过这样意思的话：世间最不行的是读书者。因为他只能看别人的思想艺术，不用自己。这也就是勖本华尔（Schopenhauer）之所谓脑子里给别人跑马。较好的是思索者。因为能用自己的生活力了，但还不免是空想，所以更好的是观察者，他用自己的眼睛去读世间这一部活书。

这是的确的，实地经验总比看，听，空想确凿。我先前吃过干荔支，罐头荔支，陈年荔支，并且由这些推想过新鲜的好荔支。这回吃过了，和我所猜想的不同，非到广东来吃就永不会知道。但我对于萧的所说，还要加一点骑墙的议论。萧是爱尔兰人，立论也不免有些偏激的。我以为假如从广东乡下找一个没有历练的人，叫他从上海到北京或者什么地方，然后问他观察所得，我恐怕是很有限的，因为他没有练习过观察力。所以要观察，还是先要经过思索和读书。

总之，我的意思是很简单的：我们自动的读书，即嗜好的读书，请教别人是大抵无用，只好先行泛览，然后决择而入于自己所爱的较专的一门或几门；但专读书也有弊病，所以必须和实社会接触，使所读的书活起来。

“公理”之所在

我的话已经说完，去年说的，今年还适用，恐怕明年也还适用。但我诚恳地希望他不至于适用到十年二十年之后。

在广州的一个“学者”说，“鲁迅的话已经说完，《语丝》不必看了。”这是真的，我的话已经说完，去年说的，今年还适用，恐怕明年也还适用。但我诚恳地希望他不至于适用到十年二十年之后。倘这样，中国可就要完了，虽然我倒可以自慢。

公理和正义都被“正人君子”拿去了，所以我已经一无所有。这是我去年说过的话，而今年确也还是如此。然而我虽然一无所有，寻求是还在寻求的，正如每个穷光棍，大抵不会忘记银钱一样。

话也还没有说完。今年，我竟发见了公理之所在了。或者不能说发见，只可以说证实。北京中央公园里不是有一座白石牌坊，上面刻着四个大字道，“公理战胜”么？——Yes，就是这个。

这四个字的意思是“有公理者战胜”，也就是“战胜者有公理”。

段执政有卫兵，“孤桐先生”秉政，开枪打败了请愿的学生，胜矣。于是东吉祥胡同的“正人君子”们的“公理”也蓬蓬勃勃。慨自执政退隐，“孤桐先生”“下野”之后，——呜呼，公理亦从而零落矣。那里去了呢？枪炮战胜了投壶，阿！有了，在南边了。于是乎南下，南下，南下……

于是乎“正人君子”们又和久违的“公理”相见了。

《现代评论》的一千元津贴事件，我一向没有插过嘴，而“主将”也将我拉在里面，乱骂一通，——大约以为我是“首领”之故罢。横竖说也被骂，不说也被骂，我就回敬一杯，问问你们所自称为“现代派”者，今年可曾幡然变计，另外运动，收受了新的战胜者的津贴没有？

还有一问，是：“公理”几块钱一斤？

可恶罪

我先前总以为人是有罪，所以枪毙或坐监的。现在才知道其中的许多，是先因为被人认为“可恶”，这才终于犯了罪。

这是一种新的“世故”。

我以为法律上的许多罪名，都是花言巧语，只消以一语包括之，曰：可恶罪。

譬如，有人觉得一个人可恶，要给他吃点苦罢，就有这样的法子。倘在广州而又是“清党”之前，则可以暗暗地宣传他是无政府主义者。那么，共产青年自然会说他“反革命”，有罪。若在“清党”之后呢，要说他是CP或CY，没有证据，则可以指为“亲共派”。那么，清党委员会自然会说他“反革命”，有罪。再不得已，则只好寻些别的事由，诉诸法律了。但这比较地麻烦。

我先前总以为人是有罪，所以枪毙或坐监的。现在才知道其中的许多，是先因为被人认为“可恶”，这才终于犯了罪。

许多罪人，应该称为“可恶的人”。

九，十四。

小杂感

楼下一个男人病得要死，那间壁的一家唱着留声机；对面是弄孩子。楼上有两人狂笑；还有打牌声。河中的船上有女人哭着她死去的母亲。人类的悲欢并不相通，我只觉得他们吵闹。

蜜蜂的刺，一用即丧失了它自己的生命；犬儒的刺，一用则苟延了他自己的生命。

他们就是如此不同。

约翰穆勒说：专制使人们变成冷嘲。

而他竟不知道共和使人们变成沉默。

要上战场，莫如做军医；要革命，莫如走后方；要杀人，莫如做刽子手。既英雄，又稳当。

与名流学者谈，对于他之所讲，当装作偶有不懂之处。太不懂被看轻，太懂了被厌恶。偶有不懂之处，彼此最为合宜。

世间大抵只知道指挥刀所以指挥武士，而不想到也可以指挥文人。

又是演讲录，又是演讲录。

但可惜都没有讲明他何以和先前大两样了；也没有讲明他演讲时，自己是否真相信自己的话。

阔的聪明人种种譬如昨日死。

不阔的傻子种种实在昨日死。

曾经阔气的要复古，正在阔气的要保持现状，未曾阔气的要革新。

大抵如是。大抵！

他们之所谓复古，是回到他们所记得的若干年前，并非虞夏商周。

女人的天性中有母性，有女儿性；无妻性。

妻性是逼成的，只是母性和女儿性的混合。

防被欺。

自称盗贼的无须防，得其反倒是好人；自称正人君子的必须防，得其反则是盗贼。

楼下一个男人病得要死，那间壁的一家唱着留声机；对面是弄孩子。楼上有两人狂笑；还有打牌声。河中的船上有女人哭着她死去的母亲。

人类的悲欢并不相通，我只觉得他们吵闹。

每一个破衣服人走过，叭儿狗就叫起来，其实并非都是狗主人的意旨或使嗾。

叭儿狗往往比它的主人更严厉。

恐怕有一天总要不准穿破布衫，否则便是共产党。

革命，反革命，不革命。

革命的被杀于反革命的。反革命的被杀于革命的。不革命的或当不当作什么而被杀于革命的或反革命的。

革命，革革命，革革革命，革革……。

人感到寂寞时，会创作；一感到干净时，即无创作，他已经一无所爱。

创作总根于爱。

杨朱无书。

创作虽说抒写自己的心，但总愿意有人看。

创作是有社会性的。

但有时只要有一个人看便满足：好友，爱人。

人往往憎和尚，憎尼姑，憎回教徒，憎耶教徒，而不憎道士。

懂得此理者，懂得中国大半。

要自杀的人，也会怕大海的汪洋，怕夏天死尸的易烂。

但遇到澄静的清池，凉爽的秋夜，他往往也自杀了。

凡为当局所“诛”者皆有“罪”。

刘邦除秦苛暴，“与父老约，法三章耳。”

而后来仍有族诛，仍禁挟书，还是秦法。

法三章者，话一句耳。

一见短袖子，立刻想到白臂膊，立刻想到全裸体，立刻想到生殖器，立刻想到性交，立刻想到杂交，立刻想到私生子。

中国人的想像惟在这一层能够如此跃进。

九月二十四日。

谈所谓“大内档案”

中国公共的东西，实在不容易保存。如果当局者是外行，他便将东西糟完，倘是内行，他便将东西偷完。

所谓“大内档案”这东西，在清朝的内阁里积存了三百多年，在孔庙里塞了十多年，谁也一声不响。自从历史博物馆将这残余卖给纸铺子，纸铺子转卖给罗振玉，罗振玉转卖给日本人，于是乎大有号咷之声，仿佛国宝已失，国脉随之似的。前几年，我也曾见过几个人的议论，所记得的一个是金梁，登在《东方杂志》上；还有罗振玉和王国维，随时发感慨。最近的是《北新半月刊》上的《论档案的售出》，蒋彝先生做的。

我觉得他们的议论都不大确。金梁，本是杭州的驻防旗人，早先主张排汉的，民国以来，便算是遗老了，凡有民国所做的事，他自然都以为很可恶。罗振玉呢，也算是遗老，曾经立誓不见国门，而后来仆仆京津间，痛责后生不好古，而偏将古董卖给外国人的，只要看他的题跋，大抵有“广告”气扑鼻，便知道“于意云何”了。独有王国维已经在水里将遗老生活结束，是老实人；但他的感喟，却往往和罗振玉一鼻孔出气，虽然所出的气，有真假之分。所以他被弄成夹广告的Sandwich，是常有的事，因为他老实到像火腿一般。蒋先生是例外，我看并非遗老，只因为Sentimental一点，所以受了罗振玉辈的骗了。你想，他要将这卖给日本人，肯说这不是宝贝的么？

那么，这不是好东西么？不好，怎么你也要买，我也要买呢？我想，这是谁也要发的质问。

答曰：唯唯，否否。这正如败落大户家里的一堆废纸，说好也行，说无用也行的。因为是废纸，所以无用；因为是败落大户家里的，所以也许夹些好东西。况且这所谓好与不好，也因人的看法而不同，我的寓所近旁的一个垃圾箱，里面都是住户所弃的无用的东西，但我看见早上总有几个背着竹篮的人，从那里面一片一片，一块一块，检了什么东西去了，还有用。更何况现在的时候，皇帝也还尊贵，只要在“大内”里放几天，或者带一个“宫”字，就容易使人另眼相看的，这真是说也不信，虽然在民国。

“大内档案”也者，据深通“国朝”掌故的罗遗老说，是他的“国朝”时堆在内阁里的乱纸，大家主张焚弃，经他力争，这才保留下来的。但到他的“国朝”退位，民国元年我到北京的时候，它们已经被装为八千（？）麻袋，塞在孔庙之中的敬一亭里了，的确满满地埋满了大半亭子。其时孔庙里设了一个历史博物馆筹备处，处长是胡玉缙先生。“筹备处”云者，即里面并无“历史博物”的意思。

我却在教育部，因此也就和麻袋们发生了一点关系，眼见它们的升沉隐显。可气可笑的事是有的，但多是小玩意；后来看见外面的议论说得天花乱坠起来，也颇想做几句记事，叙出我所目睹的情节。可是胆子小，因为牵涉着的阔人很有几个，没有敢动笔。这是我的“世故”，在中国做人，骂民族，骂国家，骂社会，骂团体，……都可以的，但不可涉及个人，有名有姓。广州的一种期刊上说我只打叭儿狗，不骂军阀。殊不知我正因为骂了叭儿狗，这才有逃出北京的运命。泛骂军阀，谁来管呢？军阀是不看杂志的，就靠叭儿狗嗅，候补叭儿狗吠。阿，说下去又不好了，赶快带住。

现在是寓在南方，大约不妨说几句了，这些事情，将来恐怕也未必另外有人说。但我对于有关面子的人物，仍然都不用真姓名，将罗马字来替代。既非欧化，也不是“隐恶扬善”，只不过“远害全身”。

这也是我的“世故”，不要以为自己在南方，他们在北方，或者不知所在，就小觑他们。他们是突然会在你眼前阔起来的，真是神奇得很。这时候，恐怕就会死得连自己也莫明其妙了。所以要稳当，最好是不说。但我现在来“折衷”，既非不说，而不尽说，而代以罗马字，——如果这样还不妥，那么，也只好听天由命了。上帝安我魂灵！

却说这些麻袋们躺在敬一亭里，就很令历史博物馆筹备处长胡玉缙先生担忧，日夜提防工役们放火。为什么呢？这事谈起来可有些繁复了。弄些所谓“国学”的人大概都知道，胡先生原是南菁书院的高材生，不但深研旧学，并且博识前朝掌故的。他知道清朝武英殿里藏过一副铜活字，后来太监们你也偷，我也偷，偷得“不亦乐乎”，待到王爷们似乎要来查考的时候，就放了一把火。自然，连武英殿也没有了，更何况铜活字的多少。而不幸敬一亭中的麻袋，也仿佛常常减少，工役们不是国学家，所以他将内容的宝贝倒在地上，单拿麻袋去卖钱。胡先生因此想到武英殿失火的故事，深怕麻袋缺得多了之后，敬一亭也照例烧起来；就到教育部去商议一个迁移，或整理，或销毁的办法。

专管这一类事情的是社会教育司，然而司长是夏曾佑先生。弄些什么“国学”的人大概也都知道的，我们不必看他另外的论文，只要看他所编的两本《中国历史教科书》，就知道他看中国人有怎地清楚。他是知道中国的一切事万不可“办”的；即如档案罢，任其自然，烂掉，霉掉，蛀掉，偷掉，甚而至于烧掉，倒是天下太平；倘一加人为，一“办”，那就舆论沸腾，不可开交了。结果是办事的人成为众矢之的，谣言和谗谤，百口也分不清。所以他的主张是“这个东西万万动不得”。

这两位熟于掌故的“要办”和“不办”的老先生，从此都知道各人的意思，说说笑笑，……但竟拖延下去了。于是麻袋们又安稳地躺了十来年。

这回是F先生来做教育总长了，他是藏书和“考古”的名人。我想，他一定听到了什么谣言，以为麻袋里定有好的宋版书——“海内孤本”。

这一类谣言是常有的，我早先还听得人说，其中且有什么妃的绣鞋和什么王的头骨哩。有一天，他就发一个命令，教我和G主事试看麻袋。即日搬了二十个到西花厅，我们俩在尘埃中看宝贝，大抵是贺表，黄绫封，要说好是也可以说好的，但太多了，倒觉得不希奇。还有奏章，小刑名案子居多，文字是半满半汉，只有几个是也特别的，但满眼都是了，也觉得讨厌。殿试卷是一本也没有；另有几箱，原在教育部，不过都是二三甲的卷子，听说名次高一点的在清朝便已被人偷去了，何况乎状元。至于宋版书呢，有是有的，或则破烂的半本，或是撕破的几张。也有清初的黄榜，也有实录的稿本。朝鲜的贺正表，我记得也发见过一张。

我们后来又看了两天，麻袋的数目，记不清楚了，但奇怪，这时以考察欧美教育驰誉的Y次长，以讲大话出名的C参事，忽然都变为考古家了。他们和F总长，都“念兹在兹”，在尘埃中间和破纸旁边离不开。凡有我们检起在桌上的，他们总要拿进去，说是去看看。等到送还的时候，往往比原先要少一点，上帝在上，那倒是真的。

大约是几叶宋版书作怪罢，F总长要大举整理了，另派了部员几十人，我倒幸而不在内。其时历史博物馆筹备处已经迁在午门，处长早换了YT；麻袋们便在午门上被整理。YT是一个旗人，京腔说得极漂亮，文字从来不谈的，但是，奇怪之至，他竟也忽然变成考古家了，对于此道津津有味。后来还珍藏着一本宋版的什么《司马法》，可惜缺了角，但已经都用古色纸补了起来。

那时的整理法我不大记得了，要之，是分为“保存”和“放弃”，即“有用”和“无用”的两部分。从此几十个部员，即天天在尘埃和破纸中出没，渐渐完工——出没了多少天，我也记不清楚了。“保存”的一部分，后来给北京大学又分了一大部分去。其余的仍藏博物馆。不要的呢，当时是散放在午门的门楼上。

那么，这些不要的东西，应该可以销毁了罢，免得失火。不，据“高等做官教科书”所指示，不能如此草草的。派部员几十人办理，虽说倘有后患，即应由他们负责，和总长无干。但究竟还只一部，外面说起话来，指摘的还是某部，而非某部的某某人。既然只是“部”，就又不能和总长无干了。

于是办公事，请各部都派员会同再行检查。这宗公事是灵的，不到两星期，各部都派来了，从两个至四个，其中很多的是新从外洋回来的留学生，还穿着崭新的洋服。于是济济跄跄，又在灰土和废纸之间钻来钻去。但是，说也奇怪，好几个崭新的留学生又都忽然变了考古家了，将破烂的纸张，绢片，塞到洋裤袋里——但这是传闻之词，我没有目睹。

这一种仪式既经举行，即倘有后患，各部都该负责，不能超然物外，说风凉话了。从此午门楼上的空气，便再没有先前一般紧张，只见一大群破纸寂寞地铺在地面上，时有一二工役，手执长木棍，搅着，拾取些黄绫表签和别的他们所要的东西。

那么，这些不要的东西，应该可以销毁了罢，免得失火。不。F总长是深通“高等做官学”的，他知道万不可烧，一烧必至于变成宝贝，正如人们一死，讣文上即都是第一等好人一般。况且他的主义本来并不在避火，所以他便不管了，接着，他也就“下野”了。

这些废纸从此便又没有人再提起，直到历史博物馆自行卖掉之后，才又掀起了一阵神秘的风波。

我的话实在也未免有些煞风景，近乎说，这残余的废纸里，已没有什么宝贝似的。那么，外面惊心动魄的什么唐画呀，蜀石经呀，宋版书呀，何从而来的呢？我想，这也是别人必发的质问。

我想，那是这样的。残余的破纸里，大约总不免有所谓东西留遗，但未必会有蜀刻和宋版，因为这正是大家所注意搜索的。现在好东西的层出不穷者，一，是因为阔人先前陆续偷去的东西，本不敢示人，现在却得了可以发表的机会；二，是许多假造的古董，都挂了出于八千麻袋中的招牌而上市了。

还有，蒋先生以为国立图书馆“五六年来一直到此刻，每次战争的胜来败去总得糟蹋得很多。”那可也不然的。从元年到十五年，每次战争，图书馆从未遭过损失。只当袁世凯称帝时，曾经几乎遭一个皇室中人攘夺，然而幸免了。它的厄运，是在好书被有权者用相似的本子来掉换，年深月久，弄得面目全非，但我不想在这里多说了。

中国公共的东西，实在不容易保存。如果当局者是外行，他便将东西糟完，倘是内行，他便将东西偷完。而其实也并不单是对于书籍或古董。

一九二七，一二，二四。

无声的中国

——二月十六日在香港青年会讲

中国人的性情是总喜欢调和，折中的。譬如你说，这屋子太暗，须在这里开一个窗，大家一定不允许的。但如果你主张拆掉屋顶，他们就会来调和，愿意开窗了。

以我这样没有什么可听的无聊的讲演，又在这样大雨的时候，竟还有这许多来听的诸君，我首先应当声明我的郑重的感谢。

我现在所讲的题目是：《无声的中国》。

现在，浙江，陕西，都在打仗，那里的人民哭着呢还是笑着呢，我们不知道。香港似乎很太平，住在这里的中国人，舒服呢还是不很舒服呢，别人也不知道。

发表自己的思想，感情给大家知道的是要用文章的，然而拿文章来达意，现在一般的中国人还做不到。这也怪不得我们；因为那文字，先就是我们的祖先留传给我们的可怕的遗产。人们费了多年的工夫，还是难于运用。因为难，许多人便不理它了，甚至于连自己的姓也写不清是张还是章，或者简直不会写，或者说道：Chang。虽然能说话，而只有几个人听到，远处的人们便不知道，结果也等于无声。又因为难，有些人便当作宝贝，像玩把戏似的，之乎者也，只有几个人懂，——其实是不知道可真懂，而大多数的人们却不懂得，结果也等于无声。

文明人和野蛮人的分别，其一，是文明人有文字，能够把他们的思想，感情，藉此传给大众，传给将来。中国虽然有文字，现在却已经和大家不相干，用的是难懂的古文，讲的是陈旧的古意思，所有的声音，都是过去的，都就是只等于零的。所以，大家不能互相了解，正像一大盘散沙。

将文章当作古董，以不能使人认识，使人懂得为好，也许是有趣的事罢。但是，结果怎样呢？是我们已经不能将我们想说的话说出来。我们受了损害，受了侮辱，总是不能说出些应说的话。拿最近的事情来说，如中日战争，拳匪事件，民元革命这些大事件，一直到现在，我们可有一部像样的著作？民国以来，也还是谁也不作声。反而在外国，倒常有说起中国的，但那都不是中国人自己的声音，是别人的声音。

这不能说话的毛病，在明朝是还没有这样厉害的；他们还比较地能够说些要说的话。待到满洲人以异族侵入中国，讲历史的，尤其是讲宋末的事情的人被杀害了，讲时事的自然也被杀害了。所以，到乾隆年间，人民大家便更不敢用文章来说话了。所谓读书人，便只好躲起来读经，校刊古书，做些古时的文章，和当时毫无关系的文章。有些新意，也还是不行的；不是学韩，便是学苏。韩愈苏轼他们，用他们自己的文章来说当时要说的话，那当然可以的。我们却并非唐宋时人，怎么做和我们毫无关系的时候的文章呢。即使做得像，也是唐宋时代的声音，韩愈苏轼的声音，而不是我们现代的声音。然而直到现在，中国人却还耍着这样的旧戏法。人是有的，没有声音，寂寞得很。——人会没有声音的么？没有，可以说：是死了。倘要说得客气一点，那就是：已经哑了。

要恢复这多年无声的中国，是不容易的，正如命令一个死掉的人道：“你活过来！”我虽然并不懂得宗教，但我以为正如想出现一个宗教上之所谓“奇迹”一样。

首先来尝试这工作的是“五四运动”前一年，胡适之先生所提倡的“文学革命”。“革命”这两个字，在这里不知道可害怕，有些地方是一听到就害怕的。但这和文学两字连起来的“革命”，却没有法国革命的“革命”那么可怕，不过是革新，改换一个字，就很平和了，我们就称为“文学革新”罢，中国文字上，这样的花样是很多的。那大意也并不可怕，不过说：我们不必再去费尽心机，学说古代的死人的话，要说现代的活人的话；不要将文章看作古董，要做容易懂得的白话的文章。然而，单是文学革新是不够的，因为腐败思想，能用古文做，也能用白话做。所以后来就有人提倡思想革新。思想革新的结果，是发生社会革新运动。这运动一发生，自然一面就发生反动，于是便酿成战斗……。

但是，在中国，刚刚提起文学革新，就有反动了。不过白话文却渐渐风行起来，不大受阻碍。这是怎么一回事呢？就因为当时又有钱玄同先生提倡废止汉字，用罗马字母来替代。这本也不过是一种文字革新，很平常的，但被不喜欢改革的中国人听见，就大不得了了，于是便放过了比较的平和的文学革命，而竭力来骂钱玄同。白话乘了这一个机会，居然减去了许多敌人，反而没有阻碍，能够流行了。

中国人的性情是总喜欢调和，折中的。譬如你说，这屋子太暗，须在这里开一个窗，大家一定不允许的。但如果你主张拆掉屋顶，他们就会来调和，愿意开窗了。没有更激烈的主张，他们总连平和的改革也不肯行。那时白话文之得以通行，就因为有废掉中国字而用罗马字母的议论的缘故。

其实，文言和白话的优劣的讨论，本该早已过去了，但中国是总不肯早早解决的，到现在还有许多无谓的议论。例如，有的说：古文各省人都能懂，白话就各处不同，反而不能互相了解了。殊不知这只要教育普及和交通发达就好，那时就人人都能懂较为易解的白话文；至于古文，何尝各省人都能懂，便是一省里，也没有许多人懂得的。有的说：如果都用白话文，人们便不能看古书，中国的文化就灭亡了。其实呢，现在的人们大可以不必看古书，即使古书里真有好东西，也可以用白话来译出的，用不着那么心惊胆战。他们又有人说，外国尚且译中国书，足见其好，我们自己倒不看么？殊不知埃及的古书，外国人也译，非洲黑人的神话，外国人也译，他们别有用意，即使译出，也算不了怎样光荣的事的。

近来还有一种说法，是思想革新紧要，文字改革倒在其次，所以不如用浅显的文言来作新思想的文章，可以少招一重反对。这话似乎也有理。然而我们知道，连他长指甲都不肯剪去的人，是决不肯剪去他的辫子的。

因为我们说着古代的话，说着大家不明白，不听见的话，已经弄得像一盘散沙，痛痒不相关了。我们要活过来，首先就须由青年们不再说孔子孟子和韩愈柳宗元们的话。时代不同，情形也两样，孔子时代的香港不这样，孔子口调的“香港论”是无从做起的，“吁嗟阔哉香港也”，不过是笑话。

我们要说现代的，自己的话；用活着的白话，将自己的思想，感情直白地说出来。但是，这也要受前辈先生非笑的。他们说白话文卑鄙，没有价值；他们说年青人作品幼稚，贻笑大方。我们中国能做文言的有多少呢，其余的都只能说白话，难道这许多中国人，就都是卑鄙，没有价值的么？至于幼稚，尤其没有什么可羞，正如孩子对于老人，毫没有什么可羞一样。幼稚是会生长，会成熟的，只不要衰老，腐败，就好。倘说待到纯熟了才可以动手，那是虽是村妇也不至于这样蠢。她的孩子学走路，即使跌倒了，她决不至于叫孩子从此躺在床上，待到学会了走法再下地面来的。

青年们先可以将中国变成一个有声的中国。大胆地说话，勇敢地进行，忘掉了一切利害，推开了古人，将自己的真心的话发表出来。——真，自然是不容易的。譬如态度，就不容易真，讲演时候就不是我的真态度，因为我对朋友，孩子说话时候的态度是不这样的。——但总可以说些较真的话，发些较真的声音。只有真的声音，才能感动中国的人和世界的人；必须有了真的声音，才能和世界的人同在世界上生活。

我们试想现在没有声音的民族是那几种民族。我们可听到埃及人的声音？可听到安南，朝鲜的声音？印度除了泰戈尔，别的声音可还有？

我们此后实在只有两条路：一是抱着古文而死掉，一是舍掉古文而生存。

“醉眼”中的朦胧

其实朦胧也不关怎样紧要。便在最革命的国度里，文艺方面也何尝不带些朦胧。

旧历和新历的今年似乎于上海的文艺家们特别有着刺激力，接连的两个新正一过，期刊便纷纷而出了。他们大抵将全力用尽在伟大或尊严的名目上，不惜将内容压杀。连产生了不止一年的刊物，也显出拚命的挣扎和突变来。作者呢，有几个是初见的名字，有许多却还是看熟的，虽然有时觉得有些生疏，但那是因为停笔了一年半载的缘故。他们先前在做什么，为什么今年一齐动笔了？说起来怕话长。要而言之，就因为先前可以不动笔，现在却只好来动笔，仍如旧日的无聊的文人，文人的无聊一模一样。这是有意识或无意识地，大家都有些自觉的，所以总要向读者声明“将来”：不是“出国”，“进研究室”，便是“取得民众”。功业不在目前，一旦回国，出室，得民之后，那可是非同小可了。自然，倘有远识的人，小心的人，怕事的人，投机的人，最好是此刻豫致“革命的敬礼”。一到将来，就要“悔之晚矣”了。

然而各种刊物，无论措辞怎样不同，都有一个共通之点，就是：有些朦胧。这朦胧的发祥地，由我看来，——虽然是冯乃超的所谓“醉眼陶然”——也还在那有人爱，也有人憎的官僚和军阀。和他们已有瓜葛，或想有瓜葛的，笔下便往往笑迷迷，向大家表示和气，然而有远见，梦中又害怕铁锤和镰刀，因此也不敢分明恭维现在的主子，于是在这里留着一点朦胧。和他们瓜葛已断，或则并无瓜葛，走向大众去的，本可以毫无顾忌地说话了，但笔下即使雄纠纠，对大家显英雄，会忘却了他们的指挥刀的傻子是究竟不多的，这里也就留着一点朦胧。于是想要朦胧而终于透漏色彩的，想显色彩而终于不免朦胧的，便都在同地同时出现了。

其实朦胧也不关怎样紧要。便在最革命的国度里，文艺方面也何尝不带些朦胧。然而革命者决不怕批判自己，他知道得很清楚，他们敢于明言。惟有中国特别，知道跟着人称托尔斯泰为“卑汙的说教人”了，而对于中国“目前的情状”，却只觉得在“事实上，社会各方面亦正受着乌云密布的势力的支配”，连他的“剥去政府的暴力，裁判行政的喜剧的假面”的勇气的几分之一也没有；知道人道主义不彻底了，但当“杀人如草不闻声”的时候，连人道主义式的抗争也没有。剥去和抗争，也不过是“咬文嚼字”，并非“直接行动”。我并不希望做文章的人去直接行动，我知道做文章的人是大概只能做文章的。

可惜略迟了一点，创造社前年招股本，去年请律师，今年才揭起“革命文学”的旗子，复活的批评家成仿吾总算离开守护“艺术之宫”的职掌，要去“获得大众”，并且给革命文学家“保障最后的胜利”了。这飞跃也可以说是必然的。弄文艺的人们大抵敏感，时时也感到，而且防着自己的没落，如漂浮在大海里一般，拚命向各处抓攫。二十世纪以来的表现主义，踏踏主义，什么什么主义的此兴彼衰，便是这透露的消息。现在则已是大时代，动摇的时代，转换的时代，中国以外，阶级的对立大抵已经十分锐利化，农工大众日日显得着重，倘要将自己从没落救出，当然应该向他们去了。何况“呜呼！小资产阶级原有两个灵魂。……”虽然也可以向资产阶级去，但也能够向无产阶级去的呢。

这类事情，中国还在萌芽，所以见得新奇，须做《从文学革命到革命文学》那样的大题目，但在工业发达，贫富悬隔的国度里，却已是平常的事情。或者因为看准了将来的天下，是劳动者的天下，跑过去了；或者因为倘帮强者，宁帮弱者，跑过去了；或者两样都有，错综地作用着，跑过去了。也可以说，或者因为恐怖，或者因为良心。成仿吾教人克服小资产阶级根性，拉“大众”来作“给与”和“维持”的材料，文章完了，却正留下一个不小的问题：

倘若难于“保障最后的胜利”，你去不去呢？

这实在还不如在成仿吾的祝贺之下，也从今年产生的《文化批判》上的李初梨的文章，索性主张无产阶级文学，但无须无产者自己来写；无论出身是什么阶级，无论所处是什么环境，只要“以无产阶级的意识，产生出来的一种的斗争的文学”就是，直截爽快得多了。但他一看见“以趣味为中心”的可恶的“语丝派”的人名就不免曲折，仍旧“要问甘人君，鲁迅是第几阶级的人？”

我的阶级已由成仿吾判定：“他们所矜持的是‘闲暇，闲暇，第三个闲暇’；他们是代表着有闲的资产阶级，或者睡在鼓里的小资产阶级。……如果北京的乌烟瘴气不用十万两无烟火药炸开的时候，他们也许永远这样过活的罢。”

我们的批判者才将创造社的功业写出，加以“否定的否定”，要去“获得大众”的时候，便已梦想“十万两无烟火药”，并且似乎要将我挤进“资产阶级”去（因为“有闲就是有钱”云），我倒颇也觉得危险了。后来看见李初梨说：“我以为一个作家，不管他是第一第二……第百第千阶级的人，他都可以参加无产阶级文学运动；不过我们先要审察他们的动机。……”这才有些放心，但可虑的是对于我仍然要问阶级。“有闲便是有钱”；倘使无钱，该是第四阶级，可以“参加无产阶级文学运动”了罢，但我知道那时又要问“动机”。总之，最要紧是“获得无产阶级的阶级意识”，——这回可不能只是“获得大众”便算完事了。横竖缠不清，最好还是让李初梨去“由艺术的武器到武器的艺术”，让成仿吾去坐在半租界里积蓄“十万两无烟火药”，我自己是照旧讲“趣味”。

那成仿吾的“闲暇，闲暇，第三个闲暇”的切齿之声，在我是觉得有趣的。因为我记得曾有人批评我的小说，说是“第一个是冷静，第二个是冷静，第三个还是冷静”，“冷静”并不算好批判，但不知怎地竟像一板斧劈着了这位革命的批评家的记忆中枢似的，从此“闲暇”也有三个了。倘有四个，连《小说旧闻钞》也不写，或者只有两个，见得比较地忙，也许可以不至于被“奥伏赫变”（“除掉”的意思，Aufheben 的创造派的译音，但我不解何以要译得这么难写，在第四阶级，一定比照描一个原文难）罢，所可惜的是偏偏是三个。但先前所定的不“努力表现自己”之罪，大约总该也和成仿吾的“否定的否定”，一同勾消了。

创造派“为革命而文学”，所以仍旧要文学，文学是现在最紧要的一点，因为将“由艺术的武器，到武器的艺术”，一到“武器的艺术”的时候，便正如“由批判的武器，到用武器的批判”的时候一般，世界上有先例，“徘徊者变成同意者，反对者变成徘徊者”了。

但即刻又有一点不小的问题：为什么不就到“武器的艺术”呢？

这也很像“有产者差来的苏秦的游说”。但当现在“无产者未曾从有产者意识解放以前”，这问题是总须起来的，不尽是资产阶级的退兵或反攻的毒计。因为这极彻底而勇猛的主张，同时即含有可疑的萌芽了。那解答只好是这样：

因为那边正有“武器的艺术”，所以这边只能“艺术的武器”。

这艺术的武器，实在不过是不得已，是从无抵抗的幻影脱出，坠入纸战斗的新梦里去了。但革命的艺术家，也只能以此维持自己的勇气，他只能这样。倘他牺牲了他的艺术，去使理论成为事实，就要怕不成其为革命的艺术家。因此必然的应该坐在无产阶级的阵营中，等待“武器的铁和火”出现。这出现之际，同时拿出“武器的艺术”来。倘那时铁和火的革命者已有一个“闲暇”，能静听他们自叙的功勋，那也就成为一样的战士了。最后的胜利。然而文艺是还是批判不清的，因为社会有许多层，有先进国的史实在；要取目前的例，则《文化批判》

已经拖住 Upton Sinclair,《创造月刊》也背了 Vigny 在“开步走”了。

倘使那时不说“不革命便是反革命”，革命的迟滞是“语丝派”之所为，给人家扫地也还可以得到半块面包吃，我便将于八时间工作之暇，坐在黑房里，续钞我的《小说旧闻钞》，有几国的文艺也还是要谈的，因为我喜欢。所怕的只是成仿吾们真像符拉特弥尔·伊力支一般，居然“获得大众”；那么，他们大约更要飞跃又飞跃，连我也会升到贵族或皇帝阶级里，至少也总得充军到北极圈内去了。译著的书都禁止，自然不待言。

不远总有一个大时代要到来。现在创造派的革命文学家和无产阶级作家虽然不得已而玩着“艺术的武器”，而有着“武器的艺术”的非革命武学家也玩起这玩意儿来了，有几种笑迷迷的期刊便是这。他们自己也不大相信手里的“武器的艺术”了罢。那么，这一种最高的艺术——“武器的艺术”现在究竟落在谁的手里了呢？只要寻得到，便知道中国的最近的将来。

二月二十三日，上海。

革命咖啡店

一者因为我不是咖啡，不愿意在革命店里做装点；二是我没有创造社那么阔，有一点事就一个律师，两个律师。

革命咖啡店的革命底广告式文字，昨天在报章上看到了，仗着第四个“有闲”，先抄一段在下面：

“……但是读者们，我却发现了这样一家我们所理想的乐园，我一共去了两次，我在那里遇见了我们今日文艺界上的名人，龚冰庐，鲁迅，郁达夫等。并且认识了孟超，潘汉年，叶灵凤等，他们有的在那里高谈着他们的主张，有的在那里默默沉思，我在那里领会到不少教益呢。……”

遥想洋楼高耸，前临阔街，门口是晶光闪灼的玻璃招牌，楼上是“我们今日文艺界上的名人”，或则高谈，或则沉思，面前是一大杯热气蒸腾的无产阶级咖啡，远处是许许多多“龌龊的农工大众”，他们喝着，想着，谈着，指导着，获得着，那是，倒也实在是“理想的乐园”。

何况既喝咖啡，又领“教益”呢？上海滩上，一举两得的买卖本来多。大如弄几本杂志，便算革命；小如买多少钱书籍，即赠送真丝光袜或请吃冰淇淋——虽然我至今还猜不透那些惠顾的人们，究竟是意在看书呢，还是要穿丝光袜。至于咖啡店，先前只听说不过可以兼看舞女，使女，“以饱眼福”罢了。谁料这回竟是“名人”，给人“教益”，还演“高谈”“沉思”种种好玩的把戏，那简直是现实的乐园了。

但我又有几句声明——

就是：这样的咖啡店里，我没有上去过，那一位作者所“遇见”的，又是别一人。因为：一，我是不喝咖啡的，我总觉得这是洋大人所喝的东西（但这也许是我的“时代错误”），不喜欢，还是绿茶好。二，我要抄“小说旧闻”之类，无暇享受这样乐园的清福。三，这样的乐园，我是不敢上去的，革命文学家，要年青貌美，齿白唇红，如潘汉年叶灵凤辈，这才是天生的文豪，乐园的材料；如我者，在《战线》上就宣布过一条“满口黄牙”的罪状，到那里去高谈，岂不亵渎了“无产阶级文学”么？还有四，则即使我要上去，也怕走不到，至多，只能在店后门远处彷徨彷徨，嗅嗅咖啡渣的气息罢了。你看这里面不很有些在前线的文豪么，我却是“落伍者”，决不会坐在一屋子里的。

以上都是真话。叶灵凤革命艺术家曾经画过我的像，说是躲在酒坛的后面。这事的然否我不谈。现在所要声明的，只是这乐园中我没有去，也不想去，并非躲在咖啡杯后面在骗人。

杭州另外有一个鲁迅时，我登了一篇启事，“革命文学家”就挖苦了。但现在仍要自己出手来做一回，一者因为我不是咖啡，不愿意在革命店里做装点；二是我没有创造社那么阔，有一点事就一个律师，两个律师。

八月十日。

书籍和财色

我们的古人有言，“书中自有黄金屋”，现在渐在实现了。但后一句，“书中自有颜如玉”呢？

今年在上海所见，专以小孩子为对手的糖担，十有九带了赌博性了，用一个铜元，经一种手续，可有得到一个铜元以上的糖的希望。但专以学生为对手的书店，所给的希望却更其大，更其多——因为那对手是学生的缘故。

书籍用实价，废去“码洋”的陋习，是始于北京的新潮社——北新书局的，后来上海也多仿行，盖那时改革潮流正盛，以为买卖两方面，都是志在改进的人（书店之以介绍文化者自居，至今还时见于广告上），正不必先定虚价，再打折扣，玩些互相欺骗的把戏。然而将麻雀牌送给世界，且以此自豪的人民，对于这样简捷了当，没有意外之利的办法，是终于耐不下去的。于是老病出现了，先是小试其技：送画片。继而打折扣，自九折以至对折，但自然又不是旧法，因为总有一个定期和原因，或者因为学校开学，或者因为本店开张一年半的纪念之类。花色一点的还有赠丝袜，请吃冰淇淋，附送一只锦盒，内藏十件宝贝，价值不资。更加见得切实，然而确是惊人的，是定一年报或买几本书，便有得到“劝学奖金”一百元或“留学经费”二千元的希望。洋场上的“轮盘赌”，付给赢家的钱，最多也不过每一元付了三十六元，真不如买书，那“希望”之大，远甚远甚。

我们的古人有言，“书中自有黄金屋”，现在渐在实现了。但后一句，“书中自有颜如玉”呢？

日报所附送的画报上，不知为了什么缘故而登载的什么“女校高材生”和什么“女士在树下读书”的照相之类，且作别论，则买书一元，赠送裸体画片的勾当，是应该举为带着“颜如玉”气味的一例的了。在医学上，“妇人科”虽然设有专科，但在文艺上，“女作家”分为一类却未免滥用了体质的差别，令人觉得有些特别的。但最露骨的是张竞生博士所开的“美的书店”，曾经对面呆站着两个年青脸白的女店员，给买主可以问她“《第三种水》出了没有？”等类，一举两得，有玉有书。可惜“美的书店”竟遭禁止。张博士也改弦易辙，去译《卢骚忏悔录》，此道遂有中衰之叹了。

书籍的销路如果再消沉下去，我想，最好是用女店员卖女作家的作品及照片，仍然抽彩，给买主又有得到“劝学”，“留学”的款子的希望。

习惯与改革

仅大叫未来的光明，其实是欺骗怠慢的自己和怠慢的听众的。

体质和精神都已硬化了的人民，对于极小的一点改革，也无不加以阻挠，表面上好像恐怕于自己不便，其实是恐怕于自己不利，但所设的口实，却往往见得极其公正而且堂皇。

今年的禁用阴历，原也是琐碎的，无关大体的事，但商家当然叫苦连天了。不特此也，连上海的无业游民，公司雇员，竟也常常慨然长叹，或者说这很不便于农家的耕种，或者说这很不便于海船的候潮。他们居然因此念起久不相干的乡下的农夫，海上的舟子来。这真像煞有些博爱。

一到阴历的十二月二十三，爆竹就到处毕毕剥剥。我问一家的店伙："今年仍可以过旧历年，明年一准过新历年么？"那回答是："明年又是明年，要明年再看了。"他并不信明年非过阳历年不可。但日历上，却诚然删掉了阴历，只存节气。然而一面在报章上，则出现了《一百二十年阴阳合历》的广告。好，他们连曾孙玄孙时代的阴历，也已经给准备妥当了，一百二十年！

梁实秋先生们虽然很讨厌多数，但多数的力量是伟大，要紧的，有志于改革者倘不深知民众的心，设法利导，改进，则无论怎样的高文宏议，浪漫古典，都和他们无干，仅止于几个人在书房中互相叹赏，得些自己满足。假如竟有"好人政府"，出令改革乎，不多久，就早被他们拉回旧道上去了。

真实的革命者，自有独到的见解，例如乌略诺夫先生，他是将“风俗”和“习惯”，都包括在“文化”之内的，并且以为改革这些，很为困难。我想，但倘不将这些改革，则这革命即等于无成，如沙上建塔，顷刻倒坏。中国最初的排满革命，所以易得响应者，因为口号是“光复旧物”，就是“复古”，易于取得保守的人民同意的缘故。但到后来，竟没有历史上定例的开国之初的盛世，只枉然失了一条辫子，就很为大家所不满了。

以后较新的改革，就著著失败，改革一两，反动十斤，例如上述的一年日历上不准注阴历，却来了阴阳合历一百二十年。

这种合历，欢迎的人们一定是很多的，因为这是风俗和习惯所拥护，所以也有风俗和习惯的后援。别的事也如此，倘不深入民众的大层中，于他们的风俗习惯，加以研究，解剖，分别好坏，立存废的标准，而于存于废，都慎选施行的方法，则无论怎样的改革，都将为习惯的岩石所压碎，或者只在表面上浮游一些时。

现在已不是在书斋中，捧书本高谈宗教，法律，文艺，美术……等等的时候了，即使要谈论这些，也必须先知道习惯和风俗，而且有正视这些的黑暗面的勇猛和毅力。因为倘不看清，就无从改革。仅大叫未来的光明，其实是欺骗怠慢的自己和怠慢的听众的。

上海文艺之一瞥

——八月十二日在社会科学研究会讲

激烈得快的，也平和得快，甚至于也颓废得快。

上海过去的文艺，开始的是《申报》。要讲《申报》，是必须追溯到六十年以前的，但这些事我不知道。我所能记得的，是三十年以前，那时的《申报》，还是用中国竹纸的，单面印，而在那里做文章的，则多是从别处跑来的“才子”。

那时的读书人，大概可以分他为两种，就是君子和才子。君子是只读四书五经，做八股，非常规矩的。而才子却此外还要看小说，例如《红楼梦》，还要做考试上用不着的古今体诗之类。这是说，才子是公开的看《红楼梦》的，但君子是否在背地里也看《红楼梦》，则我无从知道。有了上海的租界，——那时叫作“洋场”，也叫“夷场”，后来有怕犯讳的，便往往写作“彝场”——有些才子们便跑到上海来，因为才子是旷达的，那里都去；君子则对于外国人的东西总有点厌恶，而且正在想求正路的功名，所以决不轻易的乱跑。孔子曰，“道不行，乘桴浮于海”，从才子们看来，就是有点才子气的，所以君子们的行径，在才子就谓之“迂”。

才子原是多愁多病，要闻鸡生气，见月伤心的。一到上海，又遇见了婊子。去嫖的时候，可以叫十个二十个的年青姑娘聚集在一处，样子很有些像《红楼梦》，于是他就觉得自己好像贾宝玉；自己是才子，那么婊子当然是佳人，于是才子佳人的书就产生了。内容多半是，惟才子能怜这些风尘沦落的佳人，惟佳人能识坎轲不遇的才子，受尽千辛万苦之后，终于成了佳偶，或者是都成了神仙。

他们又帮申报馆印行些明清的小品书出售，自己也立文社，出灯谜，有入选的，就用这些书做赠品，所以那流通很广远。也有大部书，如《儒林外史》，《三宝太监西洋记》，《快心编》等。现在我们在旧书摊上，有时还看见第一页印有“上海申报馆仿聚珍板印”字样的小本子，那就都是的。

佳人才子的书盛行的好几年，后一辈的才子的心思就渐渐改变了。他们发见了佳人并非因为“爱才若渴”而做婊子的，佳人只为的是钱。然而佳人要才子的钱，是不应该的，才子于是想了种种制伏婊子的妙法，不但不上当，还占了她们的便宜。叙述这各种手段的小说就出现了，社会上也很风行，因为可以做嫖学教科书去读。这些书里面的主人公，不再是才子+（加）呆子，而是在婊子那里得了胜利的英雄豪杰，是才子+流氓。

在这之前，早已出现了一种画报，名目就叫《点石斋画报》，是吴友如主笔的，神仙人物，内外新闻，无所不画，但对于外国事情，他很不明白，例如画战舰罢，是一只商船，而舱面上摆着野战炮；画决斗则两个穿礼服的军人在客厅里拔长刀相击，至于将花瓶也打落跌碎。然而他画“老鸨虐妓”，“流氓拆梢”之类，却实在画得很好的，我想，这是因为他看得太多了的缘故；就是在现在，我们在上海也常常看到和他所画一般的脸孔。这画报的势力，当时是很大的，流行各省，算是要知道“时务”——这名称在那时就如现在之所谓“新学”——的人们的耳目。前几年又翻印了，叫作《吴友如墨宝》，而影响到后来也实在利害，小说上的绣像不必说了，就是在教科书的插画上，也常常看见所画的孩子大抵是歪戴帽，斜视眼，满脸横肉，一副流氓气。在现在，新的流氓画家又出了叶灵凤先生，叶先生的画是从英国的毕亚兹莱（Aubrey Beardsley）剥来的，毕亚兹莱是“为艺术的艺术”派，他的画极受日本的“浮世绘”（Ukiyoe）的影响。浮世绘虽是民间艺术，但所画的多是妓女和戏子，胖胖的身体，斜视的眼睛——Erotic（色情的）眼睛。不过毕亚兹莱画的人物却瘦瘦的，那是因为他是颓废派（Decadence）的缘故。颓废派的人们多是瘦削的，颓丧的，对于壮健的女人他有点惭愧，所以不喜欢。我们的叶先生的新斜眼画，正和吴友如的老斜眼画合流，那自然应该流行好几年。但他也并不只画流氓的，有一个时期也画过普罗列塔利亚，不过所画的工人也还是斜视眼，伸着特别大的拳头。但我以为画普罗列塔利亚应该是写实的，照工人原来的面貌，并不须画得拳头比脑袋还要大。

现在的中国电影，还在很受着这“才子＋流氓”式的影响，里面的英雄，作为“好人”的英雄，也都是油头滑脑的，和一些住惯了上海，晓得怎样“拆梢”，“揩油”，“吊膀子”的滑头少年一样。看了之后，令人觉得现在倘要做英雄，做好人，也必须是流氓。

才子＋流氓的小说，但也渐渐的衰退了。那原因，我想，一则因为总是这一套老调子——妓女要钱，嫖客用手段，原不会写不完的；二则因为所用的是苏白，如什么倪＝我，耐＝你，阿是＝是否之类，除了老上海和江浙的人们之外，谁也看不懂。

然而才子＋佳人的书，却又出了一本当时震动一时的小说，那就是从英文翻译过来的《迦茵小传》（H.R.Haggard：Joan Haste）。但只有上半本，据译者说，原本从旧书摊上得来，非常之好，可惜觅不到下册，无可奈何了。果然，这很打动了才子佳人们的芳心，流行得很广很广。后来还至于打动了林琴南先生，将全部译出，仍旧名为《迦茵小传》。而同时受了先译者的大骂，说他不该全译，使迦茵的价值降低，给读者以不快的。于是才知道先前之所以只有半部，实非原本残缺，乃是因为记着迦茵生了一个私生子，译者故意不译的。其实这样的一部并不很长的书，外国也不至于分印成两本。但是，即此一端，也很可以看出当时中国对于婚姻的见解了。

这时新的才子＋佳人小说便又流行起来，但佳人已是良家女子了，和才子相悦相恋，分拆不开，柳阴花下，像一对胡蝶，一双鸳鸯一样，但有时因为严亲，或者因为薄命，也竟至于偶见悲剧的结局，不再都成神仙了，——这实在不能不说是一个大进步。到了近来是在制造兼可擦脸的牙粉了的天虚我生先生所编的月刊杂志《眉语》出现的时候，是这鸳鸯胡蝶式文学的极盛时期。后来《眉语》虽遭禁止，势力却并不消退，直待《新青年》盛行起来，这才受了打击。这时有伊孛生的剧本的绍介和胡适之先生的《终身大事》的别一形式的出现，虽然并不是故意的，然而鸳鸯胡蝶派作为命根的那婚姻问题，却也因此而诺拉（Nora）似的跑掉了。

这后来，就有新才子派的创造社的出现。创造社是尊贵天才的，为艺术而艺术的，专重自我的，崇创作，恶翻译，尤其憎恶重译的，与同时上海的文学研究会相对立。那出马的第一个广告上，说有人“垄断”着文坛，就是指着文学研究会。文学研究会却也正相反，是主张为人生的艺术的，是一面创作，一面也看重翻译的，是注意于绍介被压迫民族文学的，这些都是小国度，没有人懂得他们的文字，因此也几乎全都是重译的。并且因为曾经声援过《新青年》，新仇夹旧仇，所以文学研究会这时就受了三方面的攻击。一方面就是创造社，既然是天才的艺术，那么看那为人生的艺术的文学研究会自然就是多管闲事，不免有些“俗”气，而且还以为无能，所以倘被发见一处误译，有时竟至于特做一篇长长的专论。一方面是留学过美国的绅士派，他们以为文艺是专给老爷太太们看的，所以主角除老爷太太之外，只配有文人，学士，艺术家，教授，小姐等等，要会说 Yes，No，这才是绅士的庄严，那时吴宓先生就曾经发表过文章，说是真不懂为什么有些人竟喜欢描写下流社会。第三方面，则就是以前说过的鸳鸯胡蝶派，我不知道他们用的是什么方法，到底使书店老板将编辑《小说月报》的一个文学研究会会员撤换，还出了《小说世界》，来流布他们的文章。这一种刊物，是到了去年才停刊的。

创造社的这一战，从表面看来，是胜利的。许多作品，既和当时的自命才子们的心情相合，加以出版者的帮助，势力雄厚起来了。势力一雄厚，就看见大商店如商务印书馆，也有创造社员的译著的出版，——这是说，郭沫若和张资平两位先生的稿件。这以来，据我所记得，是创造社也不再审查商务印书馆出版物的误译之处，来作专论了。这些地方，我想，是也有些才子+流氓式的。然而，“新上海”是究竟敌不过“老上海”的，创造社员在凯歌声中，终于觉到了自己就在做自己们的出版者的商品，种种努力，在老板看来，就等于眼镜铺大玻璃窗里纸人的眼，不过是“以广招徕”。待到希图独立出版的时候，老板就给吃了一场官司，虽然也终于独立，说是一切书籍，大加改订，另行印刷，从新开张了，然而旧老板却还是永远用了旧版子，只是印，卖，而且年年是什么纪念的大廉价。

商品固然是做不下去的，独立也活不下去。创造社的人们的去路，自然是在较有希望的“革命策源地”的广东。在广东，于是也有“革命文学”这名词的出现，然而并无什么作品，在上海，则并且还没有这名词。

到了前年，“革命文学”这名目这才旺盛起来了，主张的是从“革命策源地”回来的几个创造社元老和若干新份子。革命文学之所以旺盛起来，自然是因为由于社会的背景，一般群众，青年有了这样的要求。当从广东开始北伐的时候，一般积极的青年都跑到实际工作去了，那时还没有什么显著的革命文学运动，到了政治环境突然改变，革命遭了挫折，阶级的分化非常显明，国民党以“清党”之名，大戮共产党及革命群众，而死剩的青年们再入于被迫压的境遇，于是革命文学在上海这才有了强烈的活动。所以这革命文学的旺盛起来，在表面上和别国不同，并非由于革命的高扬，而是因为革命的挫折；虽然其中也有些是旧文人解下指挥刀来重理笔墨的旧业，有些是几个青年被从实际工作排出，只好借此谋生，但因为实在具有社会的基础，所以在新份子里，是很有极坚实正确的人存在的。但那时的革命文学运动，据我的意见，是未经好好的计划，很有些错误之处的。例如，第一，他们对于中国社会，未曾加以细密的分析，便将在苏维埃政权之下才能运用的方法，来机械的运用了。再则他们，尤其是成仿吾先生，将革命使一般人理解为非常可怕的事，摆着一种极左倾的凶恶的面貌，好似革命一到，一切非革命者就都得死，令人对革命只抱着恐怖。其实革命是并非教人死而是教人活的。这种令人“知道点革命的厉害”，只图自己说得畅快的态度，也还是中了才子+流氓的毒。

激烈得快的，也平和得快，甚至于也颓废得快。倘在文人，他总有一番辩护自己的变化的理由，引经据典。譬如说，要人帮忙时候用克鲁巴金的互助论，要和人争闹的时候就用达尔文的生存竞争说。无论古今，凡是没有一定的理论，或主张的变化并无线索可寻，而随时拿了各种各派的理论来作武器的人，都可以称之为流氓。例如上海的流氓，看见一男一女的乡下人在走路，他就说，“喂，你们这样子，有伤风化，你们犯了法了！”他用的是中国法。倘看见一个乡下人在路旁小便呢，他就说，“喂，这是不准的，你犯了法，该捉到捕房去！”这时所用的又是外国法。但结果是无所谓法不法，只要被他敲去了几个钱就都完事。

在中国，去年的革命文学者和前年很有点不同了。这固然由于境遇的改变，但有些“革命文学者”的本身里，还藏着容易犯到的病根。“革命”和“文学”，若断若续，好像两只靠近的船，一只是“革命”，一只是“文学”，而作者的每一只脚就站在每一只船上面。当环境较好的时候，作者就在革命这一只船上踏得重一点，分明是革命者，待到革命一被压迫，则在文学的船上踏得重一点，他变了不过是文学家了。所以前年的主张十分激烈，以为凡非革命文学，统得扫荡的人，去年却记得了列宁爱看冈却罗夫（I.A.Gontcharov）的作品的故事，觉得非革命文学，意义倒也十分深长；还有最彻底的革命文学家叶灵凤先生，他描写革命家，彻底到每次上茅厕时候都用我的《呐喊》去揩屁股，现在却竟会莫名其妙的跟在所谓民族主义文学家屁股后面了。

类似的例，还可以举出向培良先生来。在革命渐渐高扬的时候，他是很革命的；他在先前，还曾经说，青年人不但嗥叫，还要露出狼牙来。这自然也不坏，但也应该小心，因为狼是狗的祖宗，一到被人驯服的时候，是就要变而为狗的。向培良先生现在在提倡人类的艺术了，他反对有阶级的艺术的存在，而在人类中分出好人和坏人来，这艺术是“好坏斗争”的武器。狗也是将人分为两种的，豢养它的主人之类是好人，别的穷人和乞丐在它的眼里就是坏人，不是叫，便是咬。然而这也还不算坏，因为究竟还有一点野性，如果再一变而为吧儿狗，好像不管闲事，而其实在给主子尽职，那就正如现在的自称不问俗事的为艺术而艺术的名人们一样，只好去点缀大学教室了。

这样的翻着筋斗的小资产阶级，即使是在做革命文学家，写着革命文学的时候，也最容易将革命写歪；写歪了，反于革命有害，所以他们的转变，是毫不足惜的。当革命文学的运动勃兴时，许多小资产阶级的文学家忽然变过来了，那时用来解释这现象的，是突变之说。但我们知道，所谓突变者，是说 A 要变 B，几个条件已经完备，而独缺其一的时候，这一个条件一出现，于是就变成了 B。譬如水的结冰，温度须到零点，同时又须有空气的振动，倘没有这，则即便到了零点，也还是不结冰，这时空气一振动，这才突变而为冰了。所以外面虽然好像突变，其实是并非突然的事。倘没有应具的条件的，那就是即使自说已变，实际上却并没有变，所以有些忽然一天晚上自称突变过来的小资产阶级革命文学家，不久就又突变回去了。

去年左翼作家联盟在上海的成立，是一件重要的事实。因为这时已经输入了蒲力汗诺夫，卢那卡尔斯基等的理论，给大家能够互相切磋，更加坚实而有力，但也正因为更加坚实而有力了，就受到世界上古今所少有的压迫和摧残，因为有了这样的压迫和摧残，就使那时以为左翼文学将大出风头，作家就要吃劳动者供献上来的黄油面包了的所谓革命文学家立刻现出原形，有的写悔过书，有的是反转来攻击左联，以显出他今年的见识又进了一步。这虽然并非左联直接的自动，然而也是一种扫荡，这些作者，是无论变与不变，总写不出好的作品来的。

但现存的左翼作家，能写出好的无产阶级文学来么？我想，也很难。这是因为现在的左翼作家还都是读书人——智识阶级，他们要写出革命的实际来，是很不容易的缘故。日本的厨川白村（H.Kuriyagawa）曾经提出过一个问题，说：作家之所描写，必得是自己经验过的么？他自答道，不必，因为他能够体察。所以要写偷，他不必亲自去做贼，要写通奸，他不必亲自去私通。但我以为这是因为作家生长在旧社会里，熟悉了旧社会的情形，看惯了旧社会的人物的缘故，所以他能够体察；对于和他向来没有关系的无产阶级的情形和人物，他就会无能，或者弄成错误的描写了。所以革命文学家，至少是必须和革命共同着生命，或深切地感受着革命的脉搏的。（最近左联的提出了“作家的无产阶级化”的口号，就是对于这一点的很正确的理解。）

在现在中国这样的社会中，最容易希望出现的，是反叛的小资产阶级的反抗的，或暴露的作品。因为他生长在这正在灭亡着的阶级中，所以他有甚深的了解，甚大的憎恶，而向这刺下去的刀也最为致命与有力。固然，有些貌似革命的作品，也并非要将本阶级或资产阶级推翻，倒在憎恨或失望于他们的不能改良，不能较长久的保持地位，所以从无产阶级的见地看来，不过是“兄弟阋于墙”，两方一样是敌对。但是，那结果，却也能在革命的潮流中，成为一粒泡沫的。对于这些的作品，我以为实在无须称之为无产阶级文学，作者也无须为了将来的名誉起见，自称为无产阶级的作家的。

但是，虽是仅仅攻击旧社会的作品，倘若知不清缺点，看不透病根，也就于革命有害，但可惜的是现在的作家，连革命的作家和批评家，也往往不能，或不敢正视现社会，知道它的底细，尤其是认为敌人的底细。随手举一个例罢，先前的《列宁青年》上，有一篇评论中国文学界的文章，将这分为三派，首先是创造社，作为无产阶级文学派，讲得很长，其次是语丝社，作为小资产阶级文学派，可就说得短了，第三是新月社，作为资产阶级文学派，却说得更短，到不了一页。这就在表明：这位青年批评家对于愈认为敌人的，就愈是无话可说，也就是愈没有细看。自然，我们看书，倘看反对的东西，总不如看同派的东西的舒服，爽快，有益；但倘是一个战斗者，我以为，在了解革命和敌人上，倒是必须更多的去解剖当面的敌人的。要写文学作品也一样，不但应该知道革命的实际，也必须深知敌人的情形，现在的各方面的状况，再去断定革命的前途。惟有明白旧的，看到新的，了解过去，推断将来，我们的文学的发展才有希望。我想，这是在现在环境下的作家，只要努力，还可以做得到的。

在现在，如先前所说，文艺是在受着少有的压迫与摧残，广泛地现出了饥馑状态。文艺不但是革命的，连那略带些不平色彩的，不但是指摘现状的，连那些攻击旧来积弊的，也往往就受迫害。这情形，即在说明至今为止的统治阶级的革命，不过是争夺一把旧椅子。去推的时候，好像这椅子很可恨，一夺到手，就又觉得是宝贝了，而同时也自觉了自己正和这“旧的”一气。二十多年前，都说朱元璋（明太祖）是民族的革命者，其实是并不然的，他做了皇帝以后，称蒙古朝为“大元”，杀汉人比蒙古人还利害。奴才做了主人，是决不肯废去“老爷”的称呼的，他的摆架子，恐怕比他的主人还十足，还可笑。这正如上海的工人赚了几文钱，开起小小的工厂来，对付工人反而凶到绝顶一样。

在一部旧的笔记小说——我忘了它的书名了——上，曾经载有一个故事，说明朝有一个武官叫说书人讲故事，他便对他讲檀道济——晋朝的一个将军，讲完之后，那武官就吩咐打说书人一顿，人问他什么缘故，他说道：“他既然对我讲檀道济，那么，对檀道济是一定去讲我的了。”现在的统治者也神经衰弱到像这武官一样，什么他都怕，因而在出版界上也布置了比先前更进步的流氓，令人看不出流氓的形式而却用着更厉害的流氓手段：用广告，用诬陷，用恐吓；甚至于有几个文学者还拜了流氓做老子，以图得到安稳和利益。因此革命的文学者，就不但应该留心迎面的敌人，还必须防备自己一面的三翻四复的暗探了，较之简单地用着文艺的斗争，就非常费力，而因此也就影响到文艺上面来。

现在上海虽然还出版着一大堆的所谓文艺杂志，其实却等于空虚。以营业为目的的书店所出的东西，因为怕遭殃，就竭力选些不关痛痒的文章，如说“命固不可以不革，而亦不可以太革”之类，那特色是在令人从头看到末尾，终于等于不看。至于官办的，或对官场去凑趣的杂志呢，作者又都是乌合之众，共同的目的只在捞几文稿费，什么“英国维多利亚朝的文学”呀，“论刘易士得到诺贝尔奖金”呀，连自己也并不相信所发的议论，连自己也并不看重所做的文章。所以，我说，现在上海所出的文艺杂志都等于空虚，革命者的文艺固然被压迫了，而压迫者所办的文艺杂志上也没有什么文艺可见。然而，压迫者当真没有文艺么？有是有的，不过并非这些，而是通电，告示，新闻，民族主义的“文学”，法官的判词等。例如前几天，《申报》上就记着一个女人控诉她的丈夫强迫鸡奸并殴打得皮肤上成了青伤的事，而法官的判词却道，法律上并无禁止丈夫鸡奸妻子的明文，而皮肤打得发青，也并不算毁损了生理的机能，所以那控诉就不能成立。现在是那男人反在控诉他的女人的“诬告”了。法律我不知道，至于生理学，却学过一点，皮肤被打得发青，肺，肝，或肠胃的生理的机能固然不至于毁损，然而发青之处的皮肤的生理的机能却是毁损了的。这在中国的现在，虽然常常遇见，不算什么稀奇事，但我以为这就已经能够很明白的知道社会上的一部分现象，胜于一篇平凡的小说或长诗了。

除以上所说之外，那所谓民族主义文学，和闹得已经很久了的武侠小说之类，是也还应该详细解剖的。但现在时间已经不够，只得待将来有机会再讲了。今天就这样为止罢。

以脚报国

假使她们真“知道立国数千年的大中华民国”的国民，往往有自欺欺人的不治之症，那可真是没有面子了。

今年八月三十一日《申报》的《自由谈》里，又看见了署名“寄萍”的《杨缦华女士游欧杂感》，其中的一段，我觉得很有趣，就照抄在下面：

“……有一天我们到比利时一个乡村里去。许多女人争着来看我的脚。我伸起脚来给伊们看。才平服伊们好奇的疑窦。一位女人说。‘我们也向来不曾见过中国人。但从小就听说中国人是有尾巴的（即辫发）。都要讨姨太太的。女人都是小脚。跑起路来一摇一摆的。如今才明白这话不确实。请原谅我们的错念。’还有一人自以为熟悉东亚情形的。带着讥笑的态度说。‘中国的军阀如何专横。到处闹的是兵匪。人民过着地狱的生活。’这种似是而非的话。说了一大堆。我说‘此种传说。全无根据。’同行的某君。也报以很滑稽的话。‘我看你们那里会知道立国数千年的大中华民国。等我们革命成功之后。简直要把显微镜来照你们比利时呢。’就此一笑而散。”

我们的杨女士虽然用她的尊脚征服了比利时女人，为国增光，但也有两点“错念”。其一，是我们中国人的确有过尾巴（即辫发）的，缠过小脚的，讨过姨太太的，虽现在也在讨。其二，是杨女士的脚不能代表一切中国女人的脚，正如留学的女生不能代表一切中国的女性一般。留学生大多数是家里有钱，或由政府派遣，为的是将来给家族或国家增光，贫穷和受不到教育的女人怎么能同日而语。所以，虽在现在，其实是缠着小脚，“跑起路来一摇一摆的”女人还不少。

至于困苦，那是用不着多谈，只要看同一的《申报》上，记载着多少“呼吁和平”的文电，多少募集急赈的广告，多少兵变和绑票的记事，留学外国的少爷小姐们虽然相隔太远，可以说不知道，但既然能想到用显微镜，难道就不能想到用望远镜吗？况且又何必用望远镜呢，同一的《杨缦华女士游欧杂感》里就又说：

“……据说使领馆的穷困。不自今日始。不过近几年来。有每况愈下之势。譬如逢到我国国庆或是重大纪念日。照例须招待外宾。举行盛典。意思是庆祝国运方兴。兼之联络各友邦的感情。以前使领馆必备盛宴。款待上宾。到了去年。为馆费支绌。改行茶会。以目前的形势推测。将后恐怕连茶会都开不成呢。在国际上最讲究体面的。要算日本国。他们政府行政费的预算。宁可特别节省。惟独于驻外使领馆的经费。十分充足。单就这一点来比较。我们已相形见拙了。”

使馆和领事馆是代表本国，如杨女士所说，要“庆祝国运方兴”的，而竟有“每况愈下之势”，孟子曰，“百姓不足，君孰与足？”则人民的过着什么生活，也就可想而知了。然而小国比利时的女人们究竟是单纯的，终于请求了原谅，假使她们真“知道立国数千年的大中华民国”的国民，往往有自欺欺人的不治之症，那可真是没有面子了。

假如这样，又怎么办呢？我想，也还是“就此一笑而散”罢。

宣传与做戏

这普遍的做戏，却比真的做戏还要坏。

就是那刚刚说过的日本人，他们做文章论及中国的国民性的时候，内中往往有一条叫作“善于宣传”。看他的说明，这“宣传”两字却又不像是平常的“Propaganda”，而是“对外说谎”的意思。

这宗话，影子是有一点的。譬如罢，教育经费用光了，却还要开几个学堂，装装门面；全国的人们十之九不识字，然而总得请几位博士，使他对西洋人去讲中国的精神文明；至今还是随便拷问，随便杀头，一面却总支撑维持着几个洋式的“模范监狱”，给外国人看看。还有，离前敌很远的将军，他偏要大打电报，说要“为国前驱”。连体操班也不愿意上的学生少爷，他偏要穿上军装，说是“灭此朝食”。

不过，这些究竟还有一点影子；究竟还有几个学堂，几个博士，几个模范监狱，几个通电，几套军装。所以说是“说谎”，是不对的。这就是我之所谓“做戏”。

但这普遍的做戏，却比真的做戏还要坏。真的做戏，是只有一时；戏子做完戏，也就恢复为平常状态的。杨小楼做《单刀赴会》，梅兰芳做《黛玉葬花》，只有在戏台上的时候是关云长，是林黛玉，下台就成了普通人，所以并没有大弊。倘使他们扮演一回之后，就永远提着青龙偃月刀或锄头，以关老爷，林妹妹自命，怪声怪气，唱来唱去，那就实在只好算是发热昏了。

不幸因为是“天地大戏场”，可以普遍的做戏者，就很难有下台的时候，例如杨缦华女士用自己的天足，踢破小国比利时女人的“中国女人缠足说”，为面子起见，用权术来解围，这还可以说是很该原谅的。但我以为应该这样就拉倒。现在回到寓里，做成文章，这就是进了后台还不肯放下青龙偃月刀；而且又将那文章送到中国的《申报》上来发表，则简直是提着青龙偃月刀一路唱回自己的家里来了。难道作者真已忘记了中国女人曾经缠脚，至今也还有正在缠脚的么？还是以为中国人都已经自己催眠，觉得全国女人都已穿了高跟皮鞋了呢？

这不过是一个例子罢了，相像的还多得很，但恐怕不久天也就要亮了。

我们不再受骗了

这真是恶鬼的眼泪。

帝国主义是一定要进攻苏联的。苏联愈弄得好，它们愈急于要进攻，因为它们愈要趋于灭亡。

我们被帝国主义及其侍从们真是骗得长久了。十月革命之后，它们总是说苏联怎么穷下去，怎么凶恶，怎么破坏文化。但现在的事实怎样？小麦和煤油的输出，不是使世界吃惊了么？正面之敌的实业党的首领，不是也只判了十年的监禁么？列宁格勒，墨斯科的图书馆和博物馆，不是都没有被炸掉么？文学家如绥拉菲摩维支，法捷耶夫，革拉特珂夫，绥甫林娜，唆罗诃夫等，不是西欧东亚，无不赞美他们的作品么？关于艺术的事我不大知道，但据乌曼斯基（K. Umansky）说，一九一九年中，在墨斯科的展览会就有二十次，列宁格勒两次（《Neue Kunst in Russland》），则现在的旺盛，更是可想而知了。

然而谣言家是极无耻而且巧妙的，一到事实证明了他的话是撒谎时，他就躲下，另外又来一批。

新近我看见一本小册子，是说美国的财政有复兴的希望的，序上说，苏联的购领物品，必须排成长串，现在也无异于从前，仿佛他很为排成长串的人们抱不平，发慈悲一样。

这一事，我是相信的，因为苏联内是正在建设的途中，外是受着帝国主义的压迫，许多物品，当然不能充足。但我们也听到别国的失业者，排着长串向饥寒进行；中国的人民，在内战，在外侮，在水灾，在榨取的大罗网之下，排着长串而进向死亡去。

然而帝国主义及其奴才们，还来对我们说苏联怎么不好，好像它倒愿意苏联一下子就变成天堂，人们个个享福。现在竟这样子，它失望了，不舒服了。——这真是恶鬼的眼泪。

一睁开眼，就露出恶鬼的本相来的，——它要去惩办了。

它一面去惩办，一面来诳骗。正义，人道，公理之类的话，又要满天飞舞了。但我们记得，欧洲大战时候，飞舞过一回的，骗得我们的许多苦工，到前线去替它们死，接着是在北京的中央公园里竖了一块无耻的，愚不可及的“公理战胜”的牌坊（但后来又改掉了）。现在怎样？“公理”在那里？这事还不过十六年，我们记得的。

帝国主义和我们，除了它的奴才之外，那一样利害不和我们正相反？我们的痈疽，是它们的宝贝，那么，它们的敌人，当然是我们的朋友了。它们自身正在崩溃下去，无法支持，为挽救自己的末运，便憎恶苏联的向上。谣诼，诅咒，怨恨，无所不至，没有效，终于只得准备动手去打了，一定要灭掉它才睡得着。但我们干什么呢？我们还会再被骗么？

“苏联是无产阶级专政的，智识阶级就要饿死。”——一位有名的记者曾经这样警告我。是的，这倒恐怕要使我也有些睡不着了。但无产阶级专政，不是为了将来的无阶级社会么？只要你不去谋害它，自然成功就早，阶级的消灭也就早，那时就谁也不会“饿死”了。不消说，排长串是一时难免的，但到底会快起来。

帝国主义的奴才们要去打，自己（！）跟着它的主人去打去就是。我们人民和它们是利害完全相反的。我们反对进攻苏联。我们倒要打倒进攻苏联的恶鬼，无论它说着怎样甜腻的话头，装着怎样公正的面孔。

这才也是我们自己的生路！

五月六日。

为了忘却的记念

不是年青的为年老的写记念，而在这三十年中，却使我目睹许多青年的血，层层淤积起来，将我埋得不能呼吸，我只能用这样的笔墨，写几句文章，算是从泥土中挖一个小孔，自己延口残喘，这是怎样的世界呢。

一

我早已想写一点文字，来记念几个青年的作家。这并非为了别的，只因为两年以来，悲愤总时时来袭击我的心，至今没有停止，我很想借此算是竦身一摇，将悲哀摆脱，给自己轻松一下，照直说，就是我倒要将他们忘却了。

两年前的此时，即一九三一年的二月七日夜或八日晨，是我们的五个青年作家同时遇害的时候。当时上海的报章都不敢载这件事，或者也许是不愿，或不屑载这件事，只在《文艺新闻》上有一点隐约其辞的文章。那第十一期（五月二十五日）里，有一篇林莽先生作的《白莽印象记》，中间说：

“他做了好些诗，又译过匈牙利诗人彼得斐的几首诗，当时的《奔流》的编辑者鲁迅接到了他的投稿，便来信要和他会面，但他却是不愿见名人的人，结果是鲁迅自己跑来找他，竭力鼓励他作文学的工作，但他终于不能坐在亭子间里写，又去跑他的路了。不久，他又一次的被了捕。……”

这里所说的我们的事情其实是不确的。白莽并没有这么高慢，他曾经到过我的寓所来，但也不是因为我要求和他会面；我也没有这么高慢，对于一位素不相识的投稿者，会轻率的写信去叫他。我们相见的原因很平常，那时他所投的是从德文译出的《彼得斐传》，我就发信去讨原文，原文是载在诗集前面的，邮寄不便，他就亲自送来了。看去是一个二十多岁的青年，面貌很端正，颜色是黑黑的，当时的谈话我已经忘却，只记得他自说姓徐，象山人；我问他为什么代你收信的女士是这么一个怪名字（怎么怪法，现在也忘却了），他说她就喜欢起得这么怪，罗曼谛克，自己也有些和她不大对劲了。就只剩了这一点。

夜里，我将译文和原文粗粗的对了一遍，知道除几处误译之外，还有一个故意的曲译。他像是不喜欢“国民诗人”这个字的，都改成“民众诗人”了。第二天又接到他一封来信，说很悔和我相见，他的话多，我的话少，又冷，好像受了一种威压似的。我便写一封回信去解释，说初次相会，说话不多，也是人之常情，并且告诉他不应该由自己的爱憎，将原文改变。因为他的原书留在我这里了，就将我所藏的两本集子送给他，问他可能再译几首诗，以供读者的参看。他果然译了几首，自己拿来了，我们就谈得比第一回多一些。这传和诗，后来就都登在《奔流》第二卷第五本，即最末的一本里。

我们第三次相见，我记得是在一个热天。有人打门了，我去开门时，来的就是白莽，却穿着一件厚棉袍，汗流满面，彼此都不禁失笑。这时他才告诉我他是一个革命者，刚由被捕而释出，衣服和书籍全被没收了，连我送他的那两本；身上的袍子是从朋友那里借来的，没有夹衫，而必须穿长衣，所以只好这么出汗。我想，这大约就是林莽先生说的“又一次的被了捕”的那一次了。

我很欣幸他的得释，就赶紧付给稿费，使他可以买一件夹衫，但一面又很为我的那两本书痛惜：落在捕房的手里，真是明珠投暗了。那两本书，原是极平常的，一本散文，一本诗集，据德文译者说，这是他搜集起来的，虽在匈牙利本国，也还没有这么完全的本子，然而印在《莱克朗氏万有文库》（Reclam's Universal-Bibliothek）中，倘在德国，就随处可得，也值不到一元钱。不过在我是一种宝贝，因为这是三十年前，正当我热爱彼得斐的时候，特地托丸善书店从德国去买来的，那时还恐怕因为书极便宜，店员不肯经手，开口时非常惴惴。后来大抵带在身边，只是情随事迁，已没有翻译的意思了，这回便决计送给这也如我的那时一样，热爱彼得斐的诗的青年，算是给它寻得了一个好着落。所以还郑重其事，托柔石亲自送去的。谁料竟会落在“三道头”之类的手里的呢，这岂不冤枉！

二

我的决不邀投稿者相见，其实也并不完全因为谦虚，其中含着省事的分子也不少。由于历来的经验，我知道青年们，尤其是文学青年们，十之九是感觉很敏，自尊心也很旺盛的，一不小心，极容易得到误解，所以倒是故意回避的时候多。见面尚且怕，更不必说敢有托付了。但那时我在上海，也有一个惟一的不但敢于随便谈笑，而且还敢于托他办点私事的人，那就是送书去给白莽的柔石。

我和柔石最初的相见，不知道是何时，在那里。他仿佛说过，曾在北京听过我的讲义，那么，当在八九年之前了。我也忘记了在上海怎么来往起来，总之，他那时住在景云里，离我的寓所不过四五家门面，不知怎么一来，就来往起来了。大约最初的一回他就告诉我是姓赵，名平复。但他又曾谈起他家乡的豪绅的气焰之盛，说是有一个绅士，以为他的名字好，要给儿子用，叫他不要用这名字了。所以我疑心他的原名是“平福”，平稳而有福，才正中乡绅的意，对于“复”字却未必有这么热心。他的家乡，是台州的宁海，这只要一看他那台州式的硬气就知道，而且颇有点迂，有时会令我忽而想到方孝孺，觉得好像也有些这模样的。

他躲在寓里弄文学，也创作，也翻译，我们往来了许多日，说得投合起来了，于是另外约定了几个同意的青年，设立朝华社。目的是在绍介东欧和北欧的文学，输入外国的版画，因为我们都以为应该来扶植一点刚健质朴的文艺。接着就印《朝花旬刊》，印《近代世界短篇小说集》，印《艺苑朝华》，算都在循着这条线，只有其中的一本《蕗谷虹儿画选》，是为了扫荡上海滩上的“艺术家”，即戳穿叶灵凤这纸老虎而印的。

然而柔石自己没有钱，他借了二百多块钱来做印本。除买纸之外，大部分的稿子和杂务都是归他做，如跑印刷局，制图，校字之类。可是往往不如意，说起来皱着眉头。看他旧作品，都很有悲观的气息，但实际上并不然，他相信人们是好的。我有时谈到人会怎样的骗人，怎样的卖友，怎样的吮血，他就前额亮晶晶的，惊疑地圆睁了近视的眼睛，抗议道，“会这样的么？——不至于此罢？……”

不过朝花社不久就倒闭了，我也不想说清其中的原因，总之是柔石的理想的头，先碰了一个大钉子，力气固然白化，此外还得去借一百块钱来付纸账。后来他对于我那“人心惟危”说的怀疑减少了，有时也叹息道，“真会这样的么？……”但是，他仍然相信人们是好的。

他于是一面将自己所应得的朝花社的残书送到明日书店和光华书局去，希望还能够收回几文钱，一面就拚命的译书，准备还借款，这就是卖给商务印书馆的《丹麦短篇小说集》和戈理基作的长篇小说《阿尔泰莫诺夫之事业》。但我想，这些译稿，也许去年已被兵火烧掉了。

他的迂渐渐的改变起来，终于也敢和女性的同乡或朋友一同去走路了，但那距离，却至少总有三四尺的。这方法很不好，有时我在路上遇见他，只要在相距三四尺前后或左右有一个年青漂亮的女人，我便会疑心就是他的朋友。但他和我一同走路的时候，可就走得近了，简直是扶住我，因为怕我被汽车或电车撞死；我这面也为他近视而又要照顾别人担心，大家都苍皇失措的愁一路，所以倘不是万不得已，我是不大和他一同出去的，我实在看得他吃力，因而自己也吃力。

无论从旧道德，从新道德，只要是损己利人的，他就挑选上，自己背起来。

他终于决定地改变了，有一回，曾经明白的告诉我，此后应该转换作品的内容和形式。我说：这怕难罢，譬如使惯了刀的，这回要他耍棍，怎么能行呢？他简洁的答道：只要学起来！

他说的并不是空话，真也在从新学起来了，其时他曾经带了一个朋友来访我，那就是冯铿女士。谈了一些天，我对于她终于很隔膜，我疑心她有点罗曼谛克，急于事功；我又疑心柔石的近来要做大部的小说，是发源于她的主张的。但我又疑心我自己，也许是柔石的先前的斩钉截铁的回答，正中了我那其实是偷懒的主张的伤疤，所以不自觉地迁怒到她身上去了。——我其实也并不比我所怕见的神经过敏而自尊的文学青年高明。

她的体质是弱的，也并不美丽。

三

直到左翼作家联盟成立之后，我才知道我所认识的白莽，就是在《拓荒者》上做诗的殷夫。有一次大会时，我便带了一本德译的，一个美国的新闻记者所做的中国游记去送他，这不过以为他可以由此练习德文，另外并无深意。然而他没有来。我只得又托了柔石。

但不久，他们竟一同被捕，我的那一本书，又被没收，落在“三道头”之类的手里了。

四

明日书店要出一种期刊，请柔石去做编辑，他答应了；书店还想印我的译著，托他来问版税的办法，我便将我和北新书局所订的合同，抄了一份交给他，他向衣袋里一塞，匆匆的走了。其时是一九三一年一月十六日的夜间，而不料这一去，竟就是我和他相见的末一回，竟就是我们的永诀。

第二天，他就在一个会场上被捕了，衣袋里还藏着我那印书的合同，听说官厅因此正在找寻我。印书的合同，是明明白白的，但我不愿意到那些不明不白的地方去辩解。记得《说岳全传》里讲过一个高僧，当追捕的差役刚到寺门之前，他就“坐化”了，还留下什么“何立从东来，我向西方走”的偈子。这是奴隶所幻想的脱离苦海的惟一的好方法，“剑侠”盼不到，最自在的惟此而已。我不是高僧，没有涅槃的自由，却还有生之留恋，我于是就逃走。

这一夜，我烧掉了朋友们的旧信札，就和女人抱着孩子走在一个客栈里。不几天，即听得外面纷纷传我被捕，或是被杀了，柔石的消息却很少。有的说，他曾经被巡捕带到明日书店里，问是否是编辑；有的说，他曾经被巡捕带往北新书局去，问是否是柔石，手上上了铐，可见案情是重的。但怎样的案情，却谁也不明白。

他在囚系中，我见过两次他写给同乡的信，第一回是这样的——

“我与三十五位同犯（七个女的）于昨日到龙华。并于昨夜上了镣，开政治犯从未上镣之纪录。此案累及太大，我一时恐难出狱，书店事望兄为我代办之。现亦好，且跟殷夫兄学德文，此事可告周先生；望周先生勿念，我等未受刑。捕房和公安局，几次问周先生地址，但我那里知道。诸望勿念。祝好！

赵少雄 一月二十四日。”

以上正面。

“洋铁饭碗，要二三只
如不能见面，可将东西
望转交赵少雄”

以上背面。

他的心情并未改变，想学德文，更加努力；也仍在记念我，像在马路上行走时候一般。但他信里有些话是错误的，政治犯而上镣，并非从他们开始，但他向来看得官场还太高，以为文明至今，到他们才开始了严酷。其实是不然的。果然，第二封信就很不同，措词非常惨苦，且说冯女士的面目都浮肿了，可惜我没有抄下这封信。其时传说也更加纷繁，说他可以赎出的也有，说他已经解往南京的也有，毫无确信；而用函电来探问我的消息的也多起来，连母亲在北京也急得生病了，我只得一一发信去更正，这样的大约有二十天。

天气愈冷了，我不知道柔石在那里有被褥不？我们是有的。洋铁碗可曾收到了没有？……但忽然得到一个可靠的消息，说柔石和其他二十三人，已于二月七日夜或八日晨，在龙华警备司令部被枪毙了，他的身上中了十弹。

原来如此！……

在一个深夜里，我站在客栈的院子中，周围是堆着的破烂的什物；人们都睡觉了，连我的女人和孩子。我沉重的感到我失掉了很好的朋友，中国失掉了很好的青年，我在悲愤中沉静下去了，然而积习却从沉静中抬起头来，凑成了这样的几句：

惯于长夜过春时，挈妇将雏鬓有丝。

梦里依稀慈母泪，城头变幻大王旗。

忍看朋辈成新鬼，怒向刀丛觅小诗。

吟罢低眉无写处，月光如水照缁衣。

但末二句，后来不确了，我终于将这写给了一个日本的歌人。

可是在中国，那时是确无写处的，禁锢得比罐头还严密。我记得柔石在年底曾回故乡，住了好些时，到上海后很受朋友的责备。他悲愤的对我说，他的母亲双眼已经失明了，要他多住几天，他怎么能够就走呢？我知道这失明的母亲的眷眷的心，柔石的拳拳的心。当《北斗》

创刊时，我就想写一点关于柔石的文章，然而不能够，只得选了一幅珂勒惠支（Käthe Kollwitz）夫人的木刻，名曰《牺牲》，是一个母亲悲哀地献出她的儿子去的，算是只有我一个人心里知道的柔石的记念。

同时被难的四个青年文学家之中，李伟森我没有会见过，胡也频在上海也只见过一次面，谈了几句天。较熟的要算白莽，即殷夫了，他曾经和我通过信，投过稿，但现在寻起来，一无所得，想必是十七那夜统统烧掉了，那时我还没有知道被捕的也有白莽。然而那本《彼得斐诗集》却在的，翻了一遍，也没有什么，只在一首《Wahlspruch》（格言）的旁边，有钢笔写的四行译文道：

“生命诚宝贵，
爱情价更高；
若为自由故，
二者皆可抛！”

又在第二叶上，写着“徐培根”三个字，我疑心这是他的真姓名。

五

前年的今日，我避在客栈里，他们却是走向刑场了；去年的今日，我在炮声中逃在英租界，他们则早已埋在不知那里的地下了；今年的今日，我才坐在旧寓里，人们都睡觉了，连我的女人和孩子。我又沉重的感到我失掉了很好的朋友，中国失掉了很好的青年，我在悲愤中沉静下去了，不料积习又从沉静中抬起头来，写下了以上那些字。

要写下去，在中国的现在，还是没有写处的。年青时读向子期《思旧赋》，很怪他为什么只有寥寥的几行，刚开头却又煞了尾。然而，现在我懂得了。

不是年青的为年老的写记念，而在这三十年中，却使我目睹许多青年的血，层层淤积起来，将我埋得不能呼吸，我只能用这样的笔墨，写几句文章，算是从泥土中挖一个小孔，自己延口残喘，这是怎样的世界呢。夜正长，路也正长，我不如忘却，不说的好罢。但我知道，即使不是我，将来总会有记起他们，再说他们的时候的。……

二月七一八日。

我怎么做起小说来

但是《新青年》的编辑者，却一回一回的来催，催几回，我就做一篇，这里我必得记念陈独秀先生，他是催促我做小说最着力的一个。

我怎么做起小说来？——这来由，已经在《呐喊》的序文上，约略说过了。这里还应该补叙一点的，是当我留心文学的时候，情形和现在很不同：在中国，小说不算文学，做小说的也决不能称为文学家，所以并没有人想在这一条道路上出世。我也并没有要将小说抬进“文苑”里的意思，不过想利用他的力量，来改良社会。

但也不是自己想创作，注重的倒是在绍介，在翻译，而尤其注重于短篇，特别是被压迫的民族中的作者的作品。因为那时正盛行着排满论，有些青年，都引那叫喊和反抗的作者为同调的。所以“小说作法”之类，我一部都没有看过，看短篇小说却不少，小半是自己也爱看，大半则因了搜寻绍介的材料。也看文学史和批评，这是因为想知道作者的为人和思想，以便决定应否绍介给中国。和学问之类，是绝不相干的。

因为所求的作品是叫喊和反抗，势必至于倾向了东欧，因此所看的俄国，波兰以及巴尔干诸小国作家的东西就特别多。也曾热心的搜求印度，埃及的作品，但是得不到。记得当时最爱看的作者，是俄国的果戈理（N.Gogol）和波兰的显克微支（H.Sienkiewitz）。日本的，是夏目漱石和森鸥外。

回国以后，就办学校，再没有看小说的工夫了，这样的有五六年。

为什么又开手了呢？——这也已经写在《呐喊》的序文里，不必说了。但我的来做小说，也并非自以为有做小说的才能，只因为那时是住在北京的会馆里的，要做论文罢，没有参考书，要翻译罢，没有底本，就只好做一点小说模样的东西塞责，这就是《狂人日记》。大约所仰仗的全在先前看过的百来篇外国作品和一点医学上的知识，此外的准备，一点也没有。

但是《新青年》的编辑者，却一回一回的来催，催几回，我就做一篇，这里我必得记念陈独秀先生，他是催促我做小说最着力的一个。

自然，做起小说来，总不免自己有些主见的。例如，说到“为什么”做小说罢，我仍抱着十多年前的“启蒙主义”，以为必须是“为人生”，而且要改良这人生。我深恶先前的称小说为“闲书”，而且将“为艺术的艺术”，看作不过是“消闲”的新式的别号。所以我的取材，多采自病态社会的不幸的人们中，意思是在揭出病苦，引起疗救的注意。所以我力避行文的唠叨，只要觉得够将意思传给别人了，就宁可什么陪衬拖带也没有。中国旧戏上，没有背景，新年卖给孩子看的花纸上，只有主要的几个人（但现在的花纸却多有背景了），我深信对于我的目的，这方法是适宜的，所以我不去描写风月，对话也决不说到一大篇。

我做完之后，总要看两遍，自己觉得拗口的，就增删几个字，一定要它读得顺口；没有相宜的白话，宁可引古语，希望总有人会懂，只有自己懂得或连自己也不懂的生造出来的字句，是不大用的。这一节，许多批评家之中，只有一个人看出来了，但他称我为 Stylist。

所写的事迹，大抵有一点见过或听到过的缘由，但决不全用这事实，只是采取一端，加以改造，或生发开去，到足以几乎完全发表我的意思为止。人物的模特儿也一样，没有专用过一个人，往往嘴在浙江，脸在北京，衣服在山西，是一个拼凑起来的脚色。有人说，我的那一篇是骂谁，某一篇又是骂谁，那是完全胡说的。

不过这样的写法，有一种困难，就是令人难以放下笔。一气写下去，这人物就逐渐活动起来，尽了他的任务。但倘有什么分心的事情来一打岔，放下许久之后再来写，性格也许就变了样，情景也会和先前所豫想的不同起来。例如我做的《不周山》，原意是在描写性的发动和创造，以至衰亡的，而中途去看报章，见了一位道学的批评家攻击情诗的文章，心里很不以为然，于是小说里就有一个小人物跑到女娲的两腿之间来，不但不必有，且将结构的宏大毁坏了。但这些处所，除了自己，大概没有人会觉到的，我们的批评大家成仿吾先生，还说这一篇做得最出色。

我想，如果专用一个人做骨干，就可以没有这弊病的，但自己没有试验过。

忘记是谁说的了，总之是，要极省俭的画出一个人的特点，最好是画他的眼睛。我以为这话是极对的，倘若画了全副的头发，即使细得逼真，也毫无意思。我常在学学这一种方法，可惜学不好。

可省的处所，我决不硬添，做不出的时候，我也决不硬做，但这是因为我那时别有收入，不靠卖文为活的缘故，不能作为通例的。

还有一层，是我每当写作，一律抹杀各种的批评。因为那时中国的创作界固然幼稚，批评界更幼稚，不是举之上天，就是按之入地，倘将这些放在眼里，就要自命不凡，或觉得非自杀不足以谢天下的。批评必须坏处说坏，好处说好，才于作者有益。

但我常看外国的批评文章，因为他于我没有恩怨嫉恨，虽然所评的是别人的作品，却很有可以借镜之处。但自然，我也同时一定留心这批评家的派别。

以上，是十年前的事了，此后并无所作，也没有长进，编辑先生要我做一点这类的文章，怎么能呢。拉杂写来，不过如此而已。

三月五日灯下。

谈金圣叹

租界和外国银行，也是海通以来新添的物事，不但剃尽毛发，就是刮尽筋肉，也永远填不满的。

讲起清朝的文字狱来，也有人拉上金圣叹，其实是很不合适的。他的“哭庙”，用近事来比例，和前年《新月》上的引据三民主义以自辩，并无不同，但不特捞不到教授而且至于杀头，则是因为他早被官绅们认为坏货了的缘故。就事论事，倒是冤枉的。

清中叶以后的他的名声，也有些冤枉。他抬起小说传奇来，和《左传》《杜诗》并列，实不过拾了袁宏道辈的唾余；而且经他一批，原作的诚实之处，往往化为笑谈，布局行文，也都被硬拖到八股的作法上。这余荫，就使有一批人，堕入了对于《红楼梦》之类，总在寻求伏线，挑剔破绽的泥塘。

自称得到古本，乱改《西厢》字句的案子且不说罢，单是截去《水浒》的后小半，梦想有一个“嵇叔夜”来杀尽宋江们，也就昏庸得可以。虽说因为痛恨流寇的缘故，但他是究竟近于官绅的，他到底想不到小百姓的对于流寇，只痛恨着一半：不在于“寇”，而在于“流”。

百姓固然怕流寇，也很怕“流官”。记得民元革命以后，我在故乡，不知怎地县知事常常掉换了。每一掉换，农民们便愁苦着相告道：“怎么好呢？又换了一只空肚鸭来了！”他们虽然至今不知道“欲壑难填”的古训，却很明白“成则为王，败则为贼”的成语，贼者，流着之王，王者，不流之贼也，要说得简单一点，那就是“坐寇”。中国百姓一向自称“蚁民”，现在为便于譬喻起见，姑升为牛罢，铁骑一过，茹毛饮血，蹄骨狼藉，倘可避免，他们自然是总想避免的，但如果肯放任他们自啮野草，苟延残喘，挤出乳来将这些“坐寇”喂得饱饱的，后来能够比较的不复狼吞虎咽，则他们就以为如天之福。所区别的只在“流”与“坐”，却并不在“寇”与“王”。试翻明末的野史，就知道北京民心的不安，在李自成入京的时候，是不及他出京之际的利害的。

宋江据有山寨，虽打家劫舍，而劫富济贫，金圣叹却道应该在童贯高俅辈的爪牙之前，一个个俯首受缚，他们想不懂。所以《水浒传》纵然成了断尾巴蜻蜓，乡下人却还要看《武松独手擒方腊》这些戏。

不过这还是先前的事，现在似乎又有了新的经验了。听说四川有一只民谣，大略是“贼来如梳，兵来如篦，官来如剃”的意思。汽车飞艇，价值既远过于大轿马车，租界和外国银行，也是海通以来新添的物事，不但剃尽毛发，就是刮尽筋肉，也永远填不满的。正无怪小百姓将“坐寇”之可怕，放在“流寇”之上了。

事实既然教给了这些，仅存的路，就当然使他们想到了自己的力量。

五月三十一日。

经验

在中国，尤其是在都市里，倘使路上有暴病倒地，或翻车摔伤的人，路人围观或甚至于高兴的人尽有，肯伸手来扶助一下的人却是极少的。

古人所传授下来的经验，有些实在是极可宝贵的，因为它曾经费去许多牺牲，而留给后人很大的益处。

偶然翻翻《本草纲目》，不禁想起了这一点。这一部书，是很普通的书，但里面却含有丰富的宝藏。自然，捕风捉影的记载，也是在所不免的，然而大部分的药品的功用，却由历久的经验，这才能够知道到这程度，而尤其惊人的是关于毒药的叙述。我们一向喜欢恭维古圣人，以为药物是由一个神农皇帝独自尝出来的，他曾经一天遇到过七十二毒，但都有解法，没有毒死。这种传说，现在不能主宰人心了。人们大抵已经知道一切文物，都是历来的无名氏所逐渐的造成。建筑，烹饪，渔猎，耕种，无不如此；医药也如此。这么一想，这事情可就大起来了：大约古人一有病，最初只好这样尝一点，那样尝一点，吃了毒的就死，吃了不相干的就无效，有的竟吃到了对证的就好起来，于是知道这是对于某一种病痛的药。这样地累积下去，乃有草创的纪录，后来渐成为庞大的书，如《本草纲目》就是。而且这书中的所记，又不独是中国的，还有阿剌伯人的经验，有印度人的经验，则先前所用的牺牲之大，更可想而知了。

然而也有经过许多人经验之后，倒给了后人坏影响的，如俗语说“各人自扫门前雪，莫管他家瓦上霜”的便是其一。救急扶伤，一不小心，向来就很容易被人所诬陷，而还有一种坏经验的结果的歌诀，是“衙门八字开，有理无钱莫进来”，于是人们就只要事不干己，还是远远的站开干净。我想，人们在社会里，当初是并不这样彼此漠不相关的，但因豺狼当道，事实上因此出过许多牺牲，后来就自然的都走到这条道路上去了。所以，在中国，尤其是在都市里，倘使路上有暴病倒地，或翻车摔伤的人，路人围观或甚至于高兴的人尽有，肯伸手来扶助一下的人却是极少的。这便是牺牲所换来的坏处。

总之，经验的所得的结果无论好坏，都要很大的牺牲，虽是小事情，也免不掉要付惊人的代价。例如近来有些看报的人，对于什么宣言，通电，讲演，谈话之类，无论它怎样骈四俪六，崇论宏议，也不去注意了，甚而还至于不但不注意，看了倒不过做做嘻笑的资料。这那里有“始制文字，乃服衣裳”一样重要呢，然而这一点点结果，却是牺牲了一大片地面，和许多人的生命财产换来的。生命，那当然是别人的生命，倘是自己，就得不着这经验了。所以一切经验，是只有活人才能有的，我的决不上别人讥刺我怕死，就去自杀或拚命的当，而必须写出这一点来，就为此。而且这也是小小的经验的结果。

六月十二日。

谚语

专制者的反面就是奴才，有权时无所不为，失势时即奴性十足。

粗略的一想，谚语固然好像一时代一国民的意思的结晶，但其实，却不过是一部分的人们的意思。现在就以“各人自扫门前雪，莫管他家瓦上霜”来做例子罢，这乃是被压迫者们的格言，教人要奉公，纳税，输捐，安分，不可怠慢，不可不平，尤其是不要管闲事；而压迫者是不算在内的。

专制者的反面就是奴才，有权时无所不为，失势时即奴性十足。孙皓是特等的暴君，但降晋之后，简直像一个帮闲；宋徽宗在位时，不可一世，而被掳后偏会含垢忍辱。做主子时以一切别人为奴才，则有了主子，一定以奴才自命：这是天经地义，无可动摇的。

所以被压制时，信奉着“各人自扫门前雪，莫管他家瓦上霜”的格言的人物，一旦得势，足以凌人的时候，他的行为就截然不同，变为“各人不扫门前雪，却管他家瓦上霜”了。

二十年来，我们常常看见：武将原是练兵打仗的，且不问他这兵是用以安内或攘外，总之他的“门前雪”是治军，然而他偏来干涉教育，主持道德；教育家原是办学的，无论他成绩如何，总之他的“门前雪”是学务，然而他偏去膜拜“活佛”，绍介国医。小百姓随军充伕，童子军沿门募款。头儿胡行于上，蚁民乱碰于下，结果是各人的门前都不成样，各家的瓦上也一团糟。

女人露出了臂膊和小腿，好像竟打动了贤人们的心，我记得曾有许多人絮絮叨叨，主张禁止过，后来也确有明文禁止了。不料到得今年，却又“衣服蔽体已足，何必前拖后曳，消耗布匹，……顾念时艰，后患何堪设想”起来，四川的营山县长于是就令公安局派队一一剪掉行人的长衣的下截。长衣原是累赘的东西，但以为不穿长衣，或剪去下截，即于“时艰”有补，却是一种特别的经济学。《汉书》上有一句云，“口含天宪”，此之谓也。

某一种人，一定只有这某一种人的思想和眼光，不能越出他本阶级之外。说起来，好像又在提倡什么犯讳的阶级了，然而事实是如此的。谣谚并非全国民的意思，就为了这缘故。古之秀才，自以为无所不晓，于是有“秀才不出门，而知天下事”这自负的漫天大谎，小百姓信以为真，也就渐渐的成了谚语，流行开来。其实是“秀才虽出门，不知天下事”的。秀才只有秀才头脑和秀才眼睛，对于天下事，那里看得分明，想得清楚。清末，因为想“维新”，常派些“人才”出洋去考察，我们现在看看他们的笔记罢，他们最以为奇的是什么馆里的蜡人能够和活人对面下棋。南海圣人康有为，佼佼者也，他周游十一国，一直到得巴尔干，这才悟出外国之所以常有“弑君”之故来了，曰：因为宫墙太矮的缘故。

六月十三日。

上海的儿童

中国中流的家庭，教孩子大抵只有两种法。其一，是任其跋扈，一点也不管，骂人固可，打人亦无不可，在门内或门前是暴主，是霸王，但到外面，便如失了网的蜘蛛一般，立刻毫无能力。其二，是终日给以冷遇或呵斥，甚而至于打扑，使他畏葸退缩，仿佛一个奴才，一个傀儡，然而父母却美其名曰“听话”，自以为是教育的成功，待到放他到外面来，则如暂出樊笼的小禽，他决不会飞鸣，也不会跳跃。

上海越界筑路的北四川路一带，因为打仗，去年冷落了大半年，今年依然热闹了，店铺从法租界搬回，电影院早经开始，公园左近也常见携手同行的爱侣，这是去年夏天所没有的。

倘若走进住家的弄堂里去，就看见便溺器，吃食担，苍蝇成群的在飞，孩子成队的在闹，有剧烈的捣乱，有发达的骂詈，真是一个乱烘烘的小世界。但一到大路上，映进眼帘来的却只是轩昂活泼地玩着走着的外国孩子，中国的儿童几乎看不见了。但也并非没有，只因为衣裤郎当，精神萎靡，被别人压得像影子一样，不能醒目了。

中国中流的家庭，教孩子大抵只有两种法。其一，是任其跋扈，一点也不管，骂人固可，打人亦无不可，在门内或门前是暴主，是霸王，但到外面，便如失了网的蜘蛛一般，立刻毫无能力。其二，是终日给以冷遇或呵斥，甚而至于打扑，使他畏葸退缩，仿佛一个奴才，一个傀儡，然而父母却美其名曰“听话”，自以为是教育的成功，待到放他到外面来，则如暂出樊笼的小禽，他决不会飞鸣，也不会跳跃。

现在总算中国也有印给儿童看的画本了，其中的主角自然是儿童，然而画中人物，大抵倘不是带着横暴冥顽的气味，甚而至于流氓模样的，过度的恶作剧的顽童，就是钩头耸背，低眉顺眼，一副死板板的脸相的所谓“好孩子”。这虽然由于画家本领的欠缺，但也是取儿童为范本的，而从此又以作供给儿童仿效的范本。我们试一看别国的儿童画罢，英国沉着，德国粗豪，俄国雄厚，法国漂亮，日本聪明，都没有一点中国似的衰惫的气象。观民风是不但可以由诗文，也可以由图画，而且可以由不为人们所重的儿童画的。

顽劣，钝滞，都足以使人没落，灭亡。童年的情形，便是将来的命运。我们的新人物，讲恋爱，讲小家庭，讲自立，讲享乐了，但很少有人为儿女提出家庭教育的问题，学校教育的问题，社会改革的问题。先前的人，只知道“为儿孙作马牛”，固然是错误的，但只顾现在，不想将来，“任儿孙作马牛”，却不能不说是一个更大的错误。

八月十二日。

偶成

人民真被治得好像厚皮的，没有感觉的癞象一样了，但正因为成了癞皮，所以又会踏着残酷前进，这也是虎吏和暴君所不及料，而即使料及，也还是毫无办法的。

九月二十日的《申报》上，有一则嘉善地方的新闻，摘录起来，就是——

“本县大窑乡沈和声与子林生，被著匪石塘小弟绑架而去，勒索三万元。沈姓家以中人之产，迁延未决。讵料该帮股匪乃将沈和声父子及苏境方面绑来肉票，在丁棚北，北荡滩地方，大施酷刑。法以布条遍贴背上，另用生漆涂敷，俟其稍干，将布之一端，连皮揭起，则痛彻心肺，哀号呼救，惨不忍闻。时为该处居民目睹，恻然心伤，尽将惨状报告沈姓，速即往赎，否则恐无生还。帮匪手段之酷，洵属骇闻。”

“酷刑”的记载，在各地方的报纸上是时时可以看到的，但我们只在看见时觉得“酷”，不久就忘记了，而实在也真是记不胜记。然而酷刑的方法，却决不是突然就会发明，一定都有它的师承或祖传，例如这石塘小弟所采用的，便是一个古法，见于士大夫未必肯看，而下等人却大抵知道的《说岳全传》一名《精忠传》上，是秦桧要岳飞自认“汉奸”，逼供之际所用的方法，但使用的材料，却是麻条和鱼鳔。我以为生漆之说，是未必的确的，因为这东西很不容易干燥。

“酷刑”的发明和改良者，倒是虎吏和暴君，这是他们唯一的事业，而且也有工夫来考究。这是所以威民，也所以除奸的，然而《老子》说得好，“为之斗斛以量之，则并与斗斛而窃之，……”有被刑的资格的也就来玩一个“剪窃”。张献忠的剥人皮，不是一种骇闻么？但他之前已有一位剥了“逆臣”景清的皮的永乐皇帝在。

奴隶们受惯了“酷刑”的教育，他只知道对人应该用酷刑。

但是，对于酷刑的效果的意见，主人和奴隶们是不一样的。主人及其帮闲们，多是智识者，他能推测，知道酷刑施之于敌对，能够给与怎样的痛苦，所以他会精心结撰，进步起来。奴才们却一定是愚人，他不能“推己及人”，更不能推想一下，就“感同身受”。只要他有权，会采用成法自然也难说，然而他的主意，是没有智识者所测度的那么惨厉的。绥拉菲摩维支在《铁流》里，写农民杀掉了一个贵人的小女儿，那母亲哭得很凄惨，他却诧异道，哭什么呢，我们死掉多少小孩子，一点也没哭过。他不是残酷，他一向不知道人命会这么宝贵，他觉得奇怪了。

奴隶们受惯了猪狗的待遇，他只知道人们无异于猪狗。

用奴隶或半奴隶的幸福者，向来只怕“奴隶造反”，真是无怪的。

要防“奴隶造反”，就更加用“酷刑”，而“酷刑”却因此更到了末路。在现代，枪毙是早已不足为奇了，枭首陈尸，也只能博得民众暂时的鉴赏，而抢劫，绑架，作乱的还是不减少，并且连绑匪也对于别人用起酷刑来了。酷的教育，使人们见酷而不再觉其酷，例如无端杀死几个民众，先前是大家就会嚷起来的，现在却只如见了日常茶饭事。人民真被治得好像厚皮的，没有感觉的癞象一样了，但正因为成了癞皮，所以又会踏着残酷前进，这也是虎吏和暴君所不及料，而即使料及，也还是毫无办法的。

九月二十日。

漫与

如果从奴隶生活中寻出“美”来，赞叹，抚摩，陶醉，那可简直是万劫不复的奴才了。

地质学上的古生代的秋天，我们不大明白了，至于现在，却总是相差无几。假使前年是肃杀的秋天，今年就成了凄凉的秋天，那么，地球的年龄，怕比天文学家所豫测的最短的数目还要短得多多罢。但人事却转变得真快，在这转变中的人，尤其是诗人，就感到了不同的秋，将这感觉，用悲壮的，或凄惋的句子，传给一切平常人，使彼此可以应付过去，而天地间也常有新诗存在。

前年实在好像是一个悲壮的秋天，市民捐钱，青年拚命，笳鼓的声音也从诗人的笔下涌出，仿佛真要“投笔从戎”似的。然而诗人的感觉是锐敏的，他未始不知道国民的赤手空拳，所以只好赞美大家的殉难，因此在悲壮里面，便埋伏着一点空虚。我所记得的，是邵冠华先生的《醒起来罢同胞》（《民国日报》所载）里的一段——

“同胞，醒起来罢，

踢开了弱者的心，

踢开了弱者的脑，

看，看，看，

看同胞们的血喷出来了，

看同胞们的肉割开来了，

看同胞们的尸体挂起来了。”

鼓鼙之声要在前线，当进军的时候，是“作气”的，但尚且要“再而衰，三而竭”，倘在并无进军的准备的处所，那就完全是“散气”的灵丹了，倒使别人的紧张的心情，由此转成弛缓。所以我曾比之于“嚎丧”，是送死的妙诀，是丧礼的收场，从此使生人又可以在别一境界中，安心乐意的活下去。历来的文章中，化“敌”为“皇”，称“逆”为“我朝”，这样的悲壮的文章就是其间的“蝴蝶铰”，但自然，作手是不必同出于一人的。然而从诗人看来，据说这些话乃是一种“狂吠”。

不过事实真也比评论更其不留情面，仅在这短短的两年中，昔之义军，已名“匪徒”，而有些“抗日英雄”，却早已侨寓姑苏了，而且连捐款也发生了问题。九一八的纪念日，则华界但有囚车随着武装巡捕梭巡，这囚车并非“意图”拘禁敌人或汉奸，而是专为“意图乘机捣乱”的“反动分子”所豫设的宝座。天气也真是阴惨，狂风骤雨，报上说是“飓风”，是天地在为中国饮泣，然而在天地之间——人间，这一日却“平安”的过去了。

于是就成了虽然有些惨淡，却很“平安”的秋天，正是一个丧家届了除服之期的景象。但这景象，却又与诗人非常适合的，我在《醒起来罢同胞》的同一作家的《秋的黄昏》（九月二十五日《时事新报》所载）里，听到了幽咽而舒服的声调——

“我到了秋天便会伤感；到了秋天的黄昏，便会流泪，我已很感觉到我的伤感是受着秋风的波动而兴奋地展开，同时自己又像会发现自己的环境是最适合于秋天，细细地抚摩着秋天在自然里发出的音波，我知道我的命运使我成为秋天的人。……”

钉梢，现在中国所流行的，是无赖子对于摩登女郎，和侦探对于革命青年的钉梢，而对于文人学士们，却还很少见。假使追蹑几月或几年试试罢，就会看见许多怎样的情随事迁，到底头头是道的诗人。

一个活人，当然是总想活下去的，就是真正老牌的奴隶，也还在打熬着要活下去。然而自己明知道是奴隶，打熬着，并且不平着，挣扎着，一面“意图”挣脱以至实行挣脱的，即使暂时失败，还是套上了镣铐罢，他却不过是单单的奴隶。如果从奴隶生活中寻出“美”来，赞叹，抚摩，陶醉，那可简直是万劫不复的奴才了，他使自己和别人永远安住于这生活。就因为奴群中有这一点差别，所以使社会有平安和不安的差别，而在文学上，就分明的显现了麻醉的和战斗的的不同。

九月二十七日。

谣言世家

笑里可以有刀，自称酷爱和平的人民，也会有杀人不见血的武器，那就是造谣言。

双十佳节，有一位文学家大名汤增敭先生的，在《时事新报》上给我们讲光复时候的杭州的故事。他说那时杭州杀掉许多驻防的旗人，辨别的方法，是因为旗人叫“九”为“钩”的，所以要他说“九百九十九”，一露马脚，刀就砍下去了。

这固然是颇武勇，也颇有趣的。但是，可惜是谣言。

中国人里，杭州人是比较的文弱的人。当钱大王治世的时候，人民被刮得衣裤全无，只用一片瓦掩着下部，然而还要追捐，除被打得麂一般叫之外，并无贰话。不过这出于宋人的笔记，是谣言也说不定的。但宋明的末代皇帝，带着没落的阔人，和暮气一同滔滔的逃到杭州来，却是事实，苟延残喘，要大家有刚决的气魄，难不难。到现在，西子湖边还多是摇摇摆摆的雅人；连流氓也少有浙东似的“白刀子进红刀子出”的打架。自然，倘有军阀做着后盾，那是也会格外的撒泼的，不过当时实在并无敢于杀人的风气，也没有乐于杀人的人们。我们只要看举了老成持重的汤蛰仙先生做都督，就可以知道是不会流血的了。

不过战事是有的。革命军围住旗营，开枪打进去，里面也有时打出来。然而围得并不紧，我有一个熟人，白天在外面逛，晚上却自进旗营睡觉去了。

虽然如此，驻防军也终于被击溃，旗人降服了，房屋被充公是有的，却并没有杀戮。口粮当然取消，各人自寻生计，开初倒还好，后来就遭灾。

怎么会遭灾的呢？就是发生了谣言。

杭州的旗人一向优游于西子湖边，秀气所钟，是聪明的，他们知道没有了粮，只好做生意，于是卖糕的也有，卖小菜的也有。杭州人是客气的，并不歧视，生意也还不坏。然而祖传的谣言起来了，说是旗人所卖的东西，里面都藏着毒药。这一下子就使汉人避之惟恐不远，但倒是怕旗人来毒自己，并不是自己想去害旗人。结果是他们所卖的糕饼小菜，毫无生意，只得在路边出卖那些不能下毒的家具。家具一完，途穷路绝，就一败涂地了。这是杭州驻防旗人的收场。

笑里可以有刀，自称酷爱和平的人民，也会有杀人不见血的武器，那就是造谣言。但一面害人，一面也害己，弄得彼此懵懵懂懂。古时候无须提起了，即在近五十年来，甲午战败，就说是李鸿章害的，因为他儿子是日本的驸马，骂了他小半世；庚子拳变，又说洋鬼子是挖眼睛的，因为造药水，就乱杀了一大通。下毒学说起于辛亥光复之际的杭州，而复活于近来排日的时候。我还记得每有一回谣言，就总有谁被诬为下毒的奸细，给谁平白打死了。

谣言世家的子弟，是以谣言杀人，也以谣言被杀的。

至于用数目来辨别汉满之法，我在杭州倒听说是出于湖北的荆州的，就是要他们数一二三四，数到“六”字，读作上声，便杀却。但杭州离荆州太远了，这还是一种谣言也难说。

我有时也不大能够分清那句是谣言，那句是真话了。

十月十三日。

世故三昧

人世间真是难处的地方，说一个人“不通世故”，固然不是好话，但说他“深于世故”也不是好话。

人世间真是难处的地方，说一个人“不通世故”，固然不是好话，但说他“深于世故”也不是好话。“世故”似乎也像“革命之不可不革，而亦不可太革”一样，不可不通，而亦不可太通的。

然而据我的经验，得到“深于世故”的恶谥者，却还是因为“不通世故”的缘故。

现在我假设以这样的话，来劝导青年人——

“如果你遇见社会上有不平事，万不可挺身而出，讲公道话，否则，事情倒会移到你头上来，甚至于会被指作反动分子的。如果你遇见有人被冤枉，被诬陷的，即使明知道他是好人，也万不可挺身而出，去给他解释或分辩，否则，你就会被人说是他的亲戚，或得了他的贿赂；倘使那是女人，就要被疑为她的情人的；如果他较有名，那便是党羽。例如我自己罢，给一个毫不相干的女士做了一篇信札集的序，人们就说她是我的小姨；绍介一点科学的文艺理论，人们就说得了苏联的卢布。亲戚和金钱，在目下的中国，关系也真是大，事实给与了教训，人们看惯了，以为人人都脱不了这关系，原也无足深怪的。

“然而，有些人其实也并不真相信，只是说着玩玩，有趣有趣的。即使有人为了谣言，弄得凌迟碎剐，像明末的郑鄤那样了，和自己也并不相干，总不如有趣的紧要。这时你如果去辨正，那就是使大家扫兴，结果还是你自己倒楣。我也有一个经验。那是十多年前，我在教育部里做“官僚”，常听得同事说，某女学校的学生，是可以叫出来嫖的，连机关的地址门牌，也说得明明白白。有一回我偶然走过这条街，一个人对于坏事情，是记性好一点的，我记起来了，便留心着那门牌，但这一号，却是一块小空地，有一口大井，一间很破烂的小屋，是几个山东人住着卖水的地方，决计做不了别用。待到他们又在谈着这事的时候，我便说出我的所见来，而不料大家竟笑容尽敛，不欢而散了，此后不和我谈天者两三月。我事后才悟到打断了他们的兴致，是不应该的。

“所以，你最好是莫问是非曲直，一味附和着大家；但更好是不开口；而在更好之上的是连脸上也不显出心里的是非的模样来……”

这是处世法的精义，只要黄河不流到脚下，炸弹不落在身边，可以保管一世没有挫折的。但我恐怕青年人未必以我的话为然；便是中年，老年人，也许要以为我是在教坏了他们的子弟。呜呼，那么，一片苦心，竟是白费了。

然而倘说中国现在正如唐虞盛世，却又未免是“世故”之谈。耳闻目睹的不算，单是看看报章，也就可以知道社会上有多少不平，人们有多少冤抑。但对于这些事，除了有时或有同业，同乡，同族的人们来说几句呼吁的话之外，利害无关的人的义愤的声音，我们是很少听到的。这很分明，是大家不开口；或者以为和自己不相干；或者连“以为和自己不相干”的意思也全没有。“世故”深到不自觉其“深于世故”，这才真是“深于世故”的了。这是中国处世法的精义中的精义。

而且，对于看了我的劝导青年人的话，心以为非的人物，我还有一下反攻在这里。他是以我为狡猾的。但是，我的话里，一面固然显示着我的狡猾，而且无能，但一面也显示着社会的黑暗。他单责个人，正是最稳妥的办法，倘使兼责社会，可就得站出去战斗了。责人的“深于世故”而避开了“世”不谈，这是更“深于世故”的玩艺，倘若自己不觉得，那就更深更深了，离三昧境盖不远矣。

不过凡事一说，即落言筌，不再能得三昧。说“世故三昧”者，即非“世故三昧”。三昧真谛，在行而不言；我现在一说“行而不言”，却又失了真谛，离三昧境盖益远矣。

一切善知识，心知其意可也，唵！

十月十三日。

家庭为中国之基本

家是我们的生处，也是我们的死所。

中国的自己能酿酒，比自己来种鸦片早，但我们现在只听说许多人躺着吞云吐雾，却很少见有人像外国水兵似的满街发酒疯。唐宋的踢球，久已失传，一般的娱乐是躲在家里彻夜叉麻雀。从这两点看起来，我们在从露天下渐渐的躲进家里去，是无疑的。古之上海文人，已尝慨乎言之，曾出一联，索人属对，道："三鸟害人鸦雀鸽"，"鸽"是彩票，雅号奖券，那时却称为"白鸽票"的。但我不知道后来有人对出了没有。

不过我们也并非满足于现状，是身处斗室之中，神驰宇宙之外，抽鸦片者享乐着幻境，叉麻雀者心仪于好牌。檐下放起爆竹，是在将月亮从天狗嘴里救出；剑仙坐在书斋里，哼的一声，一道白光，千万里外的敌人可被杀掉了，不过飞剑还是回家，钻进原先的鼻孔去，因为下次还要用。这叫做千变万化，不离其宗。所以学校是从家庭里拉出子弟来，教成社会人才的地方，而一闹到不可开交的时候，还是"交家长严加管束"云。

"骨肉归于土，命也；若夫魂气，则无不之也，无不之也！"一个人变了鬼，该可以随便一点了罢，而活人仍要烧一所纸房子，请他住进去，阔气的还有打牌桌，鸦片盘。成仙，这变化是很大的，但是刘太太偏舍不得老家，定要运动到"拔宅飞升"，连鸡犬都带了上去而后已，好依然的管家务，饲狗，喂鸡。

我们的古今人，对于现状，实在也愿意有变化，承认其变化的。变鬼无法，成仙更佳，然而对于老家，却总是死也不肯放。我想，火药只做爆竹，指南针只看坟山，恐怕那原因就在此。

现在是火药蜕化为轰炸弹，烧夷弹，装在飞机上面了，我们却只能坐在家里等他落下来。自然，坐飞机的人是颇有了的，但他那里是远征呢，他为的是可以快点回到家里去。

家是我们的生处，也是我们的死所。

十二月十六日。

观斗

我们中国人总喜欢说自己爱和平，但其实，是爱斗争的，爱看别的东西斗争，也爱看自己们斗争。

我们中国人总喜欢说自己爱和平，但其实，是爱斗争的，爱看别的东西斗争，也爱看自己们斗争。

最普通的是斗鸡，斗蟋蟀，南方有斗黄头鸟，斗画眉鸟，北方有斗鹌鹑，一群闲人们围着呆看，还因此赌输赢。古时候有斗鱼，现在变把戏的会使跳蚤打架。看今年的《东方杂志》，才知道金华又有斗牛，不过和西班牙却两样的，西班牙是人和牛斗，我们是使牛和牛斗。

任他们斗争着，自己不与斗，只是看。

军阀们只管自己斗争着，人民不与闻，只是看。

然而军阀们也不是自己亲身在斗争，是使兵士们相斗争，所以频年恶战，而头儿个个终于是好好的，忽而误会消释了，忽而杯酒言欢了，忽而共同御侮了，忽而立誓报国了，忽而……。不消说，忽而自然不免又打起来了。

然而人民一任他们玩把戏，只是看。

但我们的斗士，只有对于外敌却是两样的：近的，是“不抵抗”，远的，是“负弩前驱”云。

“不抵抗”在字面上已经说得明明白白。“负弩前驱”呢，弩机的制度早已失传了，必须待考古学家研究出来，制造起来，然后能够负，然后能够前驱。

还是留着国产的兵士和现买的军火，自己斗争下去罢。中国的人口多得很，暂时总有一些孑遗在看着的。但自然，倘要这样，则对于外敌，就一定非“爱和平”不可。

一月二十四日。

文学上的折扣

例如戏台上走出四个拿刀的瘦伶仃的小戏子，我们就知道这是十万精兵；刊物上登载一篇俨乎其然的像煞有介事的文章，我们就知道字里行间还有看不见的鬼把戏。

有一种无聊小报，以登载诬蔑一部分人的小说自鸣得意，连姓名也都给以影射的，忽然对于投稿，说是“如含攻讦个人或团体性质者恕不揭载”了，便不禁想到了一些事——

凡我所遇见的研究中国文学的外国人中，往往不满于中国文章之夸大。这真是虽然研究中国文学，恐怕到死也还不会懂得中国文学的外国人。倘是我们中国人，则只要看过几百篇文章，见过十来个所谓“文学家”的行径，又不是刚刚“从民间来”的老实青年，就决不会上当。因为我们惯熟了，恰如钱店伙计的看见钞票一般，知道什么是通行的，什么是该打折扣的，什么是废票，简直要不得。

譬如说罢，称赞贵相是“两耳垂肩”，这时我们便至少将他打一个对折，觉得比通常也许大一点，可是决不相信他的耳朵像猪猡一样。说愁是“白发三千丈”，这时我们便至少将他打一个二万扣，以为也许有七八尺，但决不相信它会盘在顶上像一个大草囤。这种尺寸，虽然有些模胡，不过总不至于相差太远。反之，我们也能将少的增多，无的化有，例如戏台上走出四个拿刀的瘦伶仃的小戏子，我们就知道这是十万精兵；刊物上登载一篇俨乎其然的像煞有介事的文章，我们就知道字里行间还有看不见的鬼把戏。

又反之，我们并且能将有的化无，例如什么“枕戈待旦”呀，“卧薪尝胆”呀，“尽忠报国”呀，我们也就即刻会看成白纸，恰如还未定影的照片，遇到了日光一般。

但这些文章，我们有时也还看。苏东坡贬黄州时，无聊之至，有客来，便要他谈鬼。客说没有。东坡道：“你姑且胡说一通罢。”我们的看，也不过这意思。但又可知道社会上有这样的东西，是费去了多少无聊的眼力。人们往往以为打牌，跳舞有害，实则这种文章的害还要大，因为一不小心，就会给它教成后天的低能儿的。

《颂》诗早已拍马，《春秋》已经隐瞒，战国时谈士蜂起，不是以危言耸听，就是以美词动听，于是夸大，装腔，撒谎，层出不穷。现在的文人虽然改著了洋服，而骨髓里却还埋着老祖宗，所以必须取消或折扣，这才显出几分真实。

“文学家”倘不用事实来证明他已经改变了他的夸大，装腔，撒谎……的老脾气，则即使对天立誓，说是从此要十分正经，否则天诛地灭，也还是徒劳的。因为我们也早已看惯了许多家都钉着“假冒王麻子灭门三代”的金漆牌子的了，又何况他连小尾巴也还在摇摇摇呢。

三月十二日。

中国人的生命圈

但这一番话，阔人们是不以为然的，因为他们不但有飞机，还有他们的“外国”！

“蝼蚁尚知贪生”，中国百姓向来自称“蚁民”，我为暂时保全自己的生命计，时常留心着比较安全的处所，除英雄豪杰之外，想必不至于讥笑我的罢。

不过，我对于正面的记载，是不大相信的，往往用一种另外的看法。例如罢，报上说，北平正在设备防空，我见了并不觉得可靠；但一看见载着古物的南运，却立刻感到古城的危机，并且由这古物的行踪，推测中国乐土的所在。

现在，一批一批的古物，都集中到上海来了，可见最安全的地方，到底也还是上海的租界上。

然而，房租是一定要贵起来的了。

这在“蚁民”，也是一个大打击，所以还得想想另外的地方。

想来想去，想到了一个“生命圈”。这就是说，既非“腹地”，也非“边疆”，是介乎两者之间，正如一个环子，一个圈子的所在，在这里倒或者也可以“苟延性命于 × 世”的。

“边疆”上是飞机抛炸弹。据日本报，说是在剿灭“兵匪”；据中国报，说是屠戮了人民，村落市廛，一片瓦砾。“腹地”里也是飞机抛炸弹。据上海报，说是在剿灭“共匪”，他们被炸得一塌胡涂；“共匪”的报上怎么说呢，我们可不知道。但总而言之，边疆上是炸，炸，炸；腹地里也是炸，炸，炸。虽然一面是别人炸，一面是自己炸，炸手不同，而被炸则一。只有在这两者之间的，只要炸弹不要误行落下来，倒还有可免“血肉横飞”的希望，所以我名之曰“中国人的生命圈”。

再从外面炸进来，这“生命圈”便收缩而为“生命线”；再炸进来，大家便都逃进那炸好了的“腹地”里面去，这“生命圈”便完结而为“生命○”。

其实，这预感是大家都有的，只要看这一年来，文章上不大见有“我中国地大物博，人口众多”的套话了，便是一个证据。而有一位先生，还在演说上自己说中国人是“弱小民族”哩。

但这一番话，阔人们是不以为然的，因为他们不但有飞机，还有他们的“外国”！

四月十日。

不负责任的坦克车

高等人向来就善于躲在厚厚的东西后面来杀人的。

新近报上说，江西人第一次看了坦克车。自然，江西人的眼福很好。然而也有人惴惴然，唯恐又要掏腰包，报效坦克捐。我倒记起了另外一件事：

有一个自称姓“张”的说过，“我是拥护言论不自由者……唯其言论不自由，才有好文章做出来，所谓冷嘲，讽刺，幽默和其他形形色色，不敢负言论责任的文体，在压迫钳制之下，都应运产生出来了。”这所谓不负责任的文体，不知道比坦克车怎样？

讽刺等类为什么是不负责任，我可不知道。然而听人议论“风凉话”怎么不行，“冷箭”怎么射死了天才，倒也多年了。既然多年，似乎就很有道理。大致是骂人不敢充好汉，胆小。其实，躲在厚厚的铁板——坦克车里面，砰砰碰碰的轰炸，是着实痛快得多，虽然也似乎并不胆大。

高等人向来就善于躲在厚厚的东西后面来杀人的。古时候有厚厚的城墙，为的要防备盗匪和流寇。现在就有钢马甲，铁甲车，坦克车。就是保障“民国”和私产的法律，也总是厚厚的一大本。甚至于自天子以至卿大夫的棺材，也比庶民的要厚些。至于脸皮的厚，也是合于古礼的。

独有下等人要这么自卫一下，就要受到“不负责任”等类的嘲笑：

“你敢出来！出来！躲在背后说风凉话不算好汉！”

但是，如果你上了他的当，真的赤膊奔上前阵，像许褚似的充好汉，那他那边立刻就会给你一枪，老实不客气，然后，再学着金圣叹批《三国演义》的笔法，骂一声“谁叫你赤膊的”——活该。总之，死活都有罪。足见做人实在很难，而做坦克车要容易得多。

五月六日。

夜颂

人的言行，在白天和在深夜，在日下和在灯前，常常显得两样。

爱夜的人，也不但是孤独者，有闲者，不能战斗者，怕光明者。

人的言行，在白天和在深夜，在日下和在灯前，常常显得两样。夜是造化所织的幽玄的天衣，普覆一切人，使他们温暖，安心，不知不觉的自己渐渐脱去人造的面具和衣裳，赤条条地裹在这无边际的黑絮似的大块里。

虽然是夜，但也有明暗。有微明，有昏暗，有伸手不见掌，有漆黑一团糟。爱夜的人要有听夜的耳朵和看夜的眼睛，自在暗中，看一切暗。君子们从电灯下走入暗室中，伸开了他的懒腰；爱侣们从月光下走进树阴里，突变了他的眼色。夜的降临，抹杀了一切文人学士们当光天化日之下，写在耀眼的白纸上的超然，混然，恍然，勃然，粲然的文章，只剩下乞怜，讨好，撒谎，骗人，吹牛，捣鬼的夜气，形成一个灿烂的金色的光圈，像见于佛画上面似的，笼罩在学识不凡的头脑上。

爱夜的人于是领受了夜所给与的光明。

高跟鞋的摩登女郎在马路边的电光灯下，阁阁的走得很起劲，但鼻尖也闪烁着一点油汗，在证明她是初学的时髦，假如长在明晃晃的照耀中，将使她碰着“没落”的命运。一大排关着的店铺的昏暗助她一臂之力，使她放缓开足的马力，吐一口气，这时才觉得沁人心脾的夜里的拂拂的凉风。

爱夜的人和摩登女郎，于是同时领受了夜所给与的恩惠。

一夜已尽，人们又小心翼翼的起来，出来了；便是夫妇们，面目和五六点钟之前也何其两样。从此就是热闹，喧嚣。而高墙后面，大厦中间，深闺里，黑狱里，客室里，秘密机关里，却依然弥漫着惊人的真的大黑暗。

现在的光天化日，熙来攘往，就是这黑暗的装饰，是人肉酱缸上的金盖，是鬼脸上的雪花膏。只有夜还算是诚实的。我爱夜，在夜间作《夜颂》。

六月八日。

我谈“堕民”

就是为了一点点犒赏，不但安于做奴才，而且还要做更广泛的奴才，还得出钱去买做奴才的权利，这是堕民以外的自由人所万想不到的罢。

六月二十九日的《自由谈》里，唐弢先生曾经讲到浙东的堕民，并且据《堕民猥谈》之说，以为是宋将焦光瓒的部属，因为降金，为时人所不齿，至明太祖，乃榜其门曰“丐户”，此后他们遂在悲苦和被人轻蔑的环境下过着日子。

我生于绍兴，堕民是幼小时候所常见的人，也从父老的口头，听到过同样的他们所以成为堕民的缘起。但后来我怀疑了。因为我想，明太祖对于元朝，尚且不肯放肆，他是决不会来管隔一朝代的降金的宋将的；况且看他们的职业，分明还有“教坊”或“乐户”的余痕，所以他们的祖先，倒是明初的反抗洪武和永乐皇帝的忠臣义士也说不定。还有一层，是好人的子孙会吃苦，卖国者的子孙却未必变成堕民的，举出最近便的例子来，则岳飞的后裔还在杭州看守岳王坟，可是过着很穷苦悲惨的生活，然而秦桧，严嵩……的后人呢？……

不过我现在并不想翻这样的陈年账。我只要说，在绍兴的堕民，是一种已经解放了的奴才，这解放就在雍正年间罢，也说不定。所以他们是已经都有别的职业的了，自然是贱业。男人们是收旧货，卖鸡毛，捉青蛙，做戏；女的则每逢过年过节，到她所认为主人的家里去道喜，有庆吊事情就帮忙，在这里还留着奴才的皮毛，但事毕便走，而且有颇多的犒赏，就可见是曾经解放过的了。

每一家堕民所走的主人家是有一定的，不能随便走；婆婆死了，就使儿媳妇去，传给后代，恰如遗产的一般；必须非常贫穷，将走动的权利卖给了别人，这才和旧主人断绝了关系。假使你无端叫她不要来了，那就是等于给与她重大的侮辱。我还记得民国革命之后，我的母亲曾对一个堕民的女人说，“以后我们都一样了，你们可以不要来了。”不料她却勃然变色，愤愤的回答道：“你说的是什么话？……我们是千年万代，要走下去的！”

就是为了一点点犒赏，不但安于做奴才，而且还要做更广泛的奴才，还得出钱去买做奴才的权利，这是堕民以外的自由人所万想不到的罢。

七月三日。

中国的奇想

然而我们新近又有了一个大奇想。那是一面救国，一面又可以发财。

外国人不知道中国，常说中国人是专重实际的。其实并不，我们中国人是最有奇想的人民。

无论古今，谁都知道，一个男人有许多女人，一味纵欲，后来是不但天天喝三鞭酒也无效，简直非“寿（？）终正寝”不可的。可是我们古人有一个大奇想，是靠了“御女”，反可以成仙，例子是彭祖有多少女人而活到几百岁。这方法和炼金术一同流行过，古代书目上还剩着各种的书名。不过实际上大约还是到底不行罢，现在似乎再没有什么人们相信了，这对于喜欢渔色的英雄，真是不幸得很。

然而还有一种小奇想。那就是哼的一声，鼻孔里放出一道白光，无论路的远近，将仇人或敌人杀掉。白光可又回来了，摸不着是谁杀的，既然杀了人，又没有麻烦，多么舒适自在。这种本领，前年还有人想上武当山去寻求，直到去年，这才用大刀队来替代了这奇想的位置。现在是连大刀队的名声也寂寞了。对于爱国的英雄，也是十分不幸的。

然而我们新近又有了一个大奇想。那是一面救国，一面又可以发财，虽然各种彩票，近似赌博，而发财也不过是“希望”。不过这两种已经关联起来了却是真的。固然，世界上也有靠聚赌抽头来维持的摩那科王国，但就常理说，则赌博大概是小则败家，大则亡国；救国呢，却总不免有一点牺牲，至少，和发财之路总是相差很远的。然而发见了一致之点的是我们现在的中国，虽然还在试验的途中。

然而又还有一种小奇想。这回不用一道白光了，要用几回启事，几封匿名的信件，几篇化名的文章，使仇头落地，而血点一些也不会溅着自己的洋房和洋服。并且映带之下，使自己成名获利。这也还在试验的途中，不知道结果怎么样，但翻翻现成的文艺史，看不见半个这样的人物，那恐怕也还是枉用心机的。

狂赌救国，纵欲成仙，袖手杀敌，造谣买田，倘有人要编续《龙文鞭影》的，我以为不妨添上这四句。

八月四日。

踢

我们也真是善于“忍辱负重”的人民，只要不“落浦”，就大抵用一句滑稽化的话道：“吃了一只外国火腿”，一笑了之。

两月以前，曾经说过“推”，这回却又来了“踢”。

本月九日《申报》载六日晚间，有漆匠刘明山，杨阿坤，顾洪生三人在法租界黄浦滩太古码头纳凉，适另有数人在左近聚赌，由巡逻警察上前驱逐，而刘，顾两人，竟被俄捕弄到水里去，刘明山竟淹死了。由俄捕说，自然是“自行失足落水”的。但据顾洪生供，却道：“我与刘，杨三人，同至太古码头乘凉，刘坐铁凳下地板上，……我立在旁边，……俄捕来先踢刘一脚，刘已立起要避开，又被踢一脚，以致跌入浦中，我要拉救，已经不及，乃转身拉住俄捕，亦被用手一推，我亦跌下浦中，经人救起的。”推事问：“为什么要踢他？”答曰：“不知。”

“推”还要抬一抬手，对付下等人是犯不着如此费事的，于是乎有“踢”。而上海也真有“踢”的专家，有印度巡捕，有安南巡捕，现在还添了白俄巡捕，他们将沙皇时代对犹太人的手段，到我们这里来施展了。我们也真是善于“忍辱负重”的人民，只要不“落浦”，就大抵用一句滑稽化的话道：“吃了一只外国火腿”，一笑了之。

苗民大败之后，都往山里跑，这是我们的先帝轩辕氏赶他的。南宋败残之余，就往海边跑，这据说也是我们的先帝成吉思汗赶他的，赶到临了，就是陆秀夫背着小皇帝，跳进海里去。我们中国人，原是古来就要“自行失足落水”的。

有些慷慨家说，世界上只有水和空气给与穷人。此说其实是不确的，穷人在实际上，那里能够得到和大家一样的水和空气。即使在码头上乘乘凉，也会无端被“踢”，送掉性命的：落浦。要救朋友，或拉住凶手罢，“也被用手一推”：也落浦。如果大家来相帮，那就有“反帝”的嫌疑了，“反帝”原未为中国所禁止的，然而要预防“反动分子乘机捣乱”，所以结果还是免不了“踢”和“推”，也就是终于是落浦。

时代在进步，轮船飞机，随处皆是，假使南宋末代皇帝而生在今日，是决不至于落海的了，他可以跑到外国去，而小百姓以“落浦”代之。

这理由虽然简单，却也复杂，故漆匠顾洪生曰：“不知。”

八月十日。

“中国文坛的悲观”

历史决不倒退，文坛是无须悲观的。悲观的由来，是在置身事外不辨是非，而偏要关心于文坛，或者竟是自己坐在没落的营盘里。

文雅书生中也真有特别善于下泪的人物，说是因为近来中国文坛的混乱，好像军阀割据，便不禁“呜呼”起来了，但尤其痛心诬陷。

其实是作文“藏之名山”的时代一去，而有一个“坛”，便不免有斗争，甚而至于谩骂，诬陷的。明末太远，不必提了；清朝的章实斋和袁子才，李莼客和赵㧑叔，就如水火之不可调和；再近些，则有《民报》和《新民丛报》之争，《新青年》派和某某派之争，也都非常猛烈。当初又何尝不使局外人摇头叹气呢，然而胜负一明，时代渐远，战血为雨露洗得干干净净，后人便以为先前的文坛是太平了。在外国也一样，我们现在大抵只知道嚣俄和霍普德曼是卓卓的文人，但当时他们的剧本开演的时候，就在戏场里捉人，打架，较详的文学史上，还载着打架之类的图。

所以，无论中外古今，文坛上是总归有些混乱，使文雅书生看得要“悲观”的。但也总归有许多所谓文人和文章也者一定灭亡，只有配存在者终于存在，以证明文坛也总归还是干净的处所。增加混乱的倒是有些悲观论者，不施考察，不加批判，但用“彼亦一是非，此亦一是非”的论调，将一切作者，诋为“一丘之貉”。这样子，扰乱是永远不会收场的。然而世间却并不都这样，一定会有明明白白的是非之别，我们试想一想，林琴南攻击文学革命的小说，为时并不久，现在那里去了？

只有近来的诬陷，倒像是颇为出色的花样，但其实也并不比古时候更厉害，证据是清初大兴文字之狱的遗闻。况且闹这样玩意的，其实并不完全是文人，十中之九，乃是挂了招牌，而无货色，只好化为黑店，出卖人肉馒头的小盗；即使其中偶然有曾经弄过笔墨的人，然而这时却正是露出原形，在告白他自己的没落，文坛决不因此混乱，倒是反而越加清楚，越加分明起来了。

历史决不倒退，文坛是无须悲观的。悲观的由来，是在置身事外不辨是非，而偏要关心于文坛，或者竟是自己坐在没落的营盘里。

八月十日。

拿来主义

没有拿来的，人不能自成为新人，没有拿来的，文艺不能自成为新文艺。

中国一向是所谓“闭关主义”，自己不去，别人也不许来。自从给枪炮打破了大门之后，又碰了一串钉子，到现在，成了什么都是“送去主义”了。别的且不说罢，单是学艺上的东西，近来就先送一批古董到巴黎去展览，但终“不知后事如何”；还有几位“大师”们捧着几张古画和新画，在欧洲各国一路的挂过去，叫作“发扬国光”。听说不远还要送梅兰芳博士到苏联去，以催进“象征主义”，此后是顺便到欧洲传道。我在这里不想讨论梅博士演艺和象征主义的关系，总之，活人替代了古董，我敢说，也可以算得显出一点进步了。

但我们没有人根据了“礼尚往来”的仪节，说道：拿来！

当然，能够只是送出去，也不算坏事情，一者见得丰富，二者见得大度。尼采就自诩过他是太阳，光热无穷，只是给与，不想取得。然而尼采究竟不是太阳，他发了疯。中国也不是，虽然有人说，掘起地下的煤来，就足够全世界几百年之用。但是，几百年之后呢？几百年之后，我们当然是化为魂灵，或上天堂，或落了地狱，但我们的子孙是在的，所以还应该给他们留下一点礼品。要不然，则当佳节大典之际，他们拿不出东西来，只好磕头贺喜，讨一点残羹冷炙做奖赏。

这种奖赏，不要误解为“抛来”的东西，这是“抛给”的，说得冠冕些，可以称之为“送来”，我在这里不想举出实例。

我在这里也并不想对于“送去”再说什么，否则太不“摩登”了。我只想鼓吹我们再吝啬一点，“送去”之外，还得“拿来”，是为“拿来主义”。

但我们被“送来”的东西吓怕了。先有英国的鸦片，德国的废枪炮，后有法国的香粉，美国的电影，日本的印着“完全国货”的各种小东西。于是连清醒的青年们，也对于洋货发生了恐怖。其实，这正是因为那是“送来”的，而不是“拿来”的缘故。

所以我们要运用脑髓，放出眼光，自己来拿！

譬如罢，我们之中的一个穷青年，因为祖上的阴功（姑且让我这么说说罢），得了一所大宅子，且不问他是骗来的，抢来的，或合法继承的，或是做了女婿换来的。那么，怎么办呢？我想，首先是不管三七二十一，“拿来”！但是，如果反对这宅子的旧主人，怕给他的东西染污了，徘徊不敢走进门，是孱头；勃然大怒，放一把火烧光，算是保存自己的清白，则是昏蛋。不过因为原是羡慕这宅子的旧主人的，而这回接受一切，欣欣然的蹩进卧室，大吸剩下的鸦片，那当然更是废物。“拿来主义”者是全不这样的。

他占有，挑选。看见鱼翅，并不就抛在路上以显其“平民化”，只要有养料，也和朋友们像萝卜白菜一样的吃掉，只不用它来宴大宾；看见鸦片，也不当众摔在毛厕里，以见其彻底革命，只送到药房里去，以供治病之用，却不弄“出售存膏，售完即止”的玄虚。只有烟枪和烟灯，虽然形式和印度，波斯，阿剌伯的烟具都不同，确可以算是一种国粹，倘使背着周游世界，一定会有人看，但我想，除了送一点进博物馆之外，其余的是大可以毁掉的了。还有一群姨太太，也大以请她们各自走散为是，要不然，“拿来主义”怕未免有些危机。

总之，我们要拿来。我们要或使用，或存放，或毁灭。那么，主人是新主人，宅子也就会成为新宅子。然而首先要这人沉着，勇猛，有辨别，不自私。没有拿来的，人不能自成为新人，没有拿来的，文艺不能自成为新文艺。

六月四日。

中国语文的新生

即使艰难，也还要做；愈艰难，就愈要做。改革，是向来没有一帆风顺的。

中国现在的所谓中国字和中国文，已经不是中国大家的东西了。

古时候，无论那一国，能用文字的原是只有少数的人的，但到现在，教育普及起来，凡是称为文明国者，文字已为大家所公有。但我们中国，识字的却大概只占全人口的十分之二，能作文的当然还要少。这还能说文字和我们大家有关系么？

也许有人要说，这十分之二的特别国民，是怀抱着中国文化，代表着中国大众的。我觉得这话并不对。这样的少数，并不足以代表中国人。正如中国人中，有吃燕窝鱼翅的人，有卖红丸的人，有拿回扣的人，但不能因此就说一切中国人，都在吃燕窝鱼翅，卖红丸，拿回扣一样。要不然，一个郑孝胥，真可以把全副“王道”挑到满洲去。

我们倒应该以最大多数为根据，说中国现在等于并没有文字。

这样的一个连文字也没有的国度，是在一天一天的坏下去了。我想，这可以无须我举例。

单在没有文字这一点上，智识者是早就感到模胡的不安的。清末的办白话报，五四时候的叫“文学革命”，就为此。但还只知道了文章难，没有悟出中国等于并没有文字。今年的提倡复兴文言文，也为此，他明知道现在的机关枪是利器，却因历来偷懒，未曾振作，临危又想侥幸，就只好梦想大刀队成事了。

大刀队的失败已经显然，只有两年，已没有谁来打九十九把钢刀去送给军队。但文言队的显出不中用来，是很慢，很隐的，它还有寿命。

和提倡文言文的开倒车相反，是目前的大众语文的提倡，但也还没有碰到根本的问题：中国等于并没有文字。待到拉丁化的提议出现，这才抓住了解决问题的紧要关键。

反对，当然大大的要有的，特殊人物的成规，动他不得。格理莱倡地动说，达尔文说进化论，摇动了宗教，道德的基础，被攻击原是毫不足怪的；但哈飞发见了血液在人身中环流，这和一切社会制度有什么关系呢，却也被攻击了一世。然而结果怎样？结果是：血液在人身中环流！

中国人要在这世界上生存，那些识得《十三经》的名目的学者，“灯红”会对“酒绿”的文人，并无用处，却全靠大家的切实的智力，是明明白白的。那么，倘要生存，首先就必须除去阻碍传布智力的结核：非语文和方块字。如果不想大家来给旧文字做牺牲，就得牺牲掉旧文字。走那一面呢，这并非如冷笑家所指摘，只是拉丁化提倡者的成败，乃是关于中国大众的存亡的。要得实证，我看也不必等候怎么久。

至于拉丁化的较详的意见，我是大体和《自由谈》连载的华圉作《门外文谈》相近的，这里不多说。我也同意于一切冷笑家所冷嘲的大众语的前途的艰难；但以为即使艰难，也还要做；愈艰难，就愈要做。改革，是向来没有一帆风顺的，冷笑家的赞成，是在见了成效之后，如果不信，可看提倡白话文的当时。

九月二十四日。

中国人失掉自信力了吗

我们从古以来，就有埋头苦干的人，有拚命硬干的人，有为民请命的人，有舍身求法的人，……虽是等于为帝王将相作家谱的所谓“正史”，也往往掩不住他们的光耀，这就是中国的脊梁。

从公开的文字上看起来：两年以前，我们总自夸着“地大物博”，是事实；不久就不再自夸了，只希望着国联，也是事实；现在是既不夸自己，也不信国联，改为一味求神拜佛，怀古伤今了——却也是事实。

于是有人慨叹曰：中国人失掉自信力了。

如果单据这一点现象而论，自信其实是早就失掉了的。先前信“地”，信“物”，后来信“国联”，都没有相信过“自己”。假使这也算一种“信”，那也只能说中国人曾经有过“他信力”，自从对国联失望之后，便把这他信力都失掉了。

失掉了他信力，就会疑，一个转身，也许能够只相信了自己，倒是一条新生路，但不幸的是逐渐玄虚起来了。信“地”和“物”，还是切实的东西，国联就渺茫，不过这还可以令人不久就省悟到依赖它的不可靠。一到求神拜佛，可就玄虚之至了，有益或是有害，一时就找不出分明的结果来，它可以令人更长久的麻醉着自己。

中国人现在是在发展着“自欺力”。

“自欺”也并非现在的新东西，现在只不过日见其明显，笼罩了一切罢了。然而，在这笼罩之下，我们有并不失掉自信力的中国人在。

我们从古以来，就有埋头苦干的人，有拚命硬干的人，有为民请命的人，有舍身求法的人，……虽是等于为帝王将相作家谱的所谓“正史”，也往往掩不住他们的光耀，这就是中国的脊梁。

这一类的人们，就是现在也何尝少呢？他们有确信，不自欺；他们在前仆后继的战斗，不过一面总在被摧残，被抹杀，消灭于黑暗中，不能为大家所知道罢了。说中国人失掉了自信力，用以指一部分人则可，倘若加于全体，那简直是诬蔑。

要论中国人，必须不被搽在表面的自欺欺人的脂粉所诓骗，却看看他的筋骨和脊梁。自信力的有无，状元宰相的文章是不足为据的，要自己去看地底下。

九月二十五日。

病后杂谈

不过中国的有一些士大夫，总爱无中生有，移花接木的造出故事来，他们不但歌颂升平，还粉饰黑暗。

一

生一点病，的确也是一种福气。不过这里有两个必要条件：一要病是小病，并非什么霍乱吐泻，黑死病，或脑膜炎之类；二要至少手头有一点现款，不至于躺一天，就饿一天。这二者缺一，便是俗人，不足与言生病之雅趣的。

我曾经爱管闲事，知道过许多人，这些人物，都怀着一个大愿。大愿，原是每个人都有的，不过有些人却模模胡胡，自己抓不住，说不出。他们中最特别的有两位：一位是愿天下的人都死掉，只剩下他自己和一个好看的姑娘，还有一个卖大饼的；另一位是愿秋天薄暮，吐半口血，两个侍儿扶着，恹恹的到阶前去看秋海棠。这种志向，一看好像离奇，其实却照顾得很周到。第一位姑且不谈他罢，第二位的“吐半口血”，就有很大的道理。才子本来多病，但要“多”，就不能重，假使一吐就是一碗或几升，一个人的血，能有几回好吐呢？过不几天，就雅不下去了。

我一向很少生病，上月却生了一点点。开初是每晚发热，没有力，不想吃东西，一礼拜不肯好，只得看医生。医生说是流行性感冒。好罢，就是流行性感冒。但过了流行性感冒一定退热的时期，我的热却还不退。医生从他那大皮包里取出玻璃管来，要取我的血液，我知道他在疑心我生伤寒病了，自己也有些发愁。然而他第二天对我说，血里没有一粒伤寒菌；于是注意的听肺，平常；听心，上等。这似乎很使他为难。我说，也许是疲劳罢；他也不甚反对，只是沉吟着说，但是疲劳的发热，还应该低一点。……

好几回检查了全体，没有死症，不至于呜呼哀哉是明明白白的，不过是每晚发热，没有力，不想吃东西而已，这真无异于“吐半口血”，大可享生病之福了。因为既不必写遗嘱，又没有大痛苦，然而可以不看正经书，不管柴米账，玩他几天，名称又好听，叫作“养病”。从这一天起，我就自己觉得好像有点儿“雅”了；那一位愿吐半口血的才子，也就是那时躺着无事，忽然记了起来的。

光是胡思乱想也不是事，不如看点不劳精神的书，要不然，也不成其为“养病”。像这样的时候，我赞成中国纸的线装书，这也就是有点儿“雅”起来了的证据。洋装书便于插架，便于保存，现在不但有洋装二十五六史，连《四部备要》也硬领而皮靴了，——原是不为无见的。但看洋装书要年富力强，正襟危坐，有严肃的态度。假使你躺着看，那就好像两只手捧着一块大砖头，不多工夫，就两臂酸麻，只好叹一口气，将它放下。所以，我在叹气之后，就去寻线装书。

一寻，寻到了久不见面的《世说新语》之类一大堆，躺着来看，轻飘飘的毫不费力了，魏晋人的豪放潇洒的风姿，也仿佛在眼前浮动。由此想起阮嗣宗的听到步兵厨善于酿酒，就求为步兵校尉；陶渊明的做了彭泽令，就教官田都种秫，以便做酒，因了太太的抗议，这才种了一点秔。这真是天趣盎然，决非现在的“站在云端里呐喊”者们所能望其项背。但是，“雅”要想到适可而止，再想便不行。例如阮嗣宗可以求做步兵校尉，陶渊明补了彭泽令，他们的地位，就不是一个平常人，要“雅”，也还是要地位。“采菊东篱下，悠然见南山”是渊明的好句，但我们在上海学起来可就难了。没有南山，我们还可以改作“悠然见洋房”或“悠然见烟囱”的，然而要租一所院子里有点竹篱，可以种菊的房子，租钱就每月总得一百两，水电在外；巡捕捐按房租百分之十四，每月十四两。单是这两项，每月就是一百十四两，每两作一元四角算，等于一百五十九元六。近来的文稿又不值钱，每千字最低的只有四五角，因为是学陶渊明的雅人的稿子，现在算他每千字三大元罢，但标点，洋文，空白除外。那么，单单为了采菊，他就得每月译作净五万三千二百字。吃饭呢？要另外想法子生发，否则，他只好“饥来驱我去，不知竟何之”了。

“雅”要地位，也要钱，古今并不两样的，但古代的买雅，自然比现在便宜；办法也并不两样，书要摆在书架上，或者抛几本在地板上，酒杯要摆在桌子上，但算盘却要收在抽屉里，或者最好是在肚子里。

此之谓“空灵”。

二

为了“雅”，本来不想说这些话的。后来一想，这于“雅”并无伤，不过是在证明我自己的“俗”。王夷甫口不言钱，还是一个不干不净人物，雅人打算盘，当然也无损其为雅人。不过他应该有时收起算盘，或者最妙是暂时忘却算盘，那么，那时的一言一笑，就都是灵机天成的一言一笑，如果念念不忘世间的利害，那可就成为“杭育杭育派”了。这关键，只在一者能够忽而放开，一者却是永远执着，因此也就大有了雅俗和高下之分。我想，这和时而“敦伦”者不失为圣贤，连白天也在想女人的就要被称为“登徒子”的道理，大概是一样的。

所以我恐怕只好自己承认“俗”，因为随手翻了一通《世说新语》，看过“娵隅跃清池”的时候，千不该万不该的竟从“养病”想到“养病费”上去了，于是一骨碌爬起来，写信讨版税，催稿费。写完之后，觉得和魏晋人有点隔膜，自己想，假使此刻有阮嗣宗或陶渊明在面前出现，我们也一定谈不来的。于是另换了几本书，大抵是明末清初的野史，时代较近，看起来也许较有趣味。第一本拿在手里的是《蜀碧》。

这是蜀宾从成都带来送我的，还有一部《蜀龟鉴》，都是讲张献忠祸蜀的书，其实是不但四川人，而是凡有中国人都该翻一下的著作，可惜刻的太坏，错字颇不少。翻了一遍，在卷三里看见了这样的一条——

“又，剥皮者，从头至尻，一缕裂之，张于前，如鸟展翅，率逾日始绝。有即毙者，行刑之人坐死。”

也还是为了自己生病的缘故罢，这时就想到了人体解剖。医术和虐刑，是都要生理学和解剖学智识的。中国却怪得很，固有的医书上的人身五脏图，真是草率错误到见不得人，但虐刑的方法，则往往好像古人早懂得了现代的科学。例如罢，谁都知道从周到汉，有一种施于男子的“宫刑”，也叫“腐刑”，次于“大辟”一等。对于女性就叫“幽闭”，向来不大有人提起那方法，但总之，是决非将她关起来，或者将它缝起来。近时好像被我查出一点大概来了，那办法的凶恶，妥当，而又合乎解剖学，真使我不得不吃惊。但妇科的医书呢？几乎都不明白女性下半身的解剖学的构造，他们只将肚子看作一个大口袋，里面装着莫名其妙的东西。

单说剥皮法，中国就有种种。上面所抄的是张献忠式；还有孙可望式，见于屈大均的《安龙逸史》，也是这回在病中翻到的。其时是永历六年，即清顺治九年，永历帝已经躲在安隆（那时改为安龙），秦王孙可望杀了陈邦传父子，御史李如月就弹劾他“擅杀勋将，无人臣礼”，皇帝反打了如月四十板。可是事情还不能完，又给孙党张应科知道了，就去报告了孙可望。

“可望得应科报，即令应科杀如月，剥皮示众。俄缚如月至朝门，有负石灰一筐，稻草一捆，置于其前。如月问，‘如何用此？’其人曰，‘是揎你的草！’如月叱曰，‘瞎奴！此株株是文章，节节是忠肠也！’既而应科立右角门阶，捧可望令旨，喝如月跪。如月叱曰，‘我是朝廷命官，岂跪贼令！？’乃步至中门，向阙再拜。……应科促令仆地，剖脊，及臀，如月大呼曰：‘死得快活，浑身清凉！’又呼可望名，大骂不绝。及断至手足，转前胸，犹微声恨骂；至颈绝而死。随以灰渍之，纫以线，后乃入草，移北城门通衢阁上，悬之。……”

张献忠的自然是“流贼”式；孙可望虽然也是流贼出身，但这时已是保明拒清的柱石，封为秦王，后来降了满洲，还是封为义王，所以他所用的其实是官式。明初，永乐皇帝剥那忠于建文帝的景清的皮，也就是用这方法的。大明一朝，以剥皮始，以剥皮终，可谓始终不变；至今在绍兴戏文里和乡下人的嘴上，还偶然可以听到“剥皮揎草”的话，那皇泽之长也就可想而知了。

真也无怪有些慈悲心肠人不愿意看野史，听故事；有些事情，真也不像人世，要令人毛骨悚然，心里受伤，永不全愈的。残酷的事实尽有，最好莫如不闻，这才可以保全性灵，也是“是以君子远庖厨也”的意思。比灭亡略早的晚明名家的潇洒小品在现在的盛行，实在也不能说是无缘无故。不过这一种心地晶莹的雅致，又必须有一种好境遇，李如月仆地“剖脊”，脸孔向下，原是一个看书的好姿势，但如果这时给他看袁中郎的《广庄》，我想他是一定不要看的。这时他的性灵有些儿不对，不懂得真文艺了。

然而，中国的士大夫是到底有点雅气的，例如李如月说的“株株是文章，节节是忠肠”，就很富于诗趣。临死做诗的，古今来也不知道有多少。直到近代，谭嗣同在临刑之前就做一绝“闭门投辖思张俭”，秋瑾女士也有一句“秋雨秋风愁杀人”，然而还雅得不够格，所以各种诗选里都不载，也不能卖钱。

三

清朝有灭族，有凌迟，却没有剥皮之刑，这是汉人应该惭愧的，但后来脍炙人口的虐政是文字狱。虽说文字狱，其实还含着许多复杂的原因，在这里不能细说；我们现在还直接受到流毒的，是他删改了许多古人的著作的字句，禁了许多明清人的书。

《安龙逸史》大约也是一种禁书，我所得的是吴兴刘氏嘉业堂的新刻本。他刻的前清禁书还不止这一种，屈大均的又有《翁山文外》；还有蔡显的《闲渔闲闲录》，是作者因此“斩立决”，还累及门生的，但我细看了一遍，却又寻不出什么忌讳。对于这种刻书家，我是很感激的，因为他传授给我许多知识——虽然从雅人看来，只是些庸俗不堪的知识。但是到嘉业堂去买书，可真难。我还记得，今年春天的一个下午，好容易在爱文义路找着了，两扇大铁门，叩了几下，门上开了一个小方洞，里面有中国门房，中国巡捕，白俄镖师各一位。巡捕问我来干什么的。我说买书。他说账房出去了，没有人管，明天再来罢。我告诉他我住得远，可能给我等一会呢？他说，不成！同时也堵住了那个小方洞。过了两天，我又去了，改作上午，以为此时账房也许不至于出去。但这回所得回答却更其绝望，巡捕曰：“书都没有了！卖完了！不卖了！”

我就没有第三次再去买，因为实在回复的斩钉截铁。现在所有的几种，是托朋友去辗转买来的，好像必须是熟人或走熟的书店，这才买得到。

每种书的末尾，都有嘉业堂主人刘承干先生的跋文，他对于明季的遗老很有同情，对于清初的文祸也颇不满。但奇怪的是他自己的文章却满是前清遗老的口风；书是民国刻的，“儀”字还缺着末笔。我想，试看明朝遗老的著作，反抗清朝的主旨，是在异族的入主中夏的，改换朝代，倒还在其次。所以要顶礼明末的遗民，必须接受他的民族思想，这才可以心心相印。现在以明遗老之仇的满清的遗老自居，却又引明遗老为同调，只着重在“遗老”两个字，而毫不问遗于何族，遗在何时，这真可以说是“为遗老而遗老”，和现在文坛上的“为艺术而艺术”，成为一副绝好的对子了。

倘以为这是因为“食古不化”的缘故，那可也并不然。中国的士大夫，该化的时候，就未必决不化。就如上面说过的《蜀龟鉴》，原是一部笔法都仿《春秋》的书，但写到“圣祖仁皇帝康熙元年春正月”，就有“赞”道：“……明季之乱甚矣！风终《豳》，雅终《召旻》，托乱极思治之隐忧而无其实事，孰若于臣祖亲见之，臣身亲被之乎？是终以元年正月。终者，非徒谓体元表正，蔑以加兹；生逢盛世，荡荡难名，一以寄没世不忘之恩，一以见太平之业所由始耳！”

《春秋》上是没有这种笔法的。满洲的肃王的一箭，不但射死了张献忠，也感化了许多读书人，而且改变了“春秋笔法”了。

四

病中来看这些书，归根结蒂，也还是令人气闷。但又开始知道了有些聪明的士大夫，依然会从血泊里寻出闲适来。例如《蜀碧》，总可以说是够惨的书了，然而序文后面却刻着一位乐斋先生的批语道：“古穆有魏晋间人笔意。”

这真是天大的本领！那死似的镇静，又将我的气闷打破了。

我放下书，合了眼睛，躺着想想学这本领的方法，以为这和“君子远庖厨也”的法子是大两样的，因为这时是君子自己也亲到了庖厨里。瞑想的结果，拟定了两手太极拳。一，是对于世事要“浮光掠影”，随时忘却，不甚了然，仿佛有些关心，却又并不恳切；二，是对于现实要“蔽聪塞明”，麻木冷静，不受感触，先由努力，后成自然。第一种的名称不大好听，第二种却也是却病延年的要诀，连古之儒者也并不讳言的。这都是大道。还有一种轻捷的小道，是：彼此说谎，自欺欺人。

有些事情，换一句话说就不大合式，所以君子憎恶俗人的“道破”。

其实，“君子远庖厨也”就是自欺欺人的办法：君子非吃牛肉不可，然而他慈悲，不忍见牛的临死的觳觫，于是走开，等到烧成牛排，然后慢慢的来咀嚼。牛排是决不会“觳觫”的了，也就和慈悲不再有冲突，于是他心安理得，天趣盎然，剔剔牙齿，摸摸肚子，“万物皆备于我矣”了。彼此说谎也决不是伤雅的事情，东坡先生在黄州，有客来，就要客谈鬼，客说没有，东坡道：“姑妄言之！”至今还算是一件韵事。

撒一点小谎，可以解无聊，也可以消闷气；到后来，忘却了真，相信了谎。也就心安理得，天趣盎然了起来。永乐的硬做皇帝，一部分士大夫是颇以为不大好的。尤其是对于他的惨杀建文的忠臣。和景清一同被杀的还有铁铉，景清剥皮，铁铉油炸，他的两个女儿则发付了教坊，叫她们做婊子。这更使士大夫不舒服，但有人说，后来二女献诗于原问官，被永乐所知，赦出，嫁给士人了。

这真是“曲终奏雅”，令人如释重负，觉得天皇毕竟圣明，好人也终于得救。她虽然做过官妓，然而究竟是一位能诗的才女，她父亲又是大忠臣，为夫的士人，当然也不算辱没。但是，必须“浮光掠影”到这里为止，想不得下去。一想，就要想到永乐的上谕，有些是凶残猥亵，将张献忠祭梓潼神的“咱老子姓张，你也姓张，咱老子和你联了宗罢。尚飨！”的名文，和他的比起来，真是高华典雅，配登西洋的上等杂志，那就会觉得永乐皇帝决不像一位爱才怜弱的明君。况且那时的教坊是怎样的处所？罪人的妻女在那里是并非静候嫖客的，据永乐定法，还要她们“转营”，这就是每座兵营里都去几天，目的是在使她们为多数男性所凌辱，生出“小龟子”和“淫贱材儿”来！所以，现在成了问题的“守节”，在那时，其实是只准“良民”专利的特典。在这样的治下，这样的地狱里，做一首诗就能超生的么？

我这回从杭世骏的《订讹类编》（续补卷上）里，这才确切的知道了这佳话的欺骗。他说：

“……考铁长女诗，乃吴人范昌期《题老妓卷》作也。诗云：‘教坊落籍洗铅华，一片春心对落花。旧曲听来空有恨，故园归去却无家。云鬟半临鳞青镜，雨泪频弹湿绛纱。安得江州司马在，尊前重为赋琵琶。’昌期，字鸣凤；诗见张士瀹《国朝文纂》。同时杜琼用嘉亦有次韵诗，题曰《无题》，则其非铁氏作明矣。次女诗所谓‘春来雨露深如海，嫁得刘郎胜阮郎’，其论尤为不伦。宗正睦㮮论革除事，谓建文流落西南诸诗，皆好事伪作，则铁女之诗可知。……”

《国朝文纂》我没有见过，铁氏次女的诗，杭世骏也并未寻出根底，但我以为他的话是可信的，——虽然他败坏了口口相传的韵事。况且一则他也是一个认真的考证学者，二则我觉得凡是得到大杀风景的结果的考证，往往比表面说得好听，玩得有趣的东西近真。

首先将范昌期的诗嫁给铁氏长女，聊以自欺欺人的是谁呢？我也不知道。但“浮光掠影”的一看，倒也罢了，一经杭世骏道破，再去看时，就很明白的知道了确是咏老妓之作，那第一句就不像现任官妓的口吻。不过中国的有一些士大夫，总爱无中生有，移花接木的造出故事来，他们不但歌颂升平，还粉饰黑暗。关于铁氏二女的撒谎，尚其小焉者耳，大至胡元杀掠，满清焚屠之际，也还会有人单单捧出什么烈女绝命，难妇题壁的诗词来，这个艳传，那个步韵，比对于华屋丘墟，生民涂炭之惨的大事情还起劲。到底是刻了一本集，连自己们都附进去，而韵事也就完结了。

我在写着这些的时候，病是要算已经好了的了，用不着写遗书。但我想在这里趁便拜托我的相识的朋友，将来我死掉之后，即使在中国还有追悼的可能，也千万不要给我开追悼会或者出什么记念册。因为这不过是活人的讲演或挽联的斗法场，为了造语惊人，对仗工稳起见，有些文豪们是简直不恤于胡说八道的。结果至多也不过印成一本书，即使有谁看了，于我死人，于读者活人，都无益处，就是对于作者，其实也并无益处，挽联做得好，不过是挽联做得好而已。

现在的意见，我以为倘有购买那些纸墨白布的闲钱，还不如选几部明人，清人或今人的野史或笔记来印印，倒是于大家很有益处的。但是要认真，用点工夫，标点不要错。

十二月十一日。

隐士

所以我们倘要看看隐君子风，实际上也只能看看这样的隐君子，真的“隐君子”是没法看到的。

隐士，历来算是一个美名，但有时也当作一个笑柄。最显著的，则有刺陈眉公的“翩然一只云中鹤，飞去飞来宰相衙”的诗，至今也还有人提及。我以为这是一种误解。因为一方面，是“自视太高”，于是别方面也就“求之太高”，彼此“忘其所以”，不能“心照”，而又不能“不宣”，从此口舌也多起来了。

非隐士的心目中的隐士，是声闻不彰，息影山林的人物。但这种人物，世间是不会知道的。一到挂上隐士的招牌，则即使他并不“飞去飞来”，也一定难免有些表白，张扬；或是他的帮闲们的开锣喝道——隐士家里也会有帮闲，说起来似乎不近情理，但一到招牌可以换饭的时候，那是立刻就有帮闲的，这叫作“啃招牌边”。这一点，也颇为非隐士的人们所诟病，以为隐士身上而有油可揩，则隐士之阔绰可想了。其实这也是一种“求之太高”的误解，和硬要有名的隐士，老死山林中者相同。凡是有名的隐士，他总是已经有了“悠哉游哉，聊以卒岁”的幸福的。倘不然，朝砍柴，昼耕田，晚浇菜，夜织屦，又那有吸烟品茗，吟诗作文的闲暇？陶渊明先生是我们中国赫赫有名的大隐，一名“田园诗人”，自然，他并不办期刊，也赶不上吃“庚款”，然而他有奴子。汉晋时候的奴子，是不但侍候主人，并且给主人种地，营商的，正是生财器具。所以虽是渊明先生，也还略略有些生财之道在，要不然，他老人家不但没有酒喝，而且没有饭吃，早已在东篱旁边饿死了。

所以我们倘要看看隐君子风，实际上也只能看看这样的隐君子，真的“隐君子”是没法看到的。古今著作，足以汗牛而充栋，但我们可能找出樵夫渔父的著作来？他们的著作是砍柴和打鱼。至于那些文士诗翁，自称什么钓徒樵子的，倒大抵是悠游自得的封翁或公子，何尝捏过钓竿或斧头柄。要在他们身上赏鉴隐逸气，我敢说，这只能怪自己胡涂。

登仕，是啖饭之道，归隐，也是啖饭之道。假使无法啖饭，那就连“隐”也隐不成了。“飞去飞来”，正是因为要“隐”，也就是因为要啖饭；肩出“隐士”的招牌来，挂在“城市山林”里，这就正是所谓“隐”，也就是啖饭之道。帮闲们或开锣，或喝道，那是因为自己还不配“隐”，所以只好揩一点“隐”油，其实也还不外乎啖饭之道。汉唐以来，实际上是入仕并不算鄙，隐居也不算高，而且也不算穷，必须欲“隐”而不得，这才看作士人的末路。唐末有一位诗人左偃，自述他悲惨的境遇道:“谋隐谋官两无成”,是用七个字道破了所谓“隐”的秘密的。

“谋隐”无成，才是沦落，可见“隐”总和享福有些相关，至少是不必十分挣扎谋生，颇有悠闲的余裕。但赞颂悠闲，鼓吹烟茗，却又是挣扎之一种，不过挣扎得隐藏一些。虽“隐”，也仍然要啖饭，所以招牌还是要油漆，要保护的。泰山崩，黄河溢，隐士们目无见，耳无闻，但苟有议及自己们或他的一伙的，则虽千里之外，半句之微，他便耳聪目明，奋袂而起，好像事件之大，远胜于宇宙之灭亡者，也就为了这缘故。其实连和苍蝇也何尝有什么相关。

明白这一点，对于所谓“隐士”也就毫不诧异了，心照不宣，彼此都省事。

一月二十五日。

在现代中国的孔夫子

中国的一般的民众，尤其是所谓愚民，虽称孔子为圣人，却不觉得他是圣人；对于他，是恭谨的，却不亲密。

新近的上海的报纸，报告着因为日本的汤岛，孔子的圣庙落成了，湖南省主席何键将军就寄赠了一幅向来珍藏的孔子的画像。老实说，中国的一般的人民，关于孔子是怎样的相貌，倒几乎是毫无所知的。自古以来，虽然每一县一定有圣庙，即文庙，但那里面大抵并没有圣像。凡是绘画，或者雕塑应该崇敬的人物时，一般是以大于常人为原则的，但一到最应崇敬的人物，例如孔夫子那样的圣人，却好像连形象也成为亵渎，反不如没有的好。这也不是没有道理的。孔夫子没有留下照相来，自然不能明白真正的相貌，文献中虽然偶有记载，但是胡说白道也说不定。若是从新雕塑的话，则除了任凭雕塑者的空想而外，毫无办法，更加放心不下。于是儒者们也终于只好采取"全部，或全无"的勃兰特式的态度了。

然而倘是画像，却也会间或遇见的。我曾经见过三次：一次是《孔子家语》里的插画；一次是梁启超氏亡命日本时，作为横滨出版的《清议报》上的卷头画，从日本倒输入中国来的；还有一次是刻在汉朝墓石上的孔子见老子的画像。说起从这些图画上所得的孔夫子的模样的印象来，则这位先生是一位很瘦的老头子，身穿大袖口的长袍子，腰带上插着一把剑，或者腋下挟着一枝杖，然而从来不笑，非常威风凛凛的。假使在他的旁边侍坐，那就一定得把腰骨挺的笔直，经过两三点钟，就骨节酸痛，倘是平常人，大约总不免急于逃走的了。

后来我曾到山东旅行。在为道路的不平所苦的时候，忽然想到了我们的孔夫子。一想起那具有俨然道貌的圣人，先前便是坐着简陋的车子，颠颠簸簸，在这些地方奔忙的事来，颇有滑稽之感。这种感想，自然是不好的，要而言之，颇近于不敬，倘是孔子之徒，恐怕是决不应该发生的。但在那时候，怀着我似的不规矩的心情的青年，可是多得很。

我出世的时候是清朝的末年，孔夫子已经有了“大成至圣文宣王”这一个阔得可怕的头衔，不消说，正是圣道支配了全国的时代。政府对于读书的人们，使读一定的书，即四书和五经；使遵守一定的注释；使写一定的文章，即所谓“八股文”；并且使发一定的议论。然而这些千篇一律的儒者们，倘是四方的大地，那是很知道的，但一到圆形的地球，却什么也不知道，于是和四书上并无记载的法兰西和英吉利打仗而失败了。不知道为了觉得与其拜着孔夫子而死，倒不如保存自己们之为得计呢，还是为了什么，总而言之，这回是拚命尊孔的政府和官僚先就动摇起来，用官帑大翻起洋鬼子的书籍来了。属于科学上的古典之作的，则有侯失勒的《谈天》，雷侠儿的《地学浅释》，代那的《金石识别》，到现在也还作为那时的遗物，间或躺在旧书铺子里。

然而一定有反动。清末之所谓儒者的结晶，也是代表的大学士徐桐氏出现了。他不但连算学也斥为洋鬼子的学问；他虽然承认世界上有法兰西和英吉利这些国度，但西班牙和葡萄牙的存在，是决不相信的，他主张这是法国和英国常常来讨利益，连自己也不好意思了，所以随便胡诌出来的国名。他又是一九〇〇年的有名的义和团的幕后的发动者，也是指挥者。但是义和团完全失败，徐桐氏也自杀了。政府就又以为外国的政治法律和学问技术颇有可取之处了。我的渴望到日本去留学，也就在那时候。达了目的，入学的地方，是嘉纳先生所设立的东京的弘文学院；在这里，三泽力太郎先生教我水是养气和轻气所合成，山内繁雄先生教我贝壳里的什么地方其名为“外套”。这是有一天的事情。学监大久保先生集合起大家来，说：因为你们都是孔子之徒，今天到御茶之水的孔庙里去行礼罢！我大吃了一惊。现在还记得那时心里想，正因为绝望于孔夫子和他的之徒，所以到日本来的，然而又是拜么？一时觉得很奇怪。而且发生这样感觉的，我想决不止我一个人。

但是，孔夫子在本国的不遇，也并不是始于二十世纪的。孟子批评他为“圣之时者也”，倘翻成现代语，除了“摩登圣人”实在也没有别的法。为他自己计，这固然是没有危险的尊号，但也不是十分值得欢迎的头衔。不过在实际上，却也许并不这样子。孔夫子的做定了“摩登圣人”是死了以后的事，活着的时候却是颇吃苦头的。跑来跑去，虽然曾经贵为鲁国的警视总监，而又立刻下野，失业了；并且为权臣所轻蔑，为野人所嘲弄，甚至于为暴民所包围，饿扁了肚子。弟子虽然收了三千名，中用的却只有七十二，然而真可以相信的又只有一个人。有一天，孔夫子愤慨道：“道不行，乘桴浮于海，从我者，其由与？”从这消极的打算上，就可以窥见那消息。然而连这一位由，后来也因为和敌人战斗，被击断了冠缨，但真不愧为由呀，到这时候也还不忘记从夫子听来的教训，说道“君子死，冠不免”，一面系着冠缨，一面被人砍成肉酱了。连唯一可信的弟子也已经失掉，孔子自然是非常悲痛的，据说他一听到这信息，就吩咐去倒掉厨房里的肉酱云。

孔夫子到死了以后，我以为可以说是运气比较的好一点。因为他不会噜苏了，种种的权势者便用种种的白粉给他来化妆，一直抬到吓人的高度。但比起后来输入的释迦牟尼来，却实在可怜得很。诚然，每一县固然都有圣庙即文庙，可是一副寂寞的冷落的样子，一般的庶民，是决不去参拜的，要去，则是佛寺，或者是神庙。若向老百姓们问孔夫子是什么人，他们自然回答是圣人，然而这不过是权势者的留声机。他们也敬惜字纸，然而这是因为倘不敬惜字纸，会遭雷殛的迷信的缘故；南京的夫子庙固然是热闹的地方，然而这是因为另有各种玩耍和茶店的缘故。虽说孔子作《春秋》而乱臣贼子惧，然而现在的人们，却几乎谁也不知道一个笔伐了的乱臣贼子的名字。说到乱臣贼子，大概以为是曹操，但那并非圣人所教，却是写了小说和剧本的无名作家所教的。

总而言之，孔夫子之在中国，是权势者们捧起来的，是那些权势者或想做权势者们的圣人，和一般的民众并无什么关系。然而对于圣庙，那些权势者也不过一时的热心。因为尊孔的时候已经怀着别样的目的，所以目的一达，这器具就无用，如果不达呢，那可更加无用了。在三四十年以前，凡有企图获得权势的人，就是希望做官的人，都是读“四书”和“五经”，做“八股”，别一些人就将这些书籍和文章，统名之为“敲门砖”。这就是说，文官考试一及第，这些东西也就同时被忘却，恰如敲门时所用的砖头一样，门一开，这砖头也就被抛掉了。孔子这人，其实是自从死了以后，也总是当着“敲门砖”的差使的。

一看最近的例子，就更加明白。从二十世纪的开始以来，孔夫子的运气是很坏的，但到袁世凯时代，却又被从新记得，不但恢复了祭典，还新做了古怪的祭服，使奉祀的人们穿起来。跟着这事而出现的便是帝制。然而那一道门终于没有敲开，袁氏在门外死掉了。余剩的是北洋军阀，当觉得渐近末路时，也用它来敲过另外的幸福之门。盘据着江苏和浙江，在路上随便砍杀百姓的孙传芳将军，一面复兴了投壶之礼；钻进山东，连自己也数不清金钱和兵丁和姨太太的数目了的张宗昌将军，则重刻了《十三经》，而且把圣道看作可以由肉体关系来传染的花柳病一样的东西，拿一个孔子后裔的谁来做了自己的女婿。然而幸福之门，却仍然对谁也没有开。

这三个人，都把孔夫子当作砖头用，但是时代不同了，所以都明明白白的失败了。岂但自己失败而已呢，还带累孔子也更加陷入了悲境。他们都是连字也不大认识的人物，然而偏要大谈什么《十三经》

之类，所以使人们觉得滑稽；言行也太不一致了，就更加令人讨厌。既已厌恶和尚，恨及袈裟，而孔夫子之被利用为或一目的的器具，也从新看得格外清楚起来，于是要打倒他的欲望，也就越加旺盛。所以把孔子装饰得十分尊严时，就一定有找他缺点的论文和作品出现。即使是孔夫子，缺点总也有的，在平时谁也不理会，因为圣人也是人，本是可以原谅的。然而如果圣人之徒出来胡说一通，以为圣人是这样，是那样，所以你也非这样不可的话，人们可就禁不住要笑起来了。五六年前，曾经因为公演了《子见南子》这剧本，引起过问题，在那个剧本里，有孔夫子登场，以圣人而论，固然不免略有欠稳重和呆头呆脑的地方，然而作为一个人，倒是可爱的好人物。但是圣裔们非常愤慨，把问题一直闹到官厅里去了。因为公演的地点，恰巧是孔夫子的故乡，在那地方，圣裔们繁殖得非常多，成着使释迦牟尼和苏格拉第都自愧弗如的特权阶级。然而，那也许又正是使那里的非圣裔的青年们，不禁特地要演《子见南子》的原因罢。

中国的一般的民众，尤其是所谓愚民，虽称孔子为圣人，却不觉得他是圣人；对于他，是恭谨的，却不亲密。但我想，能像中国的愚民那样，懂得孔夫子的，恐怕世界上是再也没有的了。不错，孔夫子曾经计划过出色的治国的方法，但那都是为了治民众者，即权势者设想的方法，为民众本身的，却一点也没有。这就是“礼不下庶人”。成为权势者们的圣人，终于变了“敲门砖”，实在也叫不得冤枉。和民众并无关系，是不能说的，但倘说毫无亲密之处，我以为怕要算是非常客气的说法了。不去亲近那毫不亲密的圣人，正是当然的事，什么时候都可以，试去穿了破衣，赤着脚，走上大成殿去看看罢，恐怕会像误进上海的上等影戏院或者头等电车一样，立刻要受斥逐的。谁都知道这是大人老爷们的物事，虽是“愚民”，却还没有愚到这步田地的。

四月二十九日。

论“人言可畏”

小市民总爱听人们的丑闻，尤其是有些熟识的人的丑闻。

“人言可畏”是电影明星阮玲玉自杀之后，发见于她的遗书中的话。这哄动一时的事件，经过了一通空论，已经渐渐冷落了，只要《玲玉香消记》一停演，就如去年的艾霞自杀事件一样，完全烟消火灭。她们的死，不过像在无边的人海里添了几粒盐，虽然使扯淡的嘴巴们觉得有些味道，但不久也还是淡，淡，淡。

这句话，开初是也曾惹起一点小风波的。有评论者，说是使她自杀之咎，可见也在日报记事对于她的诉讼事件的张扬；不久就有一位记者公开的反驳，以为现在的报纸的地位，舆论的威信，可怜极了，那里还有丝毫主宰谁的运命的力量，况且那些记载，大抵采自经官的事实，绝非捏造的谣言，旧报具在，可以复按。所以阮玲玉的死，和新闻记者是毫无关系的。

这都可以算是真实话。然而——也不尽然。

现在的报章之不能像个报章，是真的；评论的不能逞心而谈，失了威力，也是真的，明眼人决不会过分的责备新闻记者。但是，新闻的威力其实是并未全盘坠地的，它对甲无损，对乙却会有伤；对强者它是弱者，但对更弱者它却还是强者，所以有时虽然吞声忍气，有时仍可以耀武扬威。于是阮玲玉之流，就成了发扬余威的好材料了，因为她颇有名，却无力。小市民总爱听人们的丑闻，尤其是有些熟识的人的丑闻。上海的街头巷尾的老虔婆，一知道近邻的阿二嫂家有野男人出入，津津乐道，但如果对她讲甘肃的谁在偷汉，新疆的谁在再嫁，她就不要听了。阮玲玉正在现身银幕，是一个大家认识的人，因此她更是给报章凑热闹的好材料，至少也可以增加一点销场。读者看了这些，有的想："我虽然没有阮玲玉那么漂亮，却比她正经"；有的想："我虽然不及阮玲玉的有本领，却比她出身高"；连自杀了之后，也还可以给人想："我虽然没有阮玲玉的技艺，却比她有勇气，因为我没有自杀"。化几个铜元就发见了自己的优胜，那当然是很上算的。但靠演艺为生的人，一遇到公众发生了上述的前两种的感想，她就够走到末路了。所以我们且不要高谈什么连自己也并不了然的社会组织或意志强弱的滥调，先来设身处地的想一想罢，那么，大概就会知道阮玲玉的以为"人言可畏"，是真的，或人的以为她的自杀，和新闻记事有关，也是真的。

但新闻记者的辩解，以为记载大抵采自经官的事实，却也是真的。上海的有些介乎大报和小报之间的报章，那社会新闻，几乎大半是官司已经吃到公安局或工部局去了的案件。但有一点坏习气，是偏要加上些描写，对于女性，尤喜欢加上些描写；这种案件，是不会有名公巨卿在内的，因此也更不妨加上些描写。案中的男人的年纪和相貌，是大抵写得老实的，一遇到女人，可就要发挥才藻了，不是"徐娘半老，风韵犹存"，就是"豆蔻年华，玲珑可爱"。一个女孩儿跑掉了，自奔或被诱还不可知，才子就断定道，"小姑独宿，不惯无郎"，你怎么知道？一个村妇再醮了两回，原是穷乡僻壤的常事，一到才子的笔下，就又赐以大字的题目道，"奇淫不减武则天"，这程度你又怎么知道？这些轻薄句子，加之村姑，大约是并无什么影响的，她不识字，她的关系人也未必看报。但对于一个智识者，尤其是对于一个出到社会上了的女性，却足够使她受伤，更不必说故意张扬，特别渲染的文字了。然而中国的习惯，这些句子是摇笔即来，不假思索的，这时不但不会想到这也是玩弄着女性，并且也不会想到自己乃是人民的喉舌。但是，无论你怎么描写，在强者是毫不要紧的，只消一封信，就会有正误或道歉接着登出来，不过无拳无勇如阮玲玉，可就正做了吃苦的材料了，她被额外的画上一脸花，没法洗刷。叫她奋斗吗？她没有机关报，怎么奋斗；有冤无头，有怨无主，和谁奋斗呢？我们又可以设身处地的想一想，那么，大概就又知她的以为“人言可畏”，是真的，或人的以为她的自杀，和新闻记事有关，也是真的。

然而，先前已经说过，现在的报章的失了力量，却也是真的，不过我以为还没有到达如记者先生所自谦，竟至一钱不值，毫无责任的时候。因为它对于更弱者如阮玲玉一流人，也还有左右她命运的若干力量的，这也就是说，它还能为恶，自然也还能为善。“有闻必录”或“并无能力”的话，都不是向上的负责的记者所该采用的口头禅，因为在实际上，并不如此，——它是有选择的，有作用的。

至于阮玲玉的自杀，我并不想为她辩护。我是不赞成自杀，自己也不豫备自杀的。但我的不豫备自杀，不是不屑，却因为不能。凡有谁自杀了，现在是总要受一通强毅的评论家的呵斥，阮玲玉当然也不在例外。然而我想，自杀其实是不很容易，决没有我们不豫备自杀的人们所渺视的那么轻而易举的。倘有谁以为容易么，那么，你倒试试看！

自然，能试的勇者恐怕也多得很，不过他不屑，因为他有对于社会的伟大的任务。那不消说，更加是好极了，但我希望大家都有一本笔记簿，写下所尽的伟大的任务来，到得有了曾孙的时候，拿出来算一算，看看怎么样。

五月五日。

几乎无事的悲剧

然而人们灭亡于英雄的特别的悲剧者少，消磨于极平常的，或者简直近于没有事情的悲剧者却多。

果戈理（Nikolai Gogol）的名字，渐为中国读者所认识了，他的名著《死魂灵》的译本，也已经发表了第一部的一半。那译文虽然不能令人满意，但总算借此知道了从第二至六章，一共写了五个地主的典型，讽刺固多，实则除一个老太婆和吝啬鬼泼留希金外，都各有可爱之处。至于写到农奴，却没有一点可取了，连他们诚心来帮绅士的忙，也不但无益，反而有害。果戈理自己就是地主。

然而当时的绅士们很不满意，一定的照例的反击，是说书中的典型，多是果戈理自己，而且他也并不知道大俄罗斯地主的情形。这是说得通的，作者是乌克兰人，而看他的家信，有时也简直和书中的地主的意见相类似。然而即使他并不知道大俄罗斯的地主的情形罢，那创作出来的脚色，可真是生动极了，直到现在，纵使时代不同，国度不同，也还使我们像是遇见了有些熟识的人物。讽刺的本领，在这里不及谈，单说那独特之处，尤其是在用平常事，平常话，深刻的显出当时地主的无聊生活。例如第四章里的罗士特来夫，是地方恶少式的地主，赶热闹，爱赌博，撒大谎，要恭维，——但挨打也不要紧。他在酒店里遇到乞乞科夫，夸示自己的好小狗，勒令乞乞科夫摸过狗耳朵之后，还要摸鼻子——

“乞乞科夫要和罗士特来夫表示好意，便摸了一下那狗的耳朵。

‘是的，会成功一匹好狗的。’他加添着说。

“‘再摸摸它那冰冷的鼻头，拿手来呀！’因为要不使他扫兴，乞乞科夫就又一碰那鼻子，于是说道：‘不是平常的鼻子！’”

这种莽撞而沾沾自喜的主人，和深通世故的客人的圆滑的应酬，是我们现在还随时可以遇见的，有些人简直以此为一世的交际术。“不是平常的鼻子”，是怎样的鼻子呢？说不明的，但听者只要这样也就足够了。后来又同到罗士特来夫的庄园去，历览他所有的田产和东西——

“还去看克理米亚的母狗，已经瞎了眼，据罗士特来夫说，是就要倒毙的。两年以前，却还是一条很好的母狗。大家也来察看这母狗，看起来，它也确乎瞎了眼。”

这时罗士特来夫并没有说谎，他表扬着瞎了眼的母狗，看起来，也确是瞎了眼的母狗。这和大家有什么关系呢，然而世界上有一些人，却确是嚷闹，表扬，夸示着这一类事，又竭力证实着这一类事，算是忙人和诚实人，在过了他的整一世。

这些极平常的，或者简直近于没有事情的悲剧，正如无声的言语一样，非由诗人画出它的形象来，是很不容易觉察的。然而人们灭亡于英雄的特别的悲剧者少，消磨于极平常的，或者简直近于没有事情的悲剧者却多。

听说果戈理的那些所谓“含泪的微笑”，在他本土，现在是已经无用了，来替代它的有了健康的笑。但在别地方，也依然有用，因为其中还藏着许多活人的影子。况且健康的笑，在被笑的一方面是悲哀的，所以果戈理的“含泪的微笑”，倘传到了和作者地位不同的读者的脸上，也就成为健康：这是《死魂灵》的伟大处，也正是作者的悲哀处。

七月十四日。

论毛笔之类

改造自己，总比禁止别人来得难。

国货也提倡得长久了，虽然上海的国货公司并不发达，“国货城”也早已关了城门，接着就将城墙撤去，日报上却还常见关于国货的专刊。那上面，受劝和挨骂的主角，照例也还是学生，儿童和妇女。

前几天看见一篇关于笔墨的文章，中学生之流，很受了一顿训斥，说他们十分之九，是用钢笔和墨水的，这就使中国的笔墨没有出路。自然，倒并不说这一类人就是什么奸，但至少，恰如摩登妇女的爱用外国脂粉和香水似的，应负“入超”的若干的责任。

这话也并不错的。不过我想，洋笔墨的用不用，要看我们的闲不闲。我自己是先在私塾里用毛笔，后在学校里用钢笔，后来回到乡下又用毛笔的人，却以为假如我们能够悠悠然，洋洋焉，拂砚伸纸，磨墨挥毫的话，那么，羊毫和松烟当然也很不坏。不过事情要做得快，字要写得多，可就不成功了，这就是说，它敌不过钢笔和墨水。譬如在学校里抄讲义罢，即使改用墨盒，省去临时磨墨之烦，但不久，墨汁也会把毛笔胶住，写不开了，你还得带洗笔的水池，终于弄到在小小的桌子上，摆开“文房四宝”。况且毛笔尖触纸的多少，就是字的粗细，是全靠手腕作主的，因此也容易疲劳，越写越慢。闲人不要紧，一忙，就觉得无论如何，总是墨水和钢笔便当了。

青年里面，当然也不免有洋服上挂一枝万年笔，做做装饰的人，但这究竟是少数，使用者的多，原因还是在便当。便于使用的器具的力量，是决非劝谕，讥刺，痛骂之类的空言所能制止的。假如不信，你倒去劝那些坐汽车的人，在北方改用骡车，在南方改用绿呢大轿试试看。如果说这提议是笑话，那么，劝学生改用毛笔呢？现在的青年，已经成了“庙头鼓”，谁都不妨敲打了。一面有繁重的学科，古书的提倡，一面却又有教育家喟然兴叹，说他们成绩坏，不看报纸，昧于世界的大势。

但是，连笔墨也乞灵于外国，那当然是不行的。这一点，却要推前清的官僚聪明，他们在上海立过制造局，想造比笔墨更紧要的器械——虽然为了“积重难返”，终于也造不出什么东西来。欧洲人也聪明，金鸡那原是斐洲的植物，因为去偷种子，还死了几个人，但竟偷到手，在自己这里种起来了，使我们现在如果发了疟疾，可以很便当的大吃金鸡那霜丸，而且还有“糖衣”，连不爱服药的娇小姐们也吃得甜蜜蜜。制造墨水和钢笔的法子，弄弄到手，是没有偷金鸡那子那么危险的。所以与其劝人莫用墨水和钢笔，倒不如自己来造墨水和钢笔；但必须造得好，切莫“挂羊头卖狗肉”。要不然，这一番工夫就又是一个白费。

但我相信，凡有毛笔拥护论者大约也不免以我的提议为空谈：因为这事情不容易。这也是事实；所以典当业只好呈请禁止奇装异服，以免时价早晚不同，笔墨业也只好主张吮墨舐毫，以免国粹渐就沦丧。改造自己，总比禁止别人来得难。然而这办法却是没有好结果的，不是无效，就是使一部份青年又变成旧式的斯文人。

八月二十三日。

我要骗人

中国的人民，是常用自己的血，去洗权力者的手，使他又变成洁净的人物的。

疲劳到没有法子的时候，也偶然佩服了超出现世的作家，要模仿一下来试试。然而不成功。超然的心，是得像贝类一样，外面非有壳不可的。而且还得有清水。浅间山边，倘是客店，那一定是有的罢，但我想，却未必有去造“象牙之塔”的人的。

为了希求心的暂时的平安，作为穷余的一策，我近来发明了别样的方法了，这就是骗人。

去年的秋天或是冬天，日本的一个水兵，在闸北被暗杀了。忽然有了许多搬家的人，汽车租钱之类，都贵了好几倍。搬家的自然是中国人，外国人是很有趣似的站在马路旁边看。我也常常去看的。一到夜里，非常之冷静，再没有卖食物的小商人了，只听得有时从远处传来着犬吠。然而过了两三天，搬家好像被禁止了。警察拚死命的在殴打那些拉着行李的大车夫和洋车夫，日本的报章，中国的报章，都异口同声的对于搬了家的人们给了一个“愚民”的徽号。这意思就是说，其实是天下太平的，只因为有这样的“愚民”，所以把颇好的天下，弄得乱七八糟了。

我自始至终没有动，并未加入“愚民”这一伙里。但这并非为了聪明，却只因为懒惰。也曾陷在五年前的正月的上海战争——日本那一面，好像是喜欢称为“事变”似的——的火线下，而且自由早被剥夺，夺了我的自由的权力者，又拿着这飞上空中了，所以无论跑到那里去，都是一个样。中国的人民是多疑的。无论那一国人，都指这为可笑的缺点。然而怀疑并不是缺点。总是疑，而并不下断语，这才是缺点。我是中国人，所以深知道这秘密。其实，是在下着断语的，而这断语，乃是：到底还是不可信。但后来的事实，却大抵证明了这断语的的确。中国人不疑自己的多疑。所以我的没有搬家，也并不是因为怀着天下太平的确信，说到底，仍不过为了无论那里都一样的危险的缘故。五年以前翻阅报章，看见过所记的孩子的死尸的数目之多，和从不见有记着交换俘虏的事，至今想起来，也还是非常悲痛的。

虐待搬家人，殴打车夫，还是极小的事情。中国的人民，是常用自己的血，去洗权力者的手，使他又变成洁净的人物的，现在单是这模样就完事，总算好得很。

但当大家正在搬家的时候，我也没有整天站在路旁看热闹，或者坐在家里读世界文学史之类的心思。走远一点，到电影院里散闷去。一到那里，可真是天下太平了。这就是大家搬家去住的处所。我刚要跨进大门，被一个十二三岁的女孩子捉住了。是小学生，在募集水灾的捐款，因为冷，连鼻子尖也冻得通红。我说没有零钱，她就用眼睛表示了非常的失望。我觉得对不起人，就带她进了电影院，买过门票之后，付给她一块钱。她这回是非常高兴了，称赞我道，“你是好人”，还写给我一张收条。只要拿着这收条，就无论到那里，都没有再出捐款的必要。于是我，就是所谓“好人”，也轻松的走进里面了。

看了什么电影呢？现在已经丝毫也记不起。总之，大约不外乎一个英国人，为着祖国，征服了印度的残酷的酋长，或者一个美国人，到亚非利加去，发了大财，和绝世的美人结婚之类罢。这样的消遣了一些时光，傍晚回家，又走进了静悄悄的环境。听到远地里的犬吠声。女孩子的满足的表情的相貌，又在眼前出现，自己觉得做了好事情了，但心情又立刻不舒服起来，好像嚼了肥皂或者什么一样。

诚然，两三年前，是有过非常的水灾的，这大水和日本的不同，几个月或半年都不退。但我又知道，中国有着叫作“水利局”的机关，每年从人民收着税钱，在办事。但反而出了这样的大水了。我又知道，有一个团体演了戏来筹钱，因为后来只有二十几元，衙门就发怒不肯要。连被水灾所害的难民成群的跑到安全之处来，说是有害治安，就用机关枪去扫射的话也都听到过。恐怕早已统统死掉了罢。然而孩子们不知道，还在拚命的替死人募集生活费，募不到，就失望，募到手，就喜欢。而其实，一块来钱，是连给水利局的老爷买一天的烟卷也不够的。我明明知道着，却好像也相信款子真会到灾民的手里似的，付了一块钱。实则不过买了这天真烂漫的孩子的欢喜罢了。我不爱看人们的失望的样子。

倘使我那八十岁的母亲，问我天国是否真有，我大约是会毫不踌蹰，答道真有的罢。

然而这一天的后来的心情却不舒服。好像是又以为孩子和老人不同，骗她是不应该似的，想写一封公开信，说明自己的本心，去消释误解，但又想到横竖没有发表之处，于是中止了，时候已是夜里十二点钟。到门外去看了一下。

已经连人影子也看不见。只在一家的檐下，有一个卖馄饨的，在和两个警察谈闲天。这是一个平时不大看见的特别穷苦的肩贩，存着的材料多得很，可见他并无生意。用两角钱买了两碗，和我的女人两个人分吃了。算是给他赚一点钱。

庄子曾经说过：“干下去的（曾经积水的）车辙里的鲋鱼，彼此用唾沫相湿，用湿气相嘘，”——然而他又说，“倒不如在江湖里，大家互相忘却的好。”

可悲的是我们不能互相忘却。而我，却愈加恣意的骗起人来了。如果这骗人的学问不毕业，或者不中止，恐怕是写不出圆满的文章来的。

但不幸而在既未卒业，又未中止之际，遇到山本社长了。因为要我写一点什么，就在礼仪上，答道“可以的”。因为说过“可以”，就应该写出来，不要使他失望，然而到底也还是写了骗人的文章。

写着这样的文章，也不是怎么舒服的心地。要说的话多得很，但得等候“中日亲善”更加增进的时光。不久之后，恐怕那“亲善”的程度，竟会到在我们中国，认为排日即国贼——因为说是共产党利用了排日的口号，使中国灭亡的缘故——而到处的断头台上，都闪烁着太阳的圆圈的罢，但即使到了这样子，也还不是披沥真实的心的时光。

单是自己一个人的过虑也说不定：要彼此看见和了解真实的心，倘能用了笔，舌，或者如宗教家之所谓眼泪洗明了眼睛那样的便当的方法，那固然是非常之好的，然而这样便宜事，恐怕世界上也很少有。这是可以悲哀的。一面写着漫无条理的文章，一面又觉得对不起热心的读者了。

临末，用血写添几句个人的豫感，算是一个答礼罢。

二月二十三日。

半夏小集

凡活着的，有些出于心服，多数是被压服的。但活得最舒服横恣的是汉奸；而活得最清高，被人尊敬的，是痛骂汉奸的逸民。后来自己寿终林下，儿子已不妨应试去了，而且各有一个好父亲。至于默默抗战的烈士，却很少能有一个遗孤。

一

A：你们大家来品评一下罢，B 竟蛮不讲理的把我的大衫剥去了！

B：因为 A 还是不穿大衫好看。我剥它掉，是提拔他；要不然，我还不屑剥呢。

A：不过我自己却以为还是穿着好……

C：现在东北四省失掉了，你漫不管，只嚷你自己的大衫，你这利己主义者，你这猪猡！

C 太太：他竟毫不知道 B 先生是合作的好伴侣，这昏蛋！

二

用笔和舌，将沦为异族的奴隶之苦告诉大家，自然是不错的，但要十分小心，不可使大家得着这样的结论：“那么，到底还不如我们似的做自己人的奴隶好。”

三

“联合战线”之说一出，先前投敌的一批“革命作家”，就以“联合”的先觉者自居，渐渐出现了。纳款，通敌的鬼蜮行为，一到现在，就好像都是“前进”的光明事业。

四

这是明亡后的事情。

凡活着的，有些出于心服，多数是被压服的。但活得最舒服横恣的是汉奸；而活得最清高，被人尊敬的，是痛骂汉奸的逸民。后来自己寿终林下，儿子已不妨应试去了，而且各有一个好父亲。至于默默抗战的烈士，却很少能有一个遗孤。

我希望目前的文艺家，并没有古之逸民气。

五

A：B，我们当你是一个可靠的好人，所以几种关于革命的事情，都没有瞒了你。你怎么竟向敌人告密去了？

B：岂有此理！怎么是告密！我说出来，是因为他们问了我呀。

A：你不能推说不知道吗？

B：什么话！我一生没有说过谎，我不是这种靠不住的人！

六

A：阿呀，B先生，三年不见了！你对我一定失望了罢？……

B：没有的事……为什么？

A：我那时对你说过，要到西湖上去做二万行的长诗，直到现在，一个字也没有，哈哈哈！

B：哦，……我可并没有失望。

A：您的“世故”可是进步了，谁都知道您记性好，“责人严”，不会这么随随便便的，您现在也学会了说谎。

B：我可并没有说谎。

A：那么，您真的对我没有失望吗？

B：唔，无所谓失不失望，因为我根本没有相信过你。

七

庄生以为“在上为乌鸢食，在下为蝼蚁食”，死后的身体，大可随便处置，因为横竖结果都一样。

我却没有这么旷达。假使我的血肉该喂动物，我情愿喂狮虎鹰隼，却一点也不给癞皮狗们吃。

养肥了狮虎鹰隼，它们在天空，岩角，大漠，丛莽里是伟美的壮观，捕来放在动物园里，打死制成标本，也令人看了神旺，消去鄙吝的心。

但养胖一群癞皮狗，只会乱钻，乱叫，可多么讨厌！

八

琪罗编辑圣·蒲孚的遗稿，名其一部为《我的毒》（Mes Poisons）；我从日译本上，看见了这样的一条：

“明言着轻蔑什么人，并不是十足的轻蔑。惟沉默是最高的轻蔑。——我在这里说，也是多余的。”

诚然，“无毒不丈夫”，形诸笔墨，却还不过是小毒。最高的轻蔑是无言，而且连眼珠也不转过去。

九

作为缺点较多的人物的模特儿，被写入一部小说里，这人总以为是晦气的。

殊不知这并非大晦气，因为世间实在还有写不进小说里去的人。倘写进去，而又逼真，这小说便被毁坏。

譬如画家，他画蛇，画鳄鱼，画龟，画果子壳，画字纸篓，画垃圾堆，但没有谁画毛毛虫，画癞头疮，画鼻涕，画大便，就是一样的道理。

有人一知道我是写小说的，便回避我，我常想这样的劝止他，但可惜我的毒还不到这程度。

“立此存照”（三）

其实，中国人是并非“没有自知”之明的，缺点只在有些人安于“自欺”，由此并想“欺人”。譬如病人，患着浮肿，而讳疾忌医，但愿别人胡涂，误认他为肥胖。

饱暖了的白人要搔痒的娱乐，但菲洲食人蛮俗和野兽影片已经看厌，我们黄脸低鼻的中国人就被搬上银幕来了。于是有所谓“辱华影片”事件，我们的爱国者，往往勃发了义愤。

五六年前罢，因为《月宫盗宝》这片子，和范朋克大闹了一通，弄得不欢而散。但好像彼此到底都没有想到那片子上其实是蒙古王子，和我们不相干；而故事是出于《天方夜谈》的，也怪不得只是演员非导演的范朋克。

不过我在这里，也并无替范朋克叫屈的意思。

今年所提起的《上海快车》事件，却比《盗宝》案切实得多了。我情愿做一回“文剪公”，因为事情和文章都有意思，太删节了怕会索然无味。首先，是九月二十日上海《大公报》内《大公俱乐部》上所载的，萧运先生的《冯史丹堡过沪再志》：

“这几天，上海的电影界，忙于招待一位从美国来的贵宾，那便是派拉蒙公司的名导演约瑟夫·冯史丹堡（Josef von Sternberg），当一些人在热烈地欢迎他的时候，同时有许多人在向他攻击，因为他是辱华片《上海快车》（Shanghai Express）的导演人，他对于我国曾有过重大的侮蔑。这是令人难忘的一回事！

“说起《上海快车》，那是五年前的事了，上海正当一二八战事之后，一般人的敌忾心理还很敏锐，所以当这部歪曲了事实的好莱坞出品在上海出现时，大家不由都一致发出愤慨的呼声，像昙花一现地，这部影片只映了两天，便永远在我国人眼前消灭了。到了五年后的今日，这部片子的导演人还不能避免舆论的谴责。说不定经过了这回教训之后，冯史丹堡会明白，无理侮蔑他人是不值得的。

“拍《上海快车》的时候，冯史丹堡对于中国，可以说一点印象没有，中国是怎样的，他从来不晓得，所以他可以替自己辩护，这回侮辱中国，并非有意如此。但是现在，他到过中国了，他看过中国了，如果回好莱坞之后，他再会制出《上海快车》那样作品，那才不可恕呢。他在上海时对人说他对中国的印象很好，希望他这是真话。”（下略。）

但是，究竟如何？不幸的是也是这天的《大公报》，而在《戏剧与电影》上，登有弃扬先生的《艺人访问记》，云：

“以《上海快车》一片引起了中国人注意的导演人约瑟夫·冯史登堡氏，无疑，从这次的旅华后，一定会获得他的第二部所谓辱华的题材的。

“‘中国人没有自知，《上海快车》所描写的，从此次的来华，益给了我不少证实……’不像一般来华的访问者，一到中国就改变了他原有的论调；冯史登堡氏确有着这样一种隽然的艺术家风度，这是很值得我们的敬佩的。”

（中略。）

“没有极正面去抗议《上海快车》这作品，只把他在美时和已来华后，对中日的感想来问了。

“不立刻置答，继而莞然地说：

“‘在美时和已来华后，并没有什么不同，东方风味确然两样，日本的风景很好，中国的北平亦好，上海似乎太繁华了，苏州太旧，神秘的情调，确实是有的。许多访问者都以《上海快车》事来质问我，实际上，不必掩饰是确有其事的。现在是更留得了一个真切的印象。……我不带摄影机，但我的眼睛，是不会叫我忘记这一些的。’使我想起了数年前南京中山路，为了招待外宾而把茅棚拆除的故事。……”

原来他不但并不改悔，倒更加坚决了，怎样想着，便怎么说出，真有日耳曼人的好的一面的蛮风，我同意记者之所说：“值得我们的敬佩”。

我们应该有“自知”之明，也该有知人之明：我们要知道他并不把中国的“舆论的谴责”放在心里，我们要知道中国的舆论究有多大的权威。

“但是现在，他到过中国了，看过中国了”，“他在上海时对人说他对中国的印象很好”，据《访问记》，也确是“真话”。不过他说“好”的是北平，是地方，不是中国人，中国的地方，从他们看来，和人们已经几乎并无关系了。

况且我们其实也并无什么好的人事给他看。我看过关于冯史丹堡的文章，就去翻阅前一天的，十九日的报纸，也没有什么体面事，现在就剪两条电报在这里：

“（北平十八日中央社电）平九一八纪念日，警宪戒备极严，晨六时起，保安侦缉两队全体出动，在各学校公共场所冲要街巷等处配置一切，严加监视，所有军警，并停止休息一日。全市空气颇呈紧张，但在平安中渡过。”

“（天津十八日下午十一时专电）本日傍晚，丰台日军突将二十九军驻防该处之冯治安部包围，勒令缴械，入夜尚在相持中。日军已自北平增兵赴丰台，详况不明。查月来日方迭请宋哲元部将冯部撤退，宋迄未允。”

跳下一天，二十日的报上的电报：

“（丰台十九日同盟社电）十八日之丰台事件，于十九日上午九时半圆满解决，同时日本军解除包围形势，集合于车站前大坪，中国军亦同样整列该处，互释误会。”

再下一天，二十一日报上的电报：

“（北平二十日中央社电）丰台中日军误会解决后，双方当局为避免今后再发生同样事件，经详细研商，决将两军调至较远之地方，故我军原驻丰台之二营五连，已调驻丰台迤南之赵家村，驻丰日军附近，已无我军踪迹矣。”

我不知道现在冯史丹堡在那里，倘还在中国，也许要错认今年为“误会年”，十八日为“学生造反日”的罢。

其实，中国人是并非“没有自知”之明的，缺点只在有些人安于“自欺”，由此并想“欺人”。譬如病人，患着浮肿，而讳疾忌医，但愿别人胡涂，误认他为肥胖。妄想既久，时而自己也觉得好像肥胖，并非浮肿；即使还是浮肿，也是一种特别的好浮肿，与众不同。如果有人，当面指明：这非肥胖，而是浮肿，且并不“好”，病而已矣。那么，他就失望，含羞，于是成怒，骂指明者，以为昏妄。然而还想吓他，骗他，又希望他畏惧主人的愤怒和骂詈，惴惴的再看一遍，细寻佳处，改口说这的确是肥胖。于是他得到安慰，高高兴兴，放心的浮肿着了。

不看“辱华影片”，于自己是并无益处的，不过自己不看见，闭了眼睛浮肿着而已。但看了而不反省，却也并无益处。我至今还在希望有人翻出斯密斯的《支那人气质》来。看了这些，而自省，分析，明白那几点说的对，变革，挣扎，自做工夫，却不求别人的原谅和称赞，来证明究竟怎样的是中国人。

老调子已经唱完

——二月十九日在香港青年会讲演

贪安稳就没有自由，要自由就总要历些危险。

今天我所讲的题目是“老调子已经唱完”：初看似乎有些离奇，其实是并不奇怪的。

凡老的，旧的，都已经完了！这也应该如此。虽然这一句话实在对不起一般老前辈，可是我也没有别的法子。

中国人有一种矛盾思想，即是：要子孙生存，而自己也想活得很长久，永远不死；及至知道没法可想，非死不可了，却希望自己的尸身永远不腐烂。但是，想一想罢，如果从有人类以来的人们都不死，地面上早已挤得密密的，现在的我们早已无地可容了；如果从有人类以来的人们的尸身都不烂，岂不是地面上的死尸早已堆得比鱼店里的鱼还要多，连掘井，造房子的空地都没有了么？所以，我想，凡是老的，旧的，实在倒不如高高兴兴的死去的好。

在文学上，也一样，凡是老的和旧的，都已经唱完，或将要唱完。举一个最近的例来说，就是俄国。他们当俄皇专制的时代，有许多作家很同情于民众，叫出许多惨痛的声音，后来他们又看见民众有缺点，便失望起来，不很能怎样歌唱，待到革命以后，文学上便没有什么大作品了。只有几个旧文学家跑到外国去，作了几篇作品，但也不见得出色，因为他们已经失掉了先前的环境了，不再能照先前似的开口。

在这时候，他们的本国是应该有新的声音出现的，但是我们还没有很听到。我想，他们将来是一定要有声音的。因为俄国是活的，虽然暂时没有什么声音，但他究竟有改造环境的能力，所以将来一定也会有新的声音出现。

再说欧美的几个国度罢。他们的文艺是早有些老旧了，待到世界大战时候，才发生了一种战争文学。战争一完结，环境也改变了，老调子无从再唱，所以现在文学上也有些寂寞。将来的情形如何，我们实在不能豫测。但我相信，他们是一定也会有新的声音的。

现在来想一想我们中国是怎样。中国的文章是最没有变化的，调子是最老的，里面的思想是最旧的。但是，很奇怪，却和别国不一样。那些老调子，还是没有唱完。

这是什么缘故呢？有人说，我们中国是有一种"特别国情"。——中国人是否真是这样"特别"，我是不知道，不过我听得有人说，中国人是这样。——倘使这话是真的，那么，据我看来，这所以特别的原因，大概有两样。

第一，是因为中国人没记性，因为没记性，所以昨天听过的话，今天忘记了，明天再听到，还是觉得很新鲜。做事也是如此，昨天做坏了的事，今天忘记了，明天做起来，也还是"仍旧贯"的老调子。

第二，是个人的老调子还未唱完，国家却已经灭亡了好几次了。何以呢？我想，凡有老旧的调子，一到有一个时候，是都应该唱完的，凡是有良心，有觉悟的人，到一个时候，自然知道老调子不该再唱，将它抛弃。但是，一般以自己为中心的人们，却决不肯以民众为主体，而专图自己的便利，总是三翻四复的唱不完。于是，自己的老调子固然唱不完，而国家却已被唱完了。

宋朝的读书人讲道学，讲理学，尊孔子，千篇一律。虽然有几个革新的人们，如王安石等等，行过新法，但不得大家的赞同，失败了。从此大家又唱老调子，和社会没有关系的老调子，一直到宋朝的灭亡。

宋朝唱完了，进来做皇帝的是蒙古人——元朝。那么，宋朝的老调子也该随着宋朝完结了罢，不，元朝人起初虽然看不起中国人，后来却觉得我们的老调子，倒也新奇，渐渐生了羡慕，因此元人也跟着唱起我们的调子来了，一直到灭亡。

这个时候，起来的是明太祖。元朝的老调子，到此应该唱完了罢，可是也还没有唱完。明太祖又觉得还有些意趣，就又教大家接着唱下去。什么八股咧，道学咧，和社会，百姓都不相干，就只向着那条过去的旧路走，一直到明亡。

清朝又是外国人。中国的老调子，在新来的外国主人的眼里又见得新鲜了，于是又唱下去。还是八股，考试，做古文，看古书。但是清朝完结，已经有十六年了，这是大家都知道的。他们到后来，倒也略略有些觉悟，曾经想从外国学一点新法来补救，然而已经太迟，来不及了。

老调子将中国唱完，完了好几次，而它却仍然可以唱下去。因此就发生一点小议论。有人说："可见中国的老调子实在好，正不妨唱下去。试看元朝的蒙古人，清朝的满洲人，不是都被我们同化了么？照此看来，则将来无论何国，中国都会这样地将他们同化的。"原来我们中国就如生着传染病的病人一般，自己生了病，还会将病传到别人身上去，这倒是一种特别的本领。

殊不知这种意见，在现在是非常错误的。我们为甚么能够同化蒙古人和满洲人呢？是因为他们的文化比我们的低得多。倘使别人的文化和我们的相敌或更进步，那结果便要大不相同了。他们倘比我们更聪明，这时候，我们不但不能同化他们，反要被他们利用了我们的腐败文化，来治理我们这腐败民族。他们对于中国人，是毫不爱惜的，当然任凭你腐败下去。现在听说又很有别国人在尊重中国的旧文化了，那里是真在尊重呢，不过是利用！

从前西洋有一个国度，国名忘记了，要在非洲造一条铁路。顽固的非洲土人很反对，他们便利用了他们的神话来哄骗他们道："你们古代有一个神仙，曾从地面造一道桥到天上。现在我们所造的铁路，简直就和你们的古圣人的用意一样。”非洲人不胜佩服，高兴，铁路就造起来。——中国人是向来排斥外人的，然而现在却渐渐有人跑到他那里去唱老调子了，还说道:“孔夫子也说过，‘道不行，乘桴浮于海。’所以外人倒是好的。”外国人也说道：“你家圣人的话实在不错。”

倘照这样下去，中国的前途怎样呢？别的地方我不知道，只好用上海来类推。上海是：最有权势的是一群外国人，接近他们的是一圈中国的商人和所谓读书的人，圈子外面是许多中国的苦人，就是下等奴才。将来呢，倘使还要唱着老调子，那么，上海的情状会扩大到全国，苦人会多起来。因为现在是不像元朝清朝时候，我们可以靠着老调子将他们唱完，只好反而唱完自己了。这就因为，现在的外国人，不比蒙古人和满洲人一样，他们的文化并不在我们之下。

那么，怎么好呢？我想，唯一的方法，首先是抛弃了老调子。旧文章，旧思想，都已经和现社会毫无关系了，从前孔子周游列国的时代，所坐的是牛车。现在我们还坐牛车么？从前尧舜的时候，吃东西用泥碗。现在我们所用的是甚么？所以，生在现今的时代，捧着古书是完全没有用处的了。

但是，有些读书人说，我们看这些古东西，倒并不觉得于中国怎样有害，又何必这样决绝地抛弃呢？是的。然而古老东西的可怕就正在这里。倘使我们觉得有害，我们便能警戒了，正因为并不觉得怎样有害，我们这才总是觉不出这致死的毛病来。因为这是“软刀子”。这“软刀子”的名目，也不是我发明的，明朝有一个读书人，叫做贾凫西的，鼓词里曾经说起纣王，道：“几年家软刀子割头不觉死，只等得太白旗悬才知道命有差。”我们的老调子，也就是一把软刀子。

中国人倘被别人用钢刀来割，是觉得痛的，还有法子想；倘是软刀子，那可真是“割头不觉死”，一定要完的。

我们中国被别人用兵器来打，早有过好多次了。例如，蒙古人满洲人用弓箭，还有别国人用枪炮。用枪炮来打的后几次，我已经出了世了，但是年纪青。我仿佛记得那时大家倒还觉得一点苦痛的，也曾经想有些抵抗，有些改革。用枪炮来打我们的时候，听说是因为我们野蛮；现在，倒不大遇见有枪炮来打我们了，大约是因为我们文明了罢。现在也的确常常有人说，中国的文化好得很，应该保存。那证据，是外国人也常在赞美。这就是软刀子。用钢刀，我们也许还会觉得的，于是就改用软刀子。我想：叫我们用自己的老调子唱完我们自己的时候，是已经要到了。

中国的文化，我可是实在不知道在那里。所谓文化之类，和现在的民众有甚么关系，甚么益处呢？近来外国人也时常说，中国人礼仪好，中国人肴馔好。中国人也附和着。但这些事和民众有甚么关系？车夫先就没有钱来做礼服，南北的大多数的农民最好的食物是杂粮。有什么关系？

中国的文化，都是侍奉主子的文化，是用很多的人的痛苦换来的。无论中国人，外国人，凡是称赞中国文化的，都只是以主子自居的一部份。

以前，外国人所作的书籍，多是嘲骂中国的腐败；到了现在，不大嘲骂了，或者反而称赞中国的文化了。常听到他们说：“我在中国住得很舒服呵！”这就是中国人已经渐渐把自己的幸福送给外国人享受的证据。所以他们愈赞美，我们中国将来的苦痛要愈深的！

这就是说：保存旧文化，是要中国人永远做侍奉主子的材料，苦下去，苦下去。虽是现在的阔人富翁，他们的子孙也不能逃。我曾经做过一篇杂感，大意是说：“凡称赞中国旧文化的，多是住在租界或安稳地方的富人，因为他们有钱，没有受到国内战争的痛苦，所以发出这样的赞赏来。殊不知将来他们的子孙，营业要比现在的苦人更其贱，去开的矿洞，也要比现在的苦人更其深。”这就是说，将来还是要穷的，不过迟一点。但是先穷的苦人，开了较浅的矿，他们的后人，却须开更深的矿了。我的话并没有人注意。他们还是唱着老调子，唱到租界去，唱到外国去。但从此以后，不能像元朝清朝一样，唱完别人了，他们是要唱完了自己。

这怎么办呢？我想，第一，是先请他们从洋楼，卧室，书房里踱出来，看一看身边怎么样，再看一看社会怎么样，世界怎么样。然后自己想一想，想得了方法，就做一点。“跨出房门，是危险的。”自然，唱老调子的先生们又要说。然而，做人是总有些危险的，如果躲在房里，就一定长寿，白胡子的老先生应该非常多；但是我们所见的有多少呢？他们也还是常常早死，虽然不危险，他们也胡涂死了。

要不危险，我倒曾经发见了一个很合式的地方。这地方，就是：牢狱。人坐在监牢里，便不至于再捣乱，犯罪了；救火机关也完全，不怕失火；也不怕盗劫，到牢狱里去抢东西的强盗是从来没有的。坐监是实在最安稳。

但是，坐监却独独缺少一件事，这就是：自由。所以，贪安稳就没有自由，要自由就总要历些危险。只有这两条路。那一条好，是明明白白的，不必待我来说了。

现在我还要谢诸位今天到来的盛意。

今春的两种感想

——十一月二十二日在北平辅仁大学演讲

第一次吃螃蟹的人是很可佩服的，不是勇士谁敢去吃它呢？螃蟹有人吃，蜘蛛一定也有人吃过，不过不好吃，所以后人不吃了。

我是上星期到北平的，论理应当带点礼物送给青年诸位，不过因为奔忙匆匆未顾得及，同时也没有什么可带的。

我近来是在上海，上海与北平不同，在上海所感到的，在北平未必感到。今天又没豫备什么，就随便谈谈吧。

昨年东北事变详情我一点不知道，想来上海事变诸位一定也不甚了然。就是同在上海也是彼此不知，这里死命的逃死，那里则打牌的仍旧打牌，跳舞的仍旧跳舞。

打起来的时候，我是正在所谓火线里面，亲遇见捉去许多中国青年。捉去了就不见回来，是生是死也没人知道，也没人打听，这种情形是由来已久了，在中国被捉去的青年素来是不知下落的。东北事起，上海有许多抗日团体，有一种团体就有一种徽章。这种徽章，如被日军发现死是很难免的。然而中国青年的记性确是不好，如抗日十人团，一团十人，每人有一个徽章，可是并不一定抗日，不过把它放在袋里。但被捉去后这就是死的证据。还有学生军们，以前是天天练操，不久就无形中不练了，只有军装的照片存在，并且把操衣放在家中，自己也忘却了。然而一被日军查出时是又必定要送命的。像这一般青年被杀，大家大为不平，以为日人太残酷。其实这完全是因为脾气不同的缘故，日人太认真，而中国人却太不认真。中国的事情往往是招牌一挂就算成功了。日本则不然。他们不像中国这样只是作戏似的。日本人一看见有徽章，有操衣的，便以为他们一定是真在抗日的人，当然要认为是劲敌。这样不认真的同认真的碰在一起，倒霉是必然的。

中国实在是太不认真，什么全是一样。文学上所见的常有新主义，以前有所谓民族主义的文学也者，闹得很热闹，可是自从日本兵一来，马上就不见了。我想大概是变成为艺术而艺术了吧。中国的政客，也是今天谈财政，明日谈照像，后天又谈交通，最后又忽然念起佛来了。外国不然。以前欧洲有所谓未来派艺术。未来派的艺术是看不懂的东西。但看不懂也并非一定是看者知识太浅，实在是它根本上就看不懂。文章本来有两种：一种是看得懂的，一种是看不懂的。假若你看不懂就自恨浅薄，那就是上当了。不过人家是不管看懂与不懂的——看不懂如未来派的文学，虽然看不懂，作者却是拚命的，很认真的在那里讲。但是中国就找不出这样例子。

还有感到的一点是我们的眼光不可不放大，但不可放的太大。

我那时看见日本兵不打了，就搬了回去，但忽然又紧张起来了。后来打听才知道是因为中国放鞭炮引起的。那天因为是月蚀，故大家放鞭炮来救她。在日本人意中以为在这样的时光，中国人一定全忙于救中国抑救上海，万想不到中国人却救的那样远，去救月亮去了。

我们常将眼光收得极近，只在自身，或者放得极远，到北极，或到天外，而这两者之间的一圈可是绝不注意的，譬如食物吧，近来馆子里是比较干净了，这是受了外国影响之故，以前不是这样。例如某家烧卖好，包子好，好的确是好，非常好吃，但盘子是极污秽的，去吃的人看不得盘子，只要专注在吃的包子烧卖就是，倘使你要注意到食物之外的一圈，那就非常为难了。

在中国做人，真非这样不成，不然就活不下去。例如倘使你讲个人主义，或者远而至于宇宙哲学，灵魂灭否，那是不要紧的。但一讲社会问题，可就要出毛病了。北平或者还好，如在上海则一讲社会问题，那就非出毛病不可，这是有验的灵药，常常有无数青年被捉去而无下落了。

在文学上也是如此。倘写所谓身边小说，说苦痛呵，穷呵，我爱女人而女人不爱我呵，那是很妥当的，不会出什么乱子。如要一谈及中国社会，谈及压迫与被压迫，那就不成。不过你如果再远一点，说什么巴黎伦敦，再远些，月界，天边，可又没有危险了。但有一层要注意，俄国谈不得。

上海的事又要一年了，大家好似早已忘掉了，打牌的仍旧打牌，跳舞的仍旧跳舞。不过忘只好忘，全记起来恐怕脑中也放不下。倘使只记着这些，其他事也没工夫记起了。不过也可以记一个总纲。如“认真点”，“眼光不可不放大但不可放的太大”，就是。这本是两句平常话，但我的确知道了这两句话，是在死了许多性命之后。许多历史的教训，都是用极大的牺牲换来的。譬如吃东西罢，某种是毒物不能吃，我们好像全惯了，很平常了。不过，这一定是以前有多少人吃死了，才知道的。所以我想，第一次吃螃蟹的人是很可佩服的，不是勇士谁敢去吃它呢？螃蟹有人吃，蜘蛛一定也有人吃过，不过不好吃，所以后人不吃了。像这种人我们当极端感谢的。

我希望一般人不要只注意在近身的问题，或地球以外的问题，社会上实际问题是也要注意些才好。

《两地书》一九二五年三月十八日

中国大约太老了，社会上事无大小，都恶劣不堪，像一只黑色的染缸，无论加进什么新东西去，都变成漆黑，可是除了再想法子来改革之外，也再没有别的路。我看一切理想家，不是怀念“过去”，就是希望“将来”，而对于“现在”这一个题目，都交了白卷，因为谁也开不出药方。所有最好的药方，即所谓“希望将来”的就是。

广平兄：

这回要先讲“兄”字的讲义了。这是我自己制定，沿用下来的例子，就是：旧日或近来所识的朋友，旧同学而至今还在来往的，直接听讲的学生，写信的时候我都称“兄”。其余较为生疏，较需客气的，就称先生，老爷，太太，少爷，小姐，大人……之类。总之，我这“兄”字的意思，不过比直呼其名略胜一筹，并不如许叔重先生所说，真含有“老哥”的意义。但这些理由，只有我自己知道，则你一见而大惊力争，盖无足怪也。然而现已说明，则亦毫不为奇焉矣。

现在的所谓教育，世界上无论那一国，其实都不过是制造许多适应环境的机器的方法罢了。要适如其分，发展各各的个性，这时候还未到来，也料不定将来究竟可有这样的时候。我疑心将来的黄金世界里，也会有将叛徒处死刑，而大家尚以为是黄金世界的事，其大病根就在人们各各不同，不能像印版书似的每本一律。要彻底地毁坏这种大势的，就容易变成“个人的无政府主义者”，如《工人绥惠略夫》里所描写的绥惠略夫就是。这一类人物的运命，在现在，也许虽在将来，是要救群众，而反被群众所迫害，终至于成了单身，忿激之余，一转而仇视一切，无论对谁都开枪，自己也归于毁灭。

社会上千奇百怪，无所不有；在学校里，只有捧线装书和希望得到文凭者，虽然根柢上不离“利害”二字，但是还要算好的。中国大约太老了，社会上事无大小，都恶劣不堪，像一只黑色的染缸，无论加进什么新东西去，都变成漆黑，可是除了再想法子来改革之外，也再没有别的路。我看一切理想家，不是怀念“过去”，就是希望“将来”，而对于“现在”这一个题目，都交了白卷，因为谁也开不出药方。所有最好的药方，即所谓“希望将来”的就是。

“将来”这回事，虽然不能知道情形怎样，但有是一定会有的，就是一定会到来的，所虑者到了那时，就成了那时的“现在”。然而人们也不必这样悲观，只要“那时的现在”比“现在的现在”好一点，就很好了，这就是进步。

这些空想，也无法证明一定是空想，所以也可以算是人生的一种慰安，正如信徒的上帝。我的作品，太黑暗了，因为我只觉得“黑暗与虚无”乃是“实有”，却偏要向这些作绝望的抗战，所以很多着偏激的声音。其实这或者是年龄和经历的关系，也许未必一定的确的，因为我终于不能证实：惟黑暗与虚无乃是实有。所以我想，在青年，须是有不平而不悲观，常抗战而亦自卫，荆棘非践不可，固然不得不践，但若无须必践，即不必随便去践，这就是我之所以主张“壕堑战”的原因，其实也无非想多留下几个战士，以得更多的战绩。

子路先生确是勇士，但他因为“吾闻君子死冠不免”，于是“结缨而死”，我总觉得有点迂。掉了一顶帽子，有何妨呢，却看得这么郑重，实在是上了仲尼先生的当了。仲尼先生自己“厄于陈蔡”，却并不饿死，真是滑得可观。子路先生倘若不信他的胡说，披头散发的战起来，也许不至于死的罢。但这种散发的战法，也就是属于我所谓“壕堑战”的。

时候不早了，就此结束了。

鲁迅　三月十八日

《两地书》一九二五年三月卅一日

但我总还想对于根深蒂固的所谓旧文明，施行袭击，令其动摇，冀于将来有万一之希望。

广平兄：

现在才有写回信的工夫，所以我就写回信。

那一回演剧时候，我之所以先去者，实与剧的好坏无关，我在群集里面，向来坐不久的。那天观众似乎不少，筹款的目的，该可以达到一点了罢。好在中国现在也没有什么批评家，鉴赏家，给看那样的戏剧，已经尽够了，严格的说起来，则那天的看客，什么也不懂而胡闹的很多，都应该用大批的蚊烟，将它们熏出的。

近来的事件，内容大抵复杂，实不但学校为然。据我看来，女学生还要算好的，大约因为和外面的社会不大接触之故罢，所以还不过谈谈衣饰宴会之类。至于别的地方，怪状更是层出不穷，东南大学事件就是其一，倘细细剖析，真要为中国前途万分悲哀。虽至小事，亦复如是，即如《现代评论》上的"一个女读者"的文章，我看那行文造语，总疑心是男人做的，所以你的推想，也许不确。世上的鬼蜮是多极了。

说起民元的事来，那时确是光明得多，当时我也在南京教育部，觉得中国将来很有希望。自然，那时恶劣分子固然也有的，然而他总失败。一到二年二次革命失败之后，即渐渐坏下去，坏而又坏，遂成了现在的情形。其实这也不是新添的坏，乃是涂饰的新漆剥落已尽，于是旧相又显了出来，使奴才主持家政，那里会有好样子。最初的革命是排满，容易做到的，其次的改革是要国民改革自己的坏根性，于是就不肯了。所以此后最要紧的是改革国民性，否则，无论是专制，是共和，是什么什么，招牌虽换，货色照旧，全不行的。

但说到这类的改革，便是真叫作无从措手。不但此也，现在虽只想将“政象”稍稍改善，尚且非常之难。在中国活动的现有两种“主义者”，外表都很新的，但我研究他们的精神，还是旧货，所以我现在无所属，但希望他们自己觉悟，自动的改良而已。例如世界主义者，而同志自己先打架，无政府主义者的报馆，而用护兵守门，真不知是怎么一回事。土匪也不行，河南的单知道烧抢，东三省的渐趋于保护雅片，总之是抱“发财主义”的居多，梁山泊劫富济贫的事，已成为书本子上的故事了。军队里也不好，排挤之风甚盛，勇敢无私的一定孤立，为敌所乘，同人不救，终至阵亡，而巧滑骑墙，专图地盘者反很得意。我有几个学生在军中，倘不同化，怕终不能占得势力，但若同化，则占得势力又于将来何益。一个就在攻惠州，虽闻已胜，而终于没有信来，使我常常苦痛。

我又无拳无勇，真没有法，在手头的只有笔墨，能写这封信一类的不得要领的东西而已。但我总还想对于根深蒂固的所谓旧文明，施行袭击，令其动摇，冀于将来有万一之希望。而且留心看看，居然也有几个不问成败而要战斗的人，虽然意见和我并不尽同，但这是前几年所没有遇到的。我所谓“正在准备破坏者目下也仿佛有人”的人，不过这么一回事。要成联合战线，还在将来。

希望我做一点什么事的人，也颇有几个了，但我自己知道，是不行的。凡做领导的人，一须勇猛，而我看事情太仔细，一仔细，即多疑虑，不易勇往直前；二须不惜用牺牲，而我最不愿使别人做牺牲（这其实还是革命以前的种种事情的刺激的结果），也就不能有大局面。所以，其结果，终于不外乎用空论来发牢骚，印一通书籍杂志。你如果也要发牢骚，请来帮我们，倘曰“马前卒”，则吾岂敢，因为我实无马，坐在人力车上，已经是阔气的时候了。

投稿到报馆里，是碰运气的，一者编辑先生总有些胡涂，二者投稿一多，确也使人头昏眼花。我近来常看稿子，不但没有空闲，而且人也疲乏了，此后想不再给人看，但除了几个熟识的人们。你投稿虽不写什么“女士”，我写信也改称为“兄”，但看那文章，总带些女性。我虽然没有细研究过，但大略看来，似乎“女士”的说话的句子排列法，就与“男士”不同，所以写在纸上，一见可辨。

北京的印刷品现在虽然比先前多，但好的却少。《猛进》很勇，而论一时的政象的文字太多。《现代评论》的作者固然多是名人，看去却很显得灰色，《语丝》虽总想有反抗精神，而时时有疲劳的颜色，大约因为看得中国的内情太清楚，所以不免有些失望之故罢。由此可知见事太明，做事即失其勇，庄子所谓“察见渊鱼者不祥”，盖不独谓将为众所忌，且于自己的前进亦有碍也。我现在还要找寻生力军，加多破坏论者。

鲁迅　三月卅一日